COMME UNE BRISE D'ÉTÉ

DU MÊME AUTEUR

Aux éditions De Borée

Saison tardive, 2020

L'Empreinte du loup, 2021

Le mont Blanc se souviendra des hirondelles, 2022

Autres éditeurs

La Densité du vide, mention spéciale au prix du Pays du Mont-Blanc, catégorie romans et documents, au Salon international du livre de montagne 2012, Mon Petit Éditeur, 2010

Un ciel de pierres et de lunes, Mon Petit Éditeur, 2013

L'Emprise du Panthéon, Mon Petit Éditeur, 2016

Éclosion, Éditions Complicités, 2017

Alain Pyre

COMME UNE BRISE D'ÉTÉ

Roman

TERRES D'ÉCRITURE

de Borée

45, rue du Clos-Four – 63056 Clermont-Ferrand Cedex 2

Qui bâtit les fontaines bâtit leur absence.
Citadelle, Antoine de SAINT-EXUPÉRY

Avant

1

Papillon d'automne

L'Écot, haute Maurienne, lundi 19 octobre 1998

Premiers frissons…

Les devais-je à l'automne ou à la visite que j'attendais ? Qu'allai-je pouvoir dire à la journaliste, sans la décevoir ? Trois à quatre heures de route, depuis Lyon, pour un sujet somme toute insignifiant ! Quel intérêt trouverait-elle à mon histoire ? Au moins découvrirait-elle le hameau de l'Écot où mon mari et moi avons échoué à la retraite, il y a sept ans déjà. Pour beaucoup, il s'agit d'un amoncellement de pierres et de bois participant à s'y méprendre à un décor chaotique d'une inspirante désolation. Qu'en serait-il pour elle ?

Cette fin de journée ne dérogeait point à la règle : après quarante-huit heures de nuées farouches, elle déversait des flots de lumière accumulée dans le ciel. Pour la durée de la grâce, l'ancien verrou glaciaire qui infléchit le cours de la vallée se trouvait métamorphosé sous son dard. Mélèzes, feuillus et résineux laissaient éclore des teintes mûries tout l'été, brusquement glorifiées par le projecteur éphémère, sur fond de ténèbres affolées. La magnificence du monde s'y concentrait en un bouquet de largesses qui brouillait ma vision. À vrai dire, je ne me suis jamais habituée aux coups de poignard que la beauté enfonce à l'improviste dans mon cœur ô combien éprouvé ! Chaque fois, c'est pareil : je n'ai plus soixante-dix ans, mais trente ou vingt ! Ou moins encore : dix, le temps de l'innocence...

16h15 : quarante-cinq minutes de retard ! Avait-elle un empêchement ? Mais pourquoi cet intérêt soudain pour l'horloge, moi qui dédaignais généralement sa course outrageuse ? De la petite fenêtre de la cuisine, j'assistai à la fuite de la seule parcelle lumineuse de la journée, sous la pression d'ombres inquiétantes. Un battement de cils, et les prés radieux avaient sombré dans l'oubli, entraînant dans leur naufrage l'Arc, ses haies colorées et l'harmonie des notes composant le silence. Pourtant, dans ma pièce aux murs épais, le silence qui lui faisait écho était d'une nature différente, minérale, éternelle. Élément à part entière, il scellait les pierres et conférait à notre humble demeure un cachet dépourvu d'austérité. Allié des lauzes pesant sur la charpente et sur les âges, il appartenait à la montagne et donnait à la vie sachant s'y accommoder une saveur que je n'avais connue nulle part ailleurs. S'il peuplait aussi les mystères de la Bretagne où j'ai vu le jour, il n'avait en commun que le nom. Depuis longtemps, je ne cherchais plus à comparer ce qui, par essence, ne pouvait l'être : les épreuves avaient marqué trop sévèrement ma jeunesse pour que j'aie ressenti le besoin de retourner sur ma terre natale. Une page tournée, quoique impossible à oublier...

* *
*

— Alice ?

Surprise, je me retournai. Félix, mon mari, me présenta une silhouette à contre-jour, dans le chambranle de la porte.

— Bonjour, madame Gachet, lança celle-ci en s'approchant. Lina Derrien. Désolée de mon retard, j'avais sous-estimé la durée du trajet…

— Soyez la bienvenue, madame ! Entrez. Voilà, asseyez-vous là, près de la table. Vous prendrez bien une boisson ? Vous devez être déshydratée après une si longue route ! De l'eau ?

La journaliste acquiesça en s'installant.

— Je vous laisse : j'ai encore pas mal de bois à couper avant la nuit, annonça Félix.

Du coin cuisine où je remplissais deux grands verres au robinet, je vis cette femme distinguée, mais sans manières, hypnotisée par la fenêtre d'où jaillissait à nouveau une lumière imprégnée de miel qui mettait en valeur le veinage de la table.

— C'est splendide ! s'exclama-t-elle, tandis que je prenais place à ses côtés.

Était-ce la fatigue ou la timidité qui l'empêcha de rebondir et d'en venir au fait ? Devais-je prendre les devants ? Je l'envisageai, mais ne sus comment procéder. Bizarre, moi qui avais le verbe généralement si prompt ! Trop d'émotions, sans doute, de recevoir une personne s'étant donné tant de peine pour que je lui raconte une page de ma vie !

Jamais le silence de la pièce ne s'était révélé si intense. Je surpris mes doigts en train de sonder les nervures de la table, pour tromper mon impatience. Étais-je la seule à éprouver cela ou cherchait-elle également un moyen d'engager la conversation ? « Mais non ! A-t-on déjà vu une journaliste tétanisée par la timidité ? » songeai-je, en me ressaisissant. À l'évidence, elle réfléchissait. Qui aurais-je été, au fond, pour l'en empêcher ?

— Madame Gachet, merci de me recevoir chez vous.

Ouf ! La glace semblait rompue. Son regard s'était d'ailleurs illuminé en prononçant ces paroles, dévoilant un minois soigné de citadine. Venant juste de fêter ses quarante-neuf ans, elle devait encore faire son petit effet auprès des hommes !

Je lui répondis d'abord par des banalités visant à dissimuler mon embarras, puis abordai ce qui me turlupinait depuis le courrier qu'elle m'avait envoyé quelques semaines auparavant :

— Croyez-vous vraiment que mon passé de montagnarde intéresse quiconque au point de justifier un reportage ?

— Évidemment ! Vous êtes la première femme à avoir gravi tous les sommets de plus de 4000 mètres, en France ; cela mérite bien que les gens connaissent votre histoire et votre personnalité !

— J'ai effectivement escaladé tous les 4000 du pays, mais je ne prétends pas en avoir eu la primeur, comme je pense vous l'avoir écrit avant que nous convenions de ce rendez-vous. Pour être franche, je n'en sais rien et je m'en moque éperdument !

J'appris à la journaliste qu'entre 1958 et 1962 j'accompagnais fréquemment Félix, qui enchaînait les ascensions en altitude, pour constituer le carnet de courses indispensable à sa formation d'aspirant guide. Être avec lui au grand air, voilà tout ce qui m'importait. Nous nous aimions et ne voyions aucune raison de ne pas passer ensemble les vacances dont je bénéficiais en tant qu'institutrice. La nature me ressourçait et l'effort ne m'avait jamais fait peur. Je poursuivis :

— Un soir, dans un bistrot de Chamonix où nous fêtions le départ à la retraite d'un guide, j'ai entendu un collègue de mon mari lancer à haute voix, devant toute la clientèle de l'établissement, que j'étais la première femme à avoir gravi les vingt-six sommets de 4000 mètres de France ! Je l'ai aussitôt repris, en lui signalant qu'il n'y en avait que vingt-cinq !

— Pardon, Alice, tu oublies la Meije ! répondit-il du tac au tac.

— Désolée, elle ne culmine qu'à 3984 mètres d'altitude !

J'étais, en effet, devenue incollable à force de faire réviser Félix en vue de son examen ! Mais sans se laisser démonter, et avec une mauvaise foi des plus sympathiques, il rétorqua que les géographes n'avaient pas encore reconnu leur erreur ! Selon lui, un sommet aussi fabuleux que la Meije dépassait largement nombre d'autres 4000 ; et là, je ne pouvais lui donner tort ! Il tenait sans doute son assurance et sa propension à revisiter la réalité des quelques verres de vin de pays qu'il avait ingurgités !

Lina Derrien me fixa droit dans les yeux. Que pensait-elle de tout cela ? Je m'étonnai d'avoir tant parlé, moi qui avais si longuement hésité à ouvrir la bouche ! Pourquoi cette volubilité subite, comme si je m'étais retrouvée à l'école, face à des élèves ? Réflexion faite, elle était venue pour m'écouter ; je n'avais donc pas à veiller à équilibrer strictement nos temps de parole par respect et politesse.

— Il suffit que quelqu'un décrète une pseudo-vérité et qu'un autre la répète pour que naisse une légende ! ajoutai-je.

En m'exprimant de la sorte, je cherchais à me déculpabiliser, au cas où je n'aurais pas été la première fille à avoir réussi toutes ces ascensions. Cet éclaircissement me soulagea effectivement. Je poursuivis :

— Il ne reste que dix sommets principaux, si on extrait leurs satellites, tels le dôme du Goûter et le mont Blanc de Courmayeur, quand il s'agit du mont Blanc.

— Quels sont les « vrais » 4000 ? me demanda-t-elle.

— Le mont Blanc, le mont Blanc du Tacul, le mont Maudit, les Grandes Jorasses, l'aiguille Verte, les Droites, l'aiguille de Bionnassay, la dent du Géant, le dôme de Rochefort et les Écrins. Bref, pas de quoi faire tout un plat !

— Parmi toutes ces ascensions, j'imagine que certaines étaient plus difficiles que d'autres, voire dangereuses ?

— En montagne, l'altitude n'est qu'un facteur parmi d'autres. Si vous prenez le Tacul et que vous comparez sa voie normale et ses couloirs, ses piliers ou ses arêtes, il est tentant de croire qu'il ne s'agit pas de la même montagne, mais d'un ensemble de sommets distincts, aux caractéristiques, aux ambiances et aux obstacles extraordinairement variés. Et que dire de l'aiguille Verte, dépourvue d'accès facile ? Ou des Droites ? Sans oublier les Grandes Jorasses, dont la seule évocation de la face nord fait frémir tout alpiniste un tant soit peu sensé !

— Avez-vous réussi des ascensions de grande difficulté avec votre mari ?

— Tout est relatif, mais certaines demandaient effectivement un engagement important, comme les aiguilles du Diable, au Tacul, ou la Verte, la traversée des Jorasses...

Pendant plus d'une heure, je répondis à ses questions allant des voies que j'avais empruntées à mon ressenti, aussitôt les sommets atteints, en passant par les rencontres en refuge ou sur le terrain, le matériel utilisé, la durée des courses, le poids du sac, les conditions météorologiques et celles des bivouacs improvisés...

De temps à autre, elle prenait des notes, mais assez peu finalement ; elle avait sans doute une mémoire exceptionnelle. Lorsque j'eus l'impression d'avoir fait le tour des sujets susceptibles de l'intéresser, je considérai la situation avec un peu de recul :

— Au fait, madame, j'ai oublié de vous demander pour quel journal vous travaillez.

— *Altitude magazine*. Vous connaissez ?

— Pas vraiment, désolée...

— Il n'y a pas de quoi !

— Pensez-vous que ce que je vous ai appris vous permettra de rédiger votre article ?

— Ce que vous m'avez confié servira, c'est certain !

— Il me semble qu'il y a un *mais* dans votre réponse. Je me trompe ?

— Oui, enfin non ! Disons que j'aimerais en savoir davantage, si vous m'autorisez à abuser encore un peu de votre temps.

Abuser de mon temps ! Ironie ou maladresse de sa part ? m'interrogeai-je, avant de lui accorder le bénéfice du doute :

— En savoir davantage ? Madame Derrien, ces ascensions remontent à une quarantaine d'années ! Même si je n'ai pas à me plaindre de ma mémoire, je ne suis pas certaine de me souvenir de beaucoup plus d'événements survenus durant ces courses… Mais je peux faire appel à mon mari, si vous le souhaitez ! À nous deux, nous devrions parvenir à extirper de nos esprits poussiéreux quelques détails ou anecdotes !

— Je parle d'autre chose, madame Gachet.

Interloquée, je la regardai. Elle précisa :

— Tout ça, c'est la partie technique. Je pense avoir recueilli suffisamment d'informations en ce domaine. Je désire, en revanche, que mon article aborde la personne que vous étiez : nos lecteurs aiment la montagne et les exploits dont elle est le théâtre, mais surtout les aventures humaines, les caractères sous-jacents…

Autant j'entendais ce qu'elle me disait, autant je ne voyais pas d'intérêt à relater mon passé, avant cette période d'ascensions qui fut la plus belle de mon existence. Il faut reconnaître que la seule perspective d'évoquer les années précédentes me donnait des frissons dans le dos ! Je n'exagère qu'à peine…

Certes, j'ai vécu durant l'Occupation et travaillé depuis mon plus jeune âge, au point de m'effondrer de fatigue aussitôt allongée sur mon lit, mais je n'ai pas à me plaindre, comparativement à tant d'autres de ma génération : je n'ai connu ni les camps de concentration ni la séparation d'un père ou d'un frère, pour motif de guerre. Je n'avais que des sœurs, et papa venait, par chance, de fêter son quarante-neuvième anniversaire, échappant de justesse à la mobilisation générale du 2 septembre 1939 ! Pendant toutes les hostilités, il a ainsi pu rester chez nous, à la ferme, qu'il a continué de diriger.

— Vous savez, Lina – vous permettez que je vous appelle par votre prénom ? (La journaliste confirma d'un clignement de paupières.) –, mon histoire est banale. Je doute que les lecteurs d'*Altitude magazine* s'intéressent à la vie dans les campagnes bretonnes durant l'Occupation !

— Vous avez bien dit bretonnes ?

— Oui, pourquoi ?

— Rien, rien, rien ! C'est absolument parfait...

On aurait pu croire que quelqu'un d'autre se trouvait à côté de moi, depuis que j'avais révélé mes origines. Jusqu'alors, je la sentais un tantinet sur la réserve : elle parlait peu, me questionnait d'une manière assez impersonnelle. Un premier virage s'était opéré lorsqu'elle avait exprimé son désir d'infléchir la suite de notre échange vers mon passé. Et là, une nouvelle étape venait de parfaire sa transformation. J'eus même l'impression que l'éloignement des Alpes durant ma jeunesse la motivait davantage que tout ce que je lui avais appris auparavant. Sa posture aussi attestait d'une recrudescence d'intérêt. Je voulus en avoir le cœur net :

— Je suis surprise, Lina : vous m'avez l'air de souhaiter en savoir plus sur la partie de ma vie loin des Alpes que sur l'époque où j'ai gravi tous les 4 000 du pays ! Je vous avoue être un peu désarçonnée...

La journaliste bafouilla, puis se ravisa. Elle attribua mon ressenti à son habitude d'entendre des récits montagnards de toutes sortes et m'assura que mon expérience d'alpiniste au féminin restait au cœur de l'article qu'elle s'apprêtait à rédiger. Face à mon silence, elle multiplia les explications, tant et si bien que ses efforts eurent finalement l'effet inverse de celui escompté et que j'acquis la conviction qu'elle me cachait quelque chose ! Le lui faire remarquer n'aurait qu'ajouté à son embarras ; je choisis donc de faire mine de me satisfaire de ses éclaircissements.

— C'est beau, chez vous ! dit-elle en désignant la fenêtre d'un geste souple de la main, ainsi que l'intérieur de notre pièce principale.

Quoique naïve, sa tentative pour renouer un échange dépourvu d'implications la concernant fonctionna. J'y vis d'ailleurs une issue favorable dans laquelle je m'engouffrai :

— Oui, nous avons beaucoup de chance, Félix et moi, de vivre dans ce havre de paix. Si vous aviez été présente ces derniers jours, vous auriez pu assister à la descente des vaches des alpages : un spectacle toujours émouvant, bien qu'il se répète depuis des siècles...

Avec le départ des laitières, les heures glorieuses de l'été avaient tiré leur révérence, et en annonçaient d'autres, interminables, privées de clarté, dans le lit encaissé de l'Arc. Fermant les paupières pour mieux me laisser pénétrer par l'ambiance de ces journées où la saison bascule, je me surpris à lui décrire la poésie de ce moment à partir duquel la solitude hivernale peut s'immiscer n'importe quand dans les interstices de la haute Maurienne pour les combler de nostalgie. Pour une raison mystérieuse, cette nostalgie m'a toujours parlé, à travers les multiples déclinaisons de son silence. Une alchimie dont je ne connaîtrais jamais l'origine, et tant mieux ! Sans avoir à regarder la vallée, je ressentais ses vibrations, tandis qu'elle dévalait de la fenêtre jusqu'aux confins de mon enfance, effleurant au passage le village de Bonneval-sur-Arc où s'était déroulé l'essentiel de ma carrière. J'ouvris les yeux : le vent et les nuages avaient signé une trêve bienheureuse. Un éclairage rasant sublimait à nouveau l'espace et l'instant. À l'arrière de la maison, Félix continuait de couper du bois. Il allait falloir que je remette une bûche dans le feu avant qu'il ne s'éteigne, comme tant d'âmes aujourd'hui privées d'attention...

* *
*

Le crépitement des flammes fascinait Lina Derrien. Nous nous rapprochâmes de la cheminée. Elle tendit les mains et se laissa pénétrer par la chaleur. L'interview terminée, nous bavardâmes. Elle se détendit et m'apprit qu'elle avait deux enfants : un garçon et une fille, de vingt-cinq et vingt et un ans. Quant à son mari, musicien professionnel, il occupait un poste de violoniste à l'Orchestre national de Lyon.

— Vous dînerez bien avec nous, Lina ?

— Merci, mais je suis en demi-pension dans un hôtel de Bonneval. Je ne vais d'ailleurs pas tarder à y retourner...

Quelques minutes encore, puis elle se leva et me remercia pour le temps partagé. Elle hésita avant de franchir la porte. Je la sentis préoccupée.

— Un souci, Lina ?

— À vrai dire, je ne suis plus certaine d'avoir suffisamment de matière pour mon article... Pourrais-je abuser à nouveau en vous demandant de me consacrer un autre moment ?

— Ma foi, oui, si vous le voulez ! Mais que pourrais-je vous dire de plus ?

— J'ai prévu de rester une ou deux nuits de plus à l'hôtel, afin de m'imprégner des lieux. Accepteriez-vous que je revienne demain ? Sauf si vous avez des projets, naturellement.

— Bien sûr ! Vers quelle heure ?

— Comme aujourd'hui ?

— Entendu !

— Ça me laissera l'occasion de me balader avant. Je découvrirai ainsi le cadre dans lequel vous vivez : un petit plus pour mon futur papier !

Après son départ, je rentrai et me dirigeai vers le balcon où j'attendis de la voir s'en aller en voiture. Les minutes furent longues avant que le moindre point lumineux n'agite le crépuscule. Elle devait d'abord remonter à pied le village, contourner la chapelle Sainte-Marguerite, puis descendre jusqu'au parking. Mes pensées l'accompagnaient le long du sentier, lorsque je réalisai combien j'étais heureuse qu'elle revienne le lendemain ! Cela me ferait une distraction de plus, particulièrement appréciable à cette période de l'année. Certes, mais pas uniquement : quelque chose d'inhabituel me motivait en sa présence. L'impression de jouer les starlettes ? Mieux vaut tard que jamais ! Plus sérieusement, ce n'était pas tant le désir de me raconter ou de revivre les heures glorieuses de mon passé en haute montagne qui me titillait, mais le fait de susciter de l'intérêt, sentiment auquel la vie ne m'avait guère rompue, en dehors de Félix. Ici, loin de tout, sans enfants, mes jours s'égrenaient à la manière des perles d'un chapelet. Bien sûr, je ne me faisais aucune illusion : la démarche de Lina Derrien était professionnelle et non amicale ; nous venions à peine de faire connaissance. Toutefois, appuyée sur la balustrade en bois vermoulu du balcon, je me plaisais à imaginer que nous pourrions ne pas en rester là. À travers cette femme qui aurait pu être ma fille, je m'inventais une famille différente de celle – minérale, végétale et animale – que m'offrait la montagne au quotidien. Un frôlement de queue sur ma jambe ! Filou, notre chat, m'avait rejointe. Tiens, des feux rouges plongeaient enfin vers le village ! Qu'avait-elle fait pendant tout ce temps ?

Durant le dîner, un seul sujet de conversation avec mon mari : Lina Derrien ! Lorsque je lui appris le désir de la journaliste de s'intéresser à ma vie également avant l'époque des grandes courses pour lesquelles elle s'était déplacée, il me jeta un regard taquin.

— Toi, je te connais ! Si tu m'en parles ainsi, c'est que tu aimerais le faire, mais que tu n'as pas encore osé te l'avouer...

Il avait raison ! Sur-le-champ, j'avais trouvé l'intention de Lina pour le moins saugrenue. Tant qu'il s'agissait de récits d'ascensions, je me sentais relativement protégée : j'étais à peine concernée, du moins sur le plan intime. Le décor, les conditions et l'action étaient les vraies vedettes, mais là nous aborderions un domaine où je ne pourrais plus me retrancher derrière des remparts...

— Que tu le veuilles ou non, Alice, tu ne te débarrasseras jamais de ton passé ! Le taire n'est qu'un leurre dont tu es dupe.

— Que ferais-tu, à ma place ?

— Pas facile ! D'un côté, cela te ferait beaucoup de bien d'en parler, de crever l'abcès une bonne fois pour toutes. D'un autre, c'est une journaliste : tout ce que tu lui diras pourra être divulgué, remanié, déformé. Dieu sait ce qu'il en sortira !

— Au début de ma rencontre avec elle, je pensais plutôt comme toi. Mais au fil du temps, et surtout à la fin, près du feu, je l'ai trouvée différente et attachante. J'ai songé que je m'étais peut-être trompée à son égard.

— C'est toi qui vois !

— Après son départ, j'ai même ressenti – c'est ridicule de parler de la sorte ! – comme un vide...

— Elle revient demain : ça te donnera l'occasion de la sonder. Si tu sens que tu peux avoir confiance en elle, vas-y ! Sinon fixe-toi la limite que tu n'es pas prête à franchir.

— Si je me bride, la postérité aura une fausse image de moi.

— La postérité ! Voilà bien la première fois que tu t'en préoccupes !

— C'est vrai, je n'ai jamais raisonné de la sorte. Je suis troublée…

— Crois-tu, Alice, que tout ce qu'on raconte dans la presse et dans les livres sur les célébrités soit exact ?

— Bien sûr que non !

L'existence des hommes est composée de parcelles d'ombre et de lumière. Comment dépeindre avec justesse leur dosage chez tel ou tel individu que le narrateur n'a pas connu ou n'a que croisé ? Que penser du tableau qu'il nous offre, s'il s'appuie lui-même sur des biographies antérieures ? Quel que soit mon choix, ma vie demeurerait un mystère… Mais un mystère sur lequel d'aucuns se pencheraient, s'il restait une trace. Voilà donc la question à laquelle je devais répondre : avais-je envie que quelqu'un porte un regard sur mon parcours, dans un an ou dans un siècle ? Étais-je prête, outre-tombe, à être traduite devant le tribunal humain de la conscience ? Qui serait là pour me défendre ? Non, décidément, mieux vaut vivre ce que vivent les fleurs et flétrir lorsque l'heure a sonné ! Emportée par la grande vague de ma génération, je disparaîtrais des souvenirs terrestres sous la convoitise de l'oubli, comme l'eau par celle du sable… Un nom sur des registres de naissances et de baptêmes, de mariages et de décès, un acte de propriété au fond d'une étude notariale et, qui sait ? une pensée émue d'une proportion infime d'élèves qui se sont succédé sur les bancs de mes classes… Pourquoi, dans la dernière scène de ma vie, désirer infléchir la trajectoire imprimée aux dés un demi-siècle auparavant ? Mais qui parle de l'infléchir ? Je n'avais jamais triché, pourquoi commencerais-je à présent ? Toutefois, ne point avoir triché n'a jamais fait de personne un être irréprochable ! J'entends déjà des voix s'élever, demain comme jadis, dans des cas similaires. Point de clémence en la matière ; j'ai trop vécu pour l'avoir oublié !

Au terme de mes interrogations, je me sentis profondément lasse. Je regardai Félix. Malgré ses soixante-douze ans, ses yeux étaient toujours ceux du serveur en tenue de pingouin qui s'était penché vers moi, au sanatorium, avec une sollicitude appuyée. Moustache désormais poivre et sel, son charme s'était révélé, au fil des décennies, à l'épreuve du temps. Les caresses du soleil et du vent lui avaient patiné la peau, et façonné l'allure et la fierté des grands guides d'autrefois. J'avais beaucoup de chance !

— Allons nous coucher, Alice, me dit-il enfin. La nuit porte conseil...

2

Quand tremble le silence

L'Écot, mardi 20 octobre 1998

— Ça ne vous dérange pas, Lina, si je vous reçois sur le balcon ? C'est petit, mais l'exposition est idéale, l'après-midi, quand il fait beau, comme en ce moment.

— Au contraire, Alice ! J'imagine, d'ailleurs, que vous pouvez souvent en profiter, avec cette avancée de la toiture qui doit vous protéger de la pluie, du soleil et peut-être même du vent...

— Effectivement, bien qu'à cette saison le soleil n'ait plus la force de monter bien haut ; c'est pourquoi ses dernières étreintes sont précieuses.

— Quel charme, ce hameau ! Vous avez une chance exceptionnelle de vivre dans un tel endroit.

— Je le trouve aussi, mais tout reste à faire, ici. Depuis peu, certains, comme nous, s'y attellent. Vous verrez, dans quelques années, l'Écot aura retrouvé l'âme de ses heures glorieuses ! Rénové avec soin et patience, dans le respect des traditions, comme à Bonneval, il aura fière allure ! Félix et moi sommes tombés sous son charme il y a bien longtemps. À l'époque, nos métiers ne nous permettaient pas de nous lancer dans la réhabilitation d'une ruine. Mais depuis notre retraite, c'est différent. Nous ne sommes toutefois pas pressés. Nous avons commencé par le plus urgent, en nous faisant aider de professionnels, pour la consolidation de la charpente, la réfection de la toiture et le renfort des murs qui le nécessitaient. Aussitôt cela terminé, nous avons emménagé. C'était en 1991. Sept ans déjà... Les premiers temps avaient des airs de camping ; cela nous rajeunissait ! Le confort spartiate nous rappelait nos bivouacs en altitude. Nous avions pour principe de ne nous fixer qu'un objectif à la fois, simple et atteignable. À notre âge, à quoi bon se presser ? Notre première réalisation a été la pièce principale, au fond de laquelle nous avons installé un coin cuisine, pour plus de convivialité et éviter que celui qui se trouve aux fourneaux soit seul durant les préparatifs.

— Votre mari cuisine ?

— Ça lui arrive. Ses omelettes aux champignons sont divines ! Si vous restez avec nous, ce soir, vous pourrez y goûter : il est allé à la cueillette ce matin, et la mine réjouie qu'il arborait à son retour est d'excellent augure !

— Bien volontiers ! Comment résister à pareille description ? L'hôtel se passera bien de moi pour le dîner, après tout !

Après m'être absentée, le temps de préparer du thé et quelques gâteaux secs, je m'assis près de la journaliste qui s'extasia devant le spectacle de la vallée :

— Qu'est-ce qui rend ce coin si magique ?

— Tout et rien, mais parfaitement dosé ! lui répondis-je.

— C'est exactement l'impression que cela me fait ! Je ne pense pas qu'il soit possible de mieux décrire ce que je ressens face à ce merveilleux tableau.

— Pas la peine de me flatter, Lina ! Et si vous me parliez un peu de vous ? Qu'avez-vous fait ce matin ?

— Après le petit déjeuner, j'ai revêtu ma tenue de jogging et j'ai commencé par flâner dans les ruelles de Bonneval-sur-Arc. J'avais prévu de les découvrir en quelques minutes, mais j'y suis restée près de deux heures, envoûtée par l'âme du village...

— Les travaux ne vous ont pas dérangée ?

— Ils font partie du décor. Sans eux, les vieilles pierres seraient toujours à l'abandon et n'auraient pas participé à la résurrection de l'habitat ancien.

Elle fut d'abord attirée par le clocher de l'église, adossé à la petite façade de l'édifice. À quelque endroit que l'on se trouve, avait-elle remarqué, il est là, devant soi, ou en contrebas. Sans lui, l'harmonie des venelles serait compromise. Avec un avant-plan couvert de pavés ou de plantes, il surgit de l'amoncellement de cailloux formant le village, comme un jet d'amour et de foi, dans la démesure des cimes environnantes. Elle poursuivit :

— Et que dire des couleurs ! Je montais une rue pentue, puis me suis retournée, pour souffler. J'ai eu la larme à l'œil.

Elle venait en effet d'apercevoir un érable jaune éclatant entouré d'herbes sauvages au vert encore tendre, le long de la voie bordée de bâtisses croulant sous les lauzes. Et au fond, bien sûr, trônant au milieu du décor, le clocher, altier, unique point de ralliement du village.

— Vous parlez sacrément bien du village, Lina ! Je comprends qu'il vous a conquise...

— Je le crains ! Mais, surtout, j'ai eu l'impression, au fil de mes déambulations, d'arpenter un musée en plein air. À chaque carrefour, dans chaque recoin – et Dieu sait s'ils sont nombreux ! –, un nouveau cadre ou une œuvre inédite s'offre au promeneur, rivalisant d'élégance et d'authenticité. Je n'y ai pas vu grand monde ; sans doute était-il trop tôt encore.

— C'est l'entre-saison, Lina. En début de matinée, il y a un peu d'agitation aux abords de l'école, du parking et de la place principale. Mais, dès qu'on s'en éloigne, les pierres reprennent le pouvoir !

Je lui confiai qu'elles me fascinent et me procurent un effet inexplicable, malgré les années passées à leur contact. Elles me parlent dans un langage qui échappe aux mots, à la pensée. Lorsque je travaillais, je faisais une courte halte, après les cours, en remontant chez moi. Le croisement de la rue et d'un sentier transversal offrait une vue saisissante sur le clocher entouré de murs aux moellons grossièrement enchâssés. Il semblait flotter au-dessus d'une toiture qui pesait sur de lourds madriers au point de les écraser. Et derrière, l'automne venu, un coteau dont les feuillus couvrent toute la palette de l'ocre clair à la terre de Sienne. Plus loin encore, des bataillons de mélèzes s'élancent à l'assaut du ciel où dérivent des glaciers étincelants. Quoique brève, la contemplation de cette alliance idéale entre l'homme et la nature suffisait à me ressourcer pour le reste de la journée...

— Je vous comprends, Alice...

À son tour, Lina me décrivit son émerveillement devant une ferme ancienne, au balcon en résineux courant tout le long de son pignon ensoleillé. Des fagots y séchaient à côté de pièces de bois de toutes tailles. Elle insista sur une ruelle en cul-de-sac, encombrée de roues de chariot et de bûches fraîchement déversées à même la voie, en prévision de l'hiver. Sa visite de l'unique localité de Savoie faisant partie des plus beaux villages de France s'acheva aux abords du pont construit au XIXe siècle pour traverser la rivière aux humeurs torrentielles. Elle ajouta :

— J'ai appris qu'en 1957 une crue exceptionnelle a plongé Bonneval sous un mètre cinquante d'eau. Le village a ensuite été reconstruit, en respectant les techniques et les matériaux traditionnels. Le cours de l'Arc a dû être dévié, pour protéger les habitations...

Elle s'étonna de me voir opiner. Je lui expliquai que j'avais vécu cette catastrophe, à peine dépêchée sur place, en tant qu'institutrice. Je n'oublierai jamais ce vendredi matin du 14 juin, puis la confusion qui dura plusieurs mois. Pas facile de commencer une carrière dans de telles conditions !

— Qu'avez-vous fait, après la visite du village ? m'intéressai-je.

— J'ai emprunté le sentier des Agneaux, le long de l'Arc, en direction de l'Écot. Là aussi, la grâce n'a pas tardé à opérer. Il faut dire que les couleurs étaient en fête ce matin !

La manière dont elle décrivit sa montée vers notre hameau attestait d'une sensibilité qui m'émut et d'un réel talent de conteuse. Un bon point pour ce qu'elle rédigerait à mon égard ! Elle me dépeignit une série de tableaux transcendés par la lumière qui filtrait des nuages et allumait de-ci de-là tel bosquet ou tel amoncellement de rocs encore humides. Déclinaisons infinies de courbes simples et hardies où les sommets entretiennent un mystère aux contours brumeux et aux saveurs d'antan. Et que dire de son étonnement, à l'approche des premiers ressauts de la rivière, où s'ouvrit, devant elle et pour elle seulement, l'immensité de la vallée supérieure ! Magnifiée par une myriade de taches multicolores, l'étendue s'abandonnait à l'instant, sous le haut patronage d'un bastion dont la crête saupoudrée de flocons tranchait sur l'anthracite du ciel. Au fond, passé la limite de l'imagination, de raides parois se trouvaient barrées dans leur quête d'absolu par d'obscures formations nuageuses...

Elle m'expliqua que cette vision idyllique aurait sans doute souffert d'une absence, sans les silhouettes torturées des bouleaux façonnés par les vents. Aux abords de l'Arc, elle découvrit leurs troncs clairs orientés à l'unisson vers une destination plus céleste que terrestre. À l'entendre, il ne s'agissait plus d'arbres, mais de consciences pointées vers un idéal au parfum d'éternité. Sa manière de décrire la suite m'apprit que le silence accompagna sa méditation ; méditation qui la mena au pont romain de la Lame. Chemin faisant, elle avait traversé d'étranges bouquets de feuillus en tenue festive, suivis de blocs colossaux, maintenus dans un équilibre incertain par la bienveillance de fée nature. Le ravissement de la journaliste se prolongea le long du canyon de l'Arc et de ses marmites de géant.

— Dans un cadre aussi magique, il serait plus approprié de parler de chaudrons plutôt que de marmites ! me fit-elle remarquer avec humour. J'ai ensuite arpenté le hameau de l'Écot, impressionnée par sa forêt de cheminées de pierre aux allures de pagodes. Quel cachet et quel travail ! J'admire les courageux qui, comme vous, rendent vie à un lieu si attachant.

— Et chargé d'histoire ! Savez-vous qu'avant d'être abandonné en hiver, en 1960, il était habité toute l'année ?

— Et maintenant ?

— La tendance s'inverse doucement, et c'est heureux ! Félix et moi sommes fiers de faire partie de l'aventure...

— Je vous comprends. Je me suis arrêtée à la chapelle Sainte-Marguerite.

Par bonheur, la vieille porte à chevrons s'ouvrit, lorsqu'elle fit coulisser à grand-peine son verrou rouillé, dévoilant un volume étriqué, dans lequel un treillage en bois séparait l'espace des fidèles de celui de l'autel.

— Avez-vous remarqué la fresque de la crucifixion ? lui demandai-je.

— Une splendeur ! Ainsi que le toit à caissons... Mais c'est en poursuivant mon chemin que j'ai été le plus émue. Plus précisément en me retournant à l'entrée du hameau du Mollard.

Elle découvrit en effet le minuscule édifice religieux et son abside surmontée d'un clocher veillant sur le mille-feuille de lauzes de l'Écot, dans un écrin de fleurs, de prés, de pics et de glaces…

Lina ne s'attarda guère sur la fin de la randonnée en boucle qui la ramena à son hôtel ni sur sa pause pique-nique lorsqu'elle plongeait sur Bonneval, par le sentier des Oiseaux.

Après cette mise en bouche alléchante, l'instant que je redoutais arriva :

— Alice, avez-vous réfléchi à ma proposition ? Acceptez-vous de me parler de vous, avant l'époque des 4 000 qui vous a rendue célèbre ?

— Célèbre ? Vous plaisantez !

— Pourquoi ? Certes, pas à la manière de politiciens véreux ou de démagogues, ou des deux à la fois, ou de dictateurs ou de tueurs en série, bien entendu ! Mais célèbre aux yeux de ceux qui s'intéressent à l'histoire alpine ou au féminisme. Que vous le vouliez ou non, vous en avez écrit une page ! C'est la vie de cette pionnière jusqu'alors inconnue du grand public que je désire faire découvrir aux lecteurs d'*Altitude magazine*.

— Décidément, Lina, on peut dire que vous savez trouver les mots !

— C'est mon métier, Alice ! Mais je suis sérieuse : je ne trahirai pas votre confiance. Je vous soumettrai l'épreuve avant sa parution, si vous le souhaitez.

— Est-ce une pratique commune ?

— Pas vraiment…

— Alors c'est que mon cas est vraiment désespéré ! Peut-être suis-je anormalement méfiante, après tout ! Vous me faites douter…

— Vous n'avez pas eu de mal à me raconter vos ascensions ; pourquoi en serait-il autrement de ce qui les a précédées ?

Je la regardai. Avait-elle la moindre idée de ce qu'elle insinuait par là ? Assurément pas !

— Lina, j'en ai parlé hier soir avec mon mari. Sans décider à ma place, son éclairage m'a été précieux. Puis il y a eu la nuit, et cette matinée...

— Qu'est-ce qui vous bride, Alice ? Est-ce en lien avec votre vie à Bonneval, en tant qu'institutrice, ou avec votre jeunesse en Bretagne ?

— L'estime que j'ai de moi...

— Vous êtes catholique ?

— Disons que j'ai été élevée dans la foi chrétienne. Pourquoi ?

— Dans ce cas, soulagez votre conscience...

— Je ne suis pas au confessionnal, pardi !

Je venais de penser qu'elle cherchait à me manipuler. Aussi pris-je mes distances :

— Je veux bien vous parler de mon activité d'instructrice, et ça suffira !

Tandis que je lui racontais ce qui constitua finalement l'essentiel de mon existence en matière de nombre d'années passées, je lus dans son regard et dans son attitude, et surtout dans sa manière de noter, qu'elle regrettait de s'être montrée trop insistante. Elle me laissait désormais aux commandes. Pour combien de temps encore ? Je ne la connaissais pas assez pour deviner si elle avait renoncé à ses intentions premières. Cela dit, son écoute semblait sincère. D'ailleurs ne m'avait-elle pas mis la larme à l'œil, quelques minutes auparavant, en décrivant avec poésie le décor dans lequel je finirai mes jours ?

Décidément, je ne savais plus où j'en étais. N'étais-je pas exagérément soupçonneuse ? Pourtant, une telle défiance ne me ressemblait pas. Mais je reconnaissais que j'avais bâti mon existence à l'abri du passé. Je n'avais pas hésité à changer de région, à traverser le pays et à ouvrir une page vierge, pour y inscrire les mots d'une vie à deux, loin du bagne de la conscience... En discutant avec Lina Derrien, je réalisai que j'y étais si bien parvenue que je n'avais plus que de vagues liens de parenté avec l'obscurité de ma jeunesse. Pourtant, je ne puis nier avoir connu un certain bonheur, au cœur même de la tourmente. Éphémère et coupable, il allait tout bouleverser...

* *
*

Tout commença par un sourire qui me fit l'effet d'un rayon de soleil ! Telle fut ma rencontre avec Félix. Je me surpris à la raconter à la journaliste, sans savoir réellement pourquoi. C'était en 1947. Depuis deux mois et demi, mes journées se succédaient dans une monotonie qui, sans être désagréable, tranchait tant et si bien d'avec ma vie passée qu'il me fallait lutter en permanence contre un sentiment de honte lié au manque d'activité. Pour la première fois, je n'avais d'autres solutions que de laisser les heures s'écouler dans le silence feutré d'un établissement fonctionnant au ralenti, où tout le monde était aux petits soins pour ses pensionnaires. Comment aurais-je pu concevoir auparavant l'existence de lieux pareils ? L'oisiveté voulue par mon état de santé s'opposait à mon envie de me rendre utile. « Impossible ! me répondait-on. Il faut vous détendre, mademoiselle Plouzenneg ! »

— Plouzenneg, vous avez dit ?

— Oui, mon nom de jeune fille...

— Bien, bien, c'est parfait !

— Vous ne le notez pas ?

— Si, bien sûr, je le note...

Souvent, je me suis demandé comment j'aurais pu supporter le repos qui m'était imposé sans la compagnie des livres. La bibliothèque du sanatorium regorgeait de romans qui furent, pour moi, une révélation. Jusqu'alors, je lisais peu ; par manque de temps, peut-être aussi en raison de l'intérêt limité des ouvrages que le hasard avait glissé entre mes mains à Romillé. Mais là, une multitude de livres s'offraient à l'appétit insatiable que je me découvrais. Chaque fois que je franchissais la porte de la salle aux livres, comme je l'appelais, mon cœur accélérait.

— Vous avez bien dit Romillé ?

— Oui.

— Romillé, près de Rennes, en Bretagne ?

— Oui. Pourquoi ?

— Pour rien. Je veux juste être certaine d'avoir bien entendu.

— Vous avez l'air de connaître, c'est tout petit pourtant ! En fait, je n'en sais rien, car mes souvenirs datent de si longtemps...

— Ça a dû effectivement beaucoup changer : maintenant, il y a de nombreux pavillons dans des quartiers résidentiels. C'est un gros village qui héberge des personnes travaillant à Rennes. Romillé fait partie de l'aire d'attraction de la plus grande ville de Bretagne.

— Vous êtes du coin ?

— Non, je suis originaire de Savoie, mais j'ai de la famille aux environs de Rennes. J'y étais encore au début de ce mois...

— Le monde est petit ! Et en matière de petitesse, les images que je garde de Romillé sont celles d'une bourgade agglutinée autour de son église au pied de laquelle j'allais, avec mes parents et mes sœurs, vendre les produits de la ferme, les jours de marché.

Je réalisai le terrain glissant sur lequel je m'étais aventurée, aussi reculai-je pour rester du bon côté de la ligne rouge que je m'étais fixée :

— Revenons à ma cure au sanatorium ! J'y étais sur ordre du médecin de famille, pour soigner la tuberculose pulmonaire qu'il m'avait diagnostiquée. Comme je vous le disais, je me sentais dans une sorte d'état second : une partie de moi était heureuse de pouvoir enfin prendre le temps de respirer – sans jeu de mots, eu égard à ma maladie ! –, une autre souffrait d'un ennui lancinant...

Si l'isolement dans la lecture me permettait de développer une curiosité jusqu'alors en sourdine, je manquais cruellement de concret. J'avais l'impression de vivre par procuration. Une étrangère s'était glissée en moi dont j'ignorais les intentions. Souvent, à l'approche des repas, je me trouvais encore plus désorientée. L'ambiance feutrée et affectée des locaux et des couloirs m'inspirait une méfiance viscérale. Quelque chose d'inéluctable allait se produire, sans que je sache où, ni quand, ni pourquoi ! Un peu comme avant la Seconde Guerre mondiale : on sentait la menace croître et s'accumuler dans la société comme l'électricité statique dans l'air, par temps orageux... Mais dans les corridors de l'établissement aux formes étranges, rien n'arrivait jamais ! Le sanatorium n'était ni un hôpital ni un hôtel, et son style architectural audacieux quelques années auparavant paraissait déjà suranné. Chaque bâtiment constituait une ville entière, autonome, dont on ne sortait pas. Les chambres des curistes et du personnel, les services administratifs, hôteliers et médicaux, les lieux de vie collective, et même les boutiques tenues par des tuberculeux se concentraient dans un espace unique et irréel, aux limites impossibles à cerner. Heureusement, aussitôt dans le réfectoire, l'existence reprenait un semblant de normalité. Quelques paroles avaient parfois l'audace de braver le silence, sans que l'ensemble des bonnes consciences fondent sur elles, pleines de reproches. Les repas faisaient office d'îlots sur lesquels mon inquiétude pouvait enfin se poser, avant de repartir de plus belle, à la nage, et d'affronter l'océan de la nuit et des interminables séances de luminothérapie...

La conjonction de l'altitude, de la pureté de l'air et de l'intensité de la lumière avait contribué à la réputation des cures du plateau d'Assy. Mais, au-delà de leurs vertus indéniables auxquelles s'ajoutait une vue à couper le souffle sur le massif du Mont-Blanc et la vallée des Contamines-Montjoie, la localité n'était peuplée que de malades ! Malades que l'on étendait sur des chaises longues positionnées sur des terrasses ou des balcons, ou dans d'interminables galeries, des heures durant. Pour le bien de la vie, la vie était suspendue ! Cette absurdité bouillonnait en moi, chaque fois que ma jeunesse réclamait de l'action, c'est-à-dire en permanence !

— Combien de temps êtes-vous restée au plateau d'Assy ?

— Entrée mi-1946, j'en suis sortie un peu plus d'un an plus tard. Il s'en est fallu de peu pour que je ne connaisse pas l'épreuve et l'aubaine du sanatorium. En effet, les antibiotiques sont arrivés en France dans les années 50 ! J'aurais donc pu être soignée à domicile...

— Une aubaine, vous dites ?

— Oui, car sans la cure, je n'aurais jamais rencontré mon mari.

Je racontai ensuite à la journaliste comment le rayon de soleil nommé Félix avait percé la vigilance de l'établissement – à la fois cité et prison – où ma santé physique était censée s'améliorer. Cela se produisit au restaurant où il venait d'être affecté en tant que serveur. Il me fallut plusieurs jours après sa prise de fonction pour que je remarque son sourire inhibé qui me considérait avec douceur et respect. Jusqu'alors, il était resté dissimulé derrière son costume de pingouin ! Pantalon noir, veste blanche et nœud papillon, Félix vaquait aux tâches du service, à l'instar de ses nombreux congénères. Mais ce sourire me fit comprendre que, dans l'univers abasourdi où j'étais confinée depuis une soixantaine de jours, un bonheur exogène filtrait à travers lui. À compter de ce jour, un long moment s'écoula avant que j'ose lui parler. À peine plus âgé que moi qui n'avais que dix-huit ans, et tout aussi timide, il ne pouvait se permettre le moindre écart de conduite, de crainte que son superviseur – le pingouin en chef – le remarque. À vingt ans, la situation financière de Félix ne pouvait lui offrir le luxe de perdre son premier emploi avant la fin de sa période probatoire, en s'adressant à une cliente sur un registre autre que strictement professionnel. Après plusieurs journées de tourment, j'eus enfin le courage de lui parler, à un moment où le maître pingouin se trouvait à l'opposé du réfectoire. Félix rougit autant que moi. La glace à peine rompue, j'eus tout juste le temps de lui indiquer où je serais en début d'après-midi pour mes séances d'insolation, avant que le bec du Grand Inquisiteur se tourne vers lui et mette un terme à notre rapprochement...

En réponse à son air étonné, tandis qu'il se redressait et entamait un mouvement de recul, je lui répondis d'une voix neutre et volontairement haute : « Les médecins prétendent que la lumière solaire directe est efficace contre le bacille de Koch, sur le balcon ! »

J'ignore s'il avait réellement compris ce que je venais de lui dire, mais il avait parfaitement mémorisé le balcon sur lequel je devais rester étendue, sur une chaise longue, des heures durant !

Le jour même, avant que j'aie le temps de me demander s'il me rendrait visite, il était là, en habits civils. Il me fallut quelques instants pour le reconnaître ! Chichement vêtu, je constatai que sa tenue de volatile juvénile lui seyait finalement mieux ! Émue et ravie de le voir si près de moi, je ne pus réprimer un rire en repensant à mon image animale !

— Je vous dérange ? Désolé, mademoiselle ! Je vais m'en aller...

— Non, restez ! répondis-je. Ce n'est pas de vous que je riais.

— Mais de qui, alors ?

— De votre costume !

— Qu'ont-ils, mes vêtements ? Ils ne sont pas corrects ?

— Pas ceux-là, les autres ! Ceux du service à table...

Il gloussa à son tour. C'est ainsi que nous commençâmes à nous fréquenter. Par bonheur, ses heures de pause coïncidaient avec mes séances de soins. Et comme mes soins consistaient à ne rien faire, il n'était pas contre-indiqué qu'il me tienne compagnie ! Mes lectures en souffrirent... Nous parlions de tout et de rien. Originaire de la vallée de la Maurienne, il avait embrassé la carrière hôtelière, sur l'insistance de son oncle qui avait réussi à le dissuader de compter sur la montagne pour subvenir à ses besoins. « Dans la vie, il ne faut pas confondre métier et passe-temps ! » lui répétait celui-ci chaque fois que l'occasion se présentait. Et Félix de lui répondre qu'une passion n'est pas comparable à un passe-temps. Dialogue de sourds... L'ascendant du parent finit par avoir raison des rêves du jeune homme fragilisé par la disparition de son père, le 22 juin 1940, jour de l'armistice !

— Pouvez-vous me donner quelques précisions supplémentaires sur votre cure ?

Surprise par la demande de Lina Derrien, je tâchai de me recentrer :

— Que voulez-vous que je vous dise d'autre ?

— Je ne sais pas au juste, mais je pense que les lecteurs aimeraient en apprendre davantage sur le quotidien des établissements particuliers qu'étaient les sanatoriums du plateau d'Assy.

Peu convaincue de l'intérêt de ce que j'allais pouvoir ajouter, je secouai ma mémoire :

— En vrac, je me souviens d'emplois du temps très stricts, réglés comme du papier à musique. Les rares fois où la fougue de ma jeunesse avait cherché à s'en affranchir, j'ai eu droit à des remontrances qui finissaient par me faire réintégrer le rang. À l'approche du terme de ma cure, en revanche, lorsque les forces me revenaient, on m'a accordé de courtes promenades. Au cours des dernières semaines, j'ai même obtenu un laissez-passer pour la visite de Notre-Dame-de-Toute-Grâce, proche des installations sanitaires.

Au sanatorium, j'avais souvent entendu parler des chefs-d'œuvre d'art contemporain que contenait cette église. Au début, j'ignorais tout de l'art, mais la curiosité et l'envie d'échapper au fardeau qui pesait sur mon rétablissement suscitaient en moi des velléités culturelles inédites. Par la suite, quelques ouvrages me dévoilèrent l'intérêt de créations modernes auxquelles je serais restée hermétique en d'autres circonstances. Et justement, de nombreux artistes majeurs dont la lecture avait percé mon inconnaissance se trouvaient, comme par enchantement, rassemblés dans cet édifice religieux très récent. Il venait en effet d'être inauguré en 1946, l'année même de mon arrivée.

Lorsque je découvris Notre-Dame-de-Toute-Grâce, je demeurai muette face à sa devanture triangulaire à lourdes colonnes de grès vert mettant en valeur *La Vierge aux litanies.* Cette immense mosaïque colorée de Fernand Léger illumine la façade de l'ouvrage qui semble suspendu au ciel par son clocher massif. Quelle différence architecturale avec les sanatoriums aux allures de paquebots désuets ! Et que dire des pépites que recèle l'église ! Qu'il s'agisse de la tapisserie de laine *La Femme et le Dragon* de Lurçat, au fond du chœur, ou de l'autel du Saint-Sacrement, de Matisse, ou de saint François de Sales peint par Bonnard, ou des vitraux, des bas-reliefs et de la céramique du *Passage de la mer Rouge* de

Chagall, je ressentais comme un vertige. Je m'assis, abasourdie. Autour de moi, deux mondes se côtoyaient que tout opposait, et dont je ne savais rien. Comment imaginer ce que l'on ignore, et pourquoi le juger ou le condamner ? La folie meurtrière dont nous sortions à peine m'apparaissait si dérisoire à côté des mystères de l'invisible. Je compris que l'art n'est point un étalage de maîtrise ou de prouesses, mais une porte donnant sur l'envers de nos conceptions étriquées. Une ouverture sur un infiniment plus vaste que soi. Toujours immobile, je laissai mon regard suivre un fil instinctif qui, d'œuvre en œuvre, se dégageait de celles-ci et me renvoyait à la foi que j'avais reçue en héritage. Avais-je eu tort ou raison de m'en affranchir, au nom de l'indifférence divine qui m'avait arraché le cœur ? Le tourbillon d'œuvres et de marques de piété conjugué à la valse des sentiments me replongèrent dans l'imbroglio dans lequel je m'étais débattue depuis que le sort s'était acharné sur moi.

Je me ressaisis :

— Comme vous le constatez, Lina, cette rencontre avec l'art m'a profondément touchée. Elle a d'ailleurs ressurgi plus tard dans mon métier d'institutrice : chaque année, je consacrais en effet de nombreuses heures de cours à l'initiation à cette discipline généralement méconnue, à l'époque, au fond des vallées. Bien entendu, j'adaptais le sujet à l'âge de mes élèves, souvent par le biais du dessin. Et ça marchait formidablement bien !

Était-ce la naïveté ou une conception par trop haute de ma fonction d'éducatrice qui me poussait à me comporter de la sorte ? Quoi qu'il en soit, j'agissais avec allant, convaincue qu'il est au fond de chaque enfant des trésors à déceler et à révéler au grand jour. Après, advienne que pourra ! Mon rôle s'arrêtait là.

— Et les courses en altitude que vous avez effectuées, leur en faisiez-vous profiter également ?

— Bien sûr, et même un peu plus que de raison ! Que voulez-vous : on ne renie pas une passion...

Au terme de chacune de mes « sorties de route » montagnardes en classe, je m'interrogeais : avais-je intéressé ou saoulé mes élèves ? Parfois, je craignais d'avoir allumé en eux des incendies ravageurs, alors que mon intention n'était que de prôner l'amour de la nature, de la beauté, de l'effort sain, des valeurs simples et authentiques, du don de soi...

— Des conneries, selon certains ! ajoutai-je.

— Pourquoi dites-vous cela, Alice ?

— Parce que l'expérience m'a appris que tous ces mots n'ont aucune portée universelle. Ils ne résonnent qu'au sein de ceux pour lesquels une petite entaille a été pratiquée dans le Saint Graal de la possession et de l'immédiat !

— Et c'est ce que vous tentiez de faire avec vos élèves, je présume, en les initiant à l'art et à la découverte de la montagne ?

— Oui, mais certains ont le cuir dur ! En tant qu'institutrice, vous maîtrisez ce que vous enseignez aux enfants qui vous sont confiés, mais pas ce que leur milieu familial leur inculque à la maison. Les vérités des uns ne sont pas celles des autres. Je n'avais aucune prétention en la matière, juste de bonnes intentions qui m'ont souvent été reprochées. Que voulez-vous, nul n'a jamais fait l'unanimité ! Qui étais-je pour imaginer qu'il eût pu en être différemment en ce qui me concerne ? Je ne vous cache pas qu'à chacune des remontrances que j'essuyais de la part de parents remontés comme des coucous, je ressortais fébrile, déçue et désenchantée. J'avais cru procéder au nom du bien et, à ce titre, je m'entendais rappeler que mon travail se limitait à apprendre aux jeunes à lire, à écrire et à calculer ! Il s'agissait de tellement plus, pour moi... Ma conception du devoir s'en trouvait ébranlée. Je me promettais de me tenir désormais à carreau, mais c'était plus fort que moi : passé les tourments des accusations, une lumière se remettait à luire au loin dont il m'était impossible de détourner les yeux. Mon sens du métier se moquait des conséquences et je replongeais !

Après une pause où j'apportai sur le balcon de l'eau fraîche et quelques sucreries, Lina parut satisfaite de ce que je venais de lui relater. Elle me confirma que c'était bien sur le registre émotionnel qu'elle souhaitait approfondir nos échanges. Sa vision du journalisme dépassait la narration de faits ou de positions des uns ou des autres. Elle avait à cœur d'en faire profiter ses lecteurs. Elle se confia :

— Je vous avoue que, moi aussi, il m'arrive de subir quelques revers quant à la perception de mon métier ! Au fil de ma carrière, j'ai dû à plusieurs reprises changer d'employeur ou de poste, pour cette raison précise. Mes digressions fréquentes ne sont pas du goût de tous les rédacteurs en chef ni de l'ensemble des clients. Heureusement, depuis quelques années, chez *Altitude magazine*, on me donne carte blanche. La direction apprécie ma manière d'écrire et d'aborder les sujets que je couvre par des voies souvent détournées. Et les lecteurs en redemandent !

Après s'être entrouverte, elle désira approfondir encore son interview et revint sur mon année passée au sanatorium. Je lui appris que je me trouvais dans l'un des rares établissements mixtes de la localité. Cette particularité se traduisait par des ailes séparées pour les hommes et pour les femmes. Je la fis ensuite sourire en lui signalant que le plateau d'Assy semblait n'être peuplé que de malades ! J'avais l'impression que n'importe quelle personne en bonne santé devait s'y sentir mal en point, voire souffrante, à peine arrivée sur place, ce que me confirma Félix lors de nos chastes échanges entre chaises longues.

Heureusement, nos entrevues quotidiennes nous maintenaient la tête hors de l'eau. Finalement, nous n'avions pas à nous plaindre. Ensemble ou séparés, nos esprits libérés fuyaient leurs anciens démons et s'abandonnaient volontiers au rêve. Quant à l'établissement, nous le trouvions vraiment luxueux, et la nourriture était d'une qualité surprenante. Aux heures les plus sacrées du jour, nos rencontres faisaient taire le silence qui scellait la montagne et les hommes, les forêts et le torrent dans une léthargie contagieuse.

— Sans vouloir me montrer indiscrète, Alice, n'était-ce pas relativement cher, une cure ?

— Trente francs par jour et par malade : une somme raisonnable, par rapport au coût réel du séjour et des soins. Un système de financement astucieux avait été mis en place, où le personnel et les infrastructures étaient réglés par des dons et des legs de bienfaiteurs, et où le prix de la journée demandé aux patients ne couvrait que les frais de fonctionnement. Ces trente francs étaient légèrement plus élevés que dans les sanatoriums populaires, mais largement justifiés par un confort et un bien-être sans commune mesure. J'ai eu la chance que mon père accepte ce supplément. Il s'est d'ailleurs montré admirable à mon égard, après avoir appris ma maladie. Du jour au lendemain, il a été aux petits soins pour moi, ce qui n'était guère pour me déplaire ! Souvent, je me suis interrogée sur son revirement, car il était distant et autoritaire auparavant. Sans doute les épreuves traversées lui avaient-elles apporté un certain recul sur le quotidien... Il faut dire que, depuis quelques années, mes deux sœurs s'étaient mariées et avaient quitté la ferme familiale. J'étais donc sa dernière fille auprès de lui. Pour ma grande joie, il commençait à s'attendrir en vieillissant. Je pense que maman ne devait pas s'en plaindre non plus !

* *
*

Le soleil flirtait avec les crêtes enneigées, lorsque Lina me demanda de remonter plus loin encore. Elle désirait se focaliser sur mon enfance et sur ma vie en Bretagne, et c'étaient justement elles que je cherchais à éviter ! Ma tentative de diversion avec le sanatorium l'avait-elle intéressée ? Pas sûr... Acculée, je me levai et m'accoudai sur le garde-corps du balcon. Dans mon dos, une femme sympathique et décidée qui faisait consciencieusement son travail. Que devait-elle penser de moi qui louvoyais, afin de dissimuler mon passé ? Au fond, quelle honte y avait-il à évoquer la cause de mon malheur et de celui de ma famille ? La honte, parlons-en ! Ou plutôt, n'en parlons pas ! Un demi-siècle de secret pour conserver la face, était-ce bien raisonnable ? Le moment n'était-il pas venu de rompre la ligue du silence ? Quel sens gardait-elle depuis la disparition de mes parents ? Mais à l'inverse, si je dévoilais tout à la journaliste, comment justifierais-je le prix incommensurable de ce silence ? Parler ? Me taire ? Quelque option que je choisisse, elle m'apparaissait aussi absurde que l'obstination de papa et maman, jadis, à dissimuler la réalité. J'avais été élevée avec les valeurs de mon temps, ou plutôt avec celles de mes aînés ; autrement dit les vertus d'un autre siècle. Trop de drames et de bouleversements s'étaient déroulés depuis la naissance de mon père et de ma mère pour qu'ils renoncent à la dernière vérité résistant au monde déchiqueté : l'honneur de la lignée. Mais combien de crimes, d'abominations et de souffrances ce mot si doux en apparence a-t-il suscités au cours des âges ?

Tandis que je m'interrogeais, je me sentis de plus en plus étourdie. Les prés émaillés d'arbres et de rochers où l'Arc se faufile à perte de vue commencèrent à louvoyer. Plus proches, mais tout aussi incertaines, les toitures en lauzes du hameau vibraient à l'unisson. Allai-je confondre encore longtemps la dignité et l'omerta qui nous avait si cruellement rongés ? Félix m'avait interpellée la veille, en ce sens. N'avais-je pas souvent expliqué à mes élèves que la réputation ne fait pas un homme ? Pourtant, si je cédais, qu'en penseraient mes parents ? Certes, ils étaient morts, mais sait-on jamais ? Les trahir de cette manière reviendrait à les renier...

— Alice, je réalise que ce que je vous demande implique un considérable effort de votre part, peut-être même une sorte de sacrifice... Si je me permets d'insister, c'est non seulement pour mon article, mais surtout parce que je suis convaincue que cela vous libérera...

Qui était-elle pour me psychanalyser ? L'envie me tenta de la remettre vite et bien à sa place, mais j'eus à déployer une grande partie de mes forces vives pour stabiliser l'horizon rebelle.

— Vous ne vous sentez pas bien, Alice ? M'entendez-vous ?

— Oui, je vous entends. Juste un malaise insignifiant. Ça va aller...

— Voulez-vous que j'appelle votre mari ?

— Non, ne l'inquiétez pas pour si peu !

— De l'eau ?

— S'il vous plaît.

Elle m'aida à m'asseoir et porta un verre à mes lèvres. En avalant des gorgées mesurées, le calme reflua en moi. Le ciel, orphelin de soleil, s'apaisa à son tour, laissant les prés, les arbres et les éboulis réintégrer leurs places respectives.

— Vous êtes un peu magicienne, Lina !

— Dois-je conclure que ça va mieux, Alice ?

— Oui, bientôt tout sera oublié...

— Ça vous arrive souvent ?

— Non.

— Ne serait-il pas prudent de consulter un médecin ?

— C'est déjà du passé !

En matière de passé et de non-dit, n'étais-je point une experte ? La pigiste, qui restait préoccupée par mon état de santé, eut toutefois la délicatesse de ne pas revenir à la charge.

La lourdeur ambiante commençait à s'estomper. Je surpris Lina à caresser l'étendue qui tirait à elle le velours noir de la nuit. Son regard n'était pas celui d'une personne foncièrement mauvaise. Pour quelle raison demeurais-je à ce point sur la défensive ? Par habitude. Mais quelle valeur avait au fond l'habitude ? L'habitude de vivre n'avait jamais empêché personne de mourir ! Les habitudes n'étaient-elles pas faites pour être bousculées, transgressées ? « Si ce n'est pas toi qui t'en charges, qui le fera à ta place ? » me demandai-je. Alors, autant prendre les devants !

Après un long moment passé à échanger des banalités dans l'obscurité grandissante, les premiers frissons remirent les pendules à l'heure.

— Je vais à présent vous laisser, Alice. Il me reste à vous remercier de m'avoir reçue et de m'avoir accordé autant de temps...

Elle interrompit sa phrase d'une manière surprenante.

— Il y a quelque chose que vous hésitez à me dire, Lina ?

— Non, je ne veux pas vous ennuyer avec cela. C'était parfait ! Je ferai de mon mieux pour écrire un article à la hauteur de vos attentes.

— Ne nous mentons pas, Lina : vous savez bien que je n'ai aucune attente particulière !

Comment osais-je lui parler ainsi, moi la reine du mensonge par omission ?

— Vous saluerez votre mari, Alice.

— Vous repartez demain ?

— Probablement. Je n'ai pas encore donné de réponse à l'hôtel, mais à cette saison, et avec le peu de clients, mon choix ne devrait guère poser de problèmes !

Elle se leva et m'invita à quitter le balcon pour rentrer à l'intérieur. Quand nous eûmes franchi le seul de la porte-fenêtre, je vis que son regard luisait. Elle m'émut. Je voulus lui demander à quoi elle songeait, mais aucun mot approprié ne me vint. Alors je l'observai. Beau et fin, son visage n'était ni celui d'une ancienne mannequin ni celui d'une femme cherchant à tromper les marques du temps, mais bien d'une personne sensible et fragile. Qu'il s'agît du contour soigné de ses yeux gris-bleu en amande ou de ses lèvres aux ondulations délicates, j'aurais eu du mal à imaginer qu'elle approchait de la cinquantaine, si elle ne me l'avait pas elle-même appris. Sa coupe dissymétrique de cheveux noirs tombant jusqu'aux épaules dégageait une boucle d'oreille-chaîne qui s'accordait à l'élégance naturelle de cette personne à laquelle je commençais à m'attacher. Où regardait-elle au juste, avec cette troublante fixité ? Point de maquillage superflu en ces lieux. Toutefois, nul doute qu'un soupçon de Rimmel et de gloss, et qu'une robe de soirée rouge vif l'auraient aisément transformée en vedette de cinéma foulant les marches du Festival de Cannes ! Loin des fastes auxquels sa profession l'avait sans doute habituée, son silence continuait de questionner mon silence. Je découvris que la grandeur de cette femme tenait dans son respect. Respect des limites de son rôle, respect de la personne que j'étais et qui rechignait à lui donner satisfaction. À travers son regard, je compris qu'elle avait renoncé à me tourmenter. Le fait qu'elle dût rester sur sa faim n'avait plus de réelle importance pour elle. Si le sourire qui venait d'animer ses lèvres avait été connecté aux pulsations de son cœur, il m'aurait informée qu'elle avait recueilli suffisamment d'éléments pour boucler son article. Et moi, incapable de lui répondre, comment aurais-je réprimé ce désir de serrer dans mes bras cette fille que la vie m'avait refusée ?

Combien dura cet instant de grâce ? Une certitude toutefois : il s'acheva brusquement, lorsque la porte d'entrée s'ouvrit sur Félix, hirsute, croulant sous les bûches.

— Ça va, mesdames ? demanda-t-il, en se dirigeant vers la cheminée.

— Euh, très bien ! Je m'apprêtais justement à rejoindre l'hôtel, déclara Lina.

— Vous ne dînez pas avec nous ?

— Merci, mais je sais qu'ils m'attendent, comme hier.

— Et l'omelette aux champignons de Félix ? tentai-je, dans l'espoir de la retenir.

— C'est gentil, Alice, mais finalement je préfère rentrer...

— Nous vous reverrons ?

Surprise autant que moi par la question de mon mari, elle m'interrogea du regard et ajouta :

— J'ai toute la matière nécessaire à mon article. Je ne vais pas vous importuner plus longtemps...

— Vous ne nous importunez aucunement, n'est-ce pas Alice ? Au contraire !

Félix s'adressa ensuite à moi :

— Lui as-tu dit que tu appréciais vos échanges ?

Je me sentis comme une fillette prise en flagrant délit de mensonge. Pourtant, je n'avais pas menti, sauf, une fois de plus, par omission...

— Félix a raison, il me connaît parfaitement ! J'ai dû oublier de vous dire que j'ai été très heureuse de vous rencontrer et de partager tous ces souvenirs avec vous. Je pense d'ailleurs que vous allez me manquer...

— Taisez-vous, Alice, vous me mettez la larme à l'œil ! déclara-t-elle en secouant la tête et en écartant les bras d'un geste flou.

— Si vous vous êtes tout dit et que vous n'avez aucune envie de vous quitter, il y a une solution très simple ! ajouta-t-il, le regard amusé.

— Laquelle ?

— Madame n'a qu'à revenir demain : vous ferez ensemble une balade en montagne !

À nouveau, Lina et moi nous observâmes, sans réaction apparente.

— Comme je vois, c'est entendu : affaire conclue ! lança-t-il avec satisfaction, tout en rechargeant le feu moribond.

Avant de nous coucher, je demeurai immobile, debout, dans la salle de bains. Devant moi, un mur de pierres grossièrement jointoyées, refuge de petites araignées. L'avais-je déjà considéré ? Mais surtout, une glace ! Et dans cette glace, une femme aux cheveux gris et aux rides confortablement installées au-dessus des sourcils et sur le pourtour de la bouche. Jeune, j'imaginais rêche la peau des personnes âgées, ce que démentait la douceur du toucher de mes doigts qui allaient et venaient sur les irrégularités de mon visage. Étaient-ce les épreuves qui avaient à ce point altéré mon minois d'antan, ne lui laissant que l'éclat de mes yeux verts en héritage ? Locataires d'une façade en décrépitude, ils me reliaient par nostalgie ou cruauté à celle que j'avais été, et à tout ce qui leur avait échappé. Ces deux journées à ressasser le passé avaient creusé plus profondément encore les sillons de l'angoisse. Mais elles avaient aussi ranimé la flamme intérieure qui se riait jadis des convenances ! Les 4000 vaincus avec témérité ne pesaient pas lourd dans la balance des émotions. À l'heure des comptes, que laisserais-je au juste derrière moi ? Quelques bouteilles jetées à la mer auprès d'élèves devenus parents ? Une bâtisse en pierre rénovée avec amateurisme dont hériteraient des neveux perdus de vue depuis des lustres ? L'amour ? Se pourrait-il qu'il nous survive vraiment ? À l'heure où les certitudes et la révolte se parent de reflets mélancoliques, je ne pouvais nier avoir aimé et peut-être aimer encore. Il s'agissait d'un trésor que tant de personnes de ma génération, pourtant mieux entourées, ne pouvaient revendiquer ! Étais-je injuste envers Félix ? Je ne pense pas, car je le plaçais à part. Si l'attirance qui nous avait réunis s'était transformée en passion dans l'excitation de nos exploits alpins, elle se mua par la suite en un amour authentique et sincère, dans le long tunnel de la vie. J'en eus encore la preuve ce soir : trois mots, deux regards, et Félix sut où j'en étais, et ce qu'il me fallait. Comment nommer autrement un si grand discernement ? Lina allait revenir le lendemain ; avais-je songé à l'en remercier ?

3

L'appui du firmament

L'Écot, mercredi 21 octobre 1998

Lina frappa à la porte à l'heure convenue, en début d'après-midi. Félix alla lui ouvrir et lui proposa une tasse de café, le temps que je finisse de m'apprêter. À vrai dire, cela faisait un moment que j'étais prête, mais je restais à nouveau hésitante devant le miroir de la salle de bains. La nuit ne m'avait été d'aucun secours. En marge de la joie de revoir la journaliste, et de reporter d'autant l'instant où prendraient fin les distractions auxquelles elle m'avait habituée, je sentais monter en moi l'appréhension de la décision. Il n'était point correct de ma part de jouer au chat et à la souris avec elle. Avais-je le droit, par égoïsme, de lui faire perdre son temps ? Il fallait que je sorte du bois ; la mascarade avait assez duré ! Toutefois, on ne tire pas un trait si aisément sur un secret de toujours...

— Alice, es-tu prête ?

— J'arrive ! répondis-je à Félix, en dissimulant tant bien que mal l'émotion dans ma voix.

Que je le veuille ou non, je me retrouvai propulsée dans cette journée que j'avais désirée, mais que je craignais paradoxalement. Lorsque je parus dans le séjour, en tâchant d'afficher bonne mine, ils s'entendaient comme larrons en foire ! C'était la première fois que je voyais la journaliste enjouée. Peu d'hommes devaient rester indifférents à son sourire ! Manifestement, mon mari avait rajeuni de vingt ans ! Dès qu'ils me remarquèrent, l'ambiance retomba.

— Continuez, vous avez l'air de bien vous amuser ! lançai-je, passablement agacée.

— Alice, figurez-vous que Félix m'a tout dit ! me répondit-elle du tac au tac.

Un immense coup de sang ! Quoi ? Il n'avait quand même pas pu me faire ça ! Étais-je en train de rêver, ou de projeter mes craintes sur la réalité ? Pourtant, si la chose se confirmait, ne s'agirait-il pas d'un mal pour un bien ? Lui qui me connaissait par cœur, avait-il osé prendre les devants à ce point ? Sachant ma fébrilité en la matière, peut-être avait-il considéré que la meilleure thérapie était celle de la douche froide ? Dans ce cas, pourquoi les aurais-je découverts aussi joviaux ? Je me sentais ridicule, nue, honteuse ! Qu'aurait-il pu m'arriver de pire ?

— Assieds-toi, ma chérie !

Depuis quand ne m'avait-il pas appelée ainsi ? Il s'agissait donc bien d'une occasion marquante ! J'obéis, sans mot dire, tandis que mes jambes flageolaient. Il me servit une tasse de café.

— Vas-y, bois, sinon vous allez être en retard : il est préférable que vous soyez au refuge du Carro avant la nuit ; à cette époque, elle tombe rapidement...

Je balançai la tête d'avant en arrière, sans oser affronter le regard de Lina Derrien. « Ça y est ! » songeai-je. J'éprouvais relativement peu de douleur, finalement ! Trop tard pour faire marche arrière : la postérité allait connaître la lourdeur de mon passé ! J'entendais déjà son rictus, ses jugements assassins. Il me fallait respirer, prendre du recul, comme Félix n'avait cessé de me le conseiller depuis la première visite de la pigiste. Malgré la violence des remous dans lesquels je me débattais, il ne s'agirait au plus, pour mes proches, que d'un frémissement mineur à la surface des apparences. Quant aux autres, la multitude de jurés masqués qui ignorent tout de moi, rien de perceptible ne filtrerait de leur indifférence... Pourquoi, au fond, avais-je tant hésité ? Ne désirais-je pas crever l'abcès sans oser me l'avouer ? Lina Derrien : le beau visage de la fille que j'aurais aimé avoir, et par lequel j'allais enfin expier ma faute !

— Avez-vous tout le nécessaire pour la nuit au refuge ?

— Oui, je me sens tout excitée ! répondit Lina. C'est une première, en ce qui me concerne. Et j'ai la chance d'être accompagnée par une professionnelle.

— Une professionnelle ! m'exclamai-je.

— Avec vos antécédents alpins, je vous considère comme une guide de montagne, même si vous n'en portez pas l'insigne !

— Vous savez, on ne va pas bien loin ! Une balade sur un sentier facile jusqu'au refuge et, demain, un peu de marche sur éboulis, avant un retour par les sources de l'Arc dans des pentes herbeuses. Il n'y a pas de quoi en faire tout un plat !

— J'espère être à la hauteur, car mon expérience se limite à la petite boucle d'hier, entre Bonneval et l'Écot ! Et si on se tutoyait, Alice ? Qu'en pensez-vous ? Ce serait plus sympathique pour la randonnée...

— Oui, bien sûr... répondis-je, sans desserrer les dents.

Pourquoi donc se montrait-elle tout à coup si ouverte et légère ? Était-ce sa manière personnelle de me condamner, maintenant qu'elle connaissait mon histoire ? Non, décidément, j'exagérais ! Je ne savais plus où j'en étais. Pour la deuxième fois en moins de vingt-quatre heures, je dus prendre appui, pour stabiliser ma vision.

— Un souci, Alice ? me demanda-t-elle. Fixe-moi. Fais un effort ! Tu verras, ça ira mieux…

Trop bouleversée pour lutter, je cherchai à tâtons l'axe de son regard. Lorsque je le repérai enfin, impossible de le maintenir en place. Soudain, une masse froide dégoulina de mon front. Quelques coups de semonce, puis les battements de mon cœur retrouvèrent un rythme à peu près régulier. Le brouillard se dissipa, laissant apparaître de splendides yeux gris-bleu qui me considéraient avec inquiétude. Et juste à côté, Félix tenait dans la main un torchon mouillé.

— C'était toi, l'eau froide ?

— Oui. Que s'est-il passé, ma chérie ? Tu nous as fait une petite frayeur !

Ma chérie ! Lui, le guide, le dur à cuire, qui se tracassait pour moi ! Avais-je été enlevée puis rendue par des extraterrestres ?

— Heureuse que tu reprennes tes esprits ! déclara une voix féminine semblable à celle de la journaliste.

À tout bien considérer, c'était effectivement elle ! Son visage soulagé laissait poindre le sourire ravageur qui m'avait fait voir rouge quelques instants auparavant, en pénétrant dans le séjour.

— Sais-tu ce qu'il m'a dit, Félix, à propos de toi ? me demanda-t-elle.

— Oh que oui ! Ou plutôt non…

Lorsque la bouche de notre invitée s'entrouvrit et que j'anticipai les vibrations de son timbre, je fermai instinctivement les yeux aussi fort que possible, et j'entendis dire que j'avais passé une nuit blanche à l'idée que nous allions aller toutes les deux en altitude !

— Ne t'en fais pas, Alice, je ne te mangerai pas ! plaisanta Lina.

— Quoi ? Il n'a rien dit d'autre ?

— Si : Félix a ajouté que cela te fait plaisir de discuter avec moi, mais que tu es bien trop fière pour l'avouer !

J'eus à nouveau l'impression de défaillir : mon cœur n'avait plus l'âge des montagnes russes !

— Qu'est-ce qui…

Je m'interrompis.

Les yeux ronds de Lina semblaient suspendus à la fin de la question que je m'efforçai de reprendre :

— Qu'est-ce qui vous rend joyeux à ce point, tous les deux ?

— Ton mari m'a décrit les vêtements que tu envisageais de me prêter pour le froid. Et lorsqu'il a évoqué un bonnet de nuit, c'était trop drôle, j'ai craqué ! Je me doutais bien qu'il me charriait, mais la perspective de me voir affublée d'un bonnet de nuit dans un refuge, à plus de 2 800 mètres d'altitude, a fait déborder le vase ! Il ne manquait plus que des sabots et de petites couettes pour parfaire le tableau ! Cela dit, et plus sérieusement, merci pour le sac à dos et pour les vêtements, Alice. Je n'étais pas équipée pour de longues marches. En venant, j'étais loin d'imaginer les aventures que l'interview allait me réserver.

Toujours étourdie, je ne sus si je devais me sentir soulagée ou plus enfoncée encore : manifestement, tout restait à faire ! Félix n'avait pas vendu la mèche. Il n'appartenait donc plus qu'à moi – et à moi seule – d'accomplir le saut fatidique !

* *
*

Lorsque Félix eut refermé la porte derrière nous, nous commençâmes par monter les ruelles de l'Écot. Je songeai à la réponse de mon mari, quand je venais de lui demander s'il n'avait pas changé d'avis et s'il ne nous accompagnerait pas en montagne : « J'ai hâte de tout finir avant l'hiver. » Le prétexte d'une course contre la montre avec la saison pour me laisser le champ libre ne me convenait guère…

Chemin faisant, ma compagne de randonnée s'émut de la poésie des passages en terre jonchés de cailloux, bordés de murs aux pierres usées et aux interstices envahis d'herbes folles et de fleurs d'automne.

— Dans ce hameau, rien n'est droit ni terminé ni ne semble entretenu, mais Dieu que c'est beau !

— Vous avez raison, Lina. C'est ce qui nous a séduits à l'Écot.

— On ne se tutoie plus, Alice ?

— Si, tutoyez-moi, mais ne m'en veuillez pas si je continue de vous vouvoyer. N'y voyez aucun sentiment négatif à votre égard, je suis juste d'une génération habituée ainsi…

Elle avait bon dos, ma génération ! Lina aurait-elle compris, si je lui avais avoué que tant que je la vouvoierais je conserverais une distance indispensable à ma sécurité ?

— On a l'impression que les pierres poussent dans la végétation, et non l'inverse ! me fit-elle remarquer.

— C'est beau ce que vous dites, Lina. Êtes-vous poétesse, à vos heures ?

— Pas que je sache ! Mais comment demeurer insensible devant tous ces merveilleux clichés, comme cette entrée basse en bois buriné, entourée de lauzes, à même le sol ? Ou celle-là, envahie par les ciguës ? Ou cet oratoire défraîchi, sous cette toiture coiffée d'une cheminée branlante ? Où que l'on observe, tout est vrai, sans le moindre apparat…

— Lina, vous avez mis le doigt sur l'essentiel. C'est dans ces détails insignifiants en apparence que réside l'âme du hameau. Félix et moi connaissons nombre d'alpages anciens, dans cette vallée ou ailleurs, plus ou moins réhabilités, mais aucun ne forme un ensemble architectural aussi heureux.

— Le silence, peut-être ? suggéra-t-elle.

— Qui sait ! Regardez ce petit balcon. Et l'escalier en grès qui y accède : voyez comme il se fond dans le mur et les pierres environnantes ! Et cette maison au pourtour arrondi, sublimée par l'éclairage affleurant...

— Un seul mot me vient à l'esprit, Alice : harmonie !

À la sortie du hameau, la voie carrossable du fond de la Maurienne nous plongea dans un décor d'herbes et de roc rythmé par les ondulations de l'Arc. Plus loin, face au vallon de la Reculaz, où le torrent se remettait à peine de ses frayeurs au passage des gorges homonymes, il suffit d'un pont et d'une trace en *S* menant aux alpages de Trièves pour former une aquarelle qui bouleversa ma coéquipière.

Puis la lumière entra en scène. Indissociable de la haute Maurienne, nul ne connaît ses projets, mais jamais ils ne laissent indifférents. Ennemie jurée de l'ennui, elle déverse un supplément d'âme où bon lui semble. Simples sont ses présents, mais prodigieux leurs effets. L'homme à qui la lumière s'offre, nue, ne peut demeurer de marbre ; qu'il le veuille ou non, l'alchimie opère. Une fois encore, cette vérité endémique ne fut point démentie : le projecteur céleste venait d'extraire un pic de l'anonymat. Aussitôt, le voilà qui surgit de barres rocheuses entrecoupées d'herbes fauves où les rayons du jour livraient à l'ombre un combat incertain. Mais déjà, la grâce délaissait cette éminence pour caresser un flanc couvert de myrtilliers rubis partis à l'assaut du ciel.

Des abords de la rivière, où quelques buissons se désaltéraient paisiblement, jusqu'aux confins du firmament, l'immensité attendait son heure. Face au lit de l'Arc, en bordure du chemin, un alpage frissonnait dans l'obscurité. Des arbrisseaux au feuillage vert et jaune vibraient à proximité, sous l'éclat éphémère. Et à nouveau le velours carmin des myrtilles, balancé par les flammes ambrées de bouleaux en fête.

Nous avançâmes, subjuguées par les tons chatoyants d'une végétation ivre de soleil. Puis nous levâmes les yeux vers les hauteurs figées où des glaciers lenticulaires se débattaient dans de sombres nuées. Point d'inquiétude, toutefois : le fond de la vallée que nous remontions à pas lents demeurait baigné par toute la luminosité du jour. Bien plus bas, des milliers d'étoiles s'agitaient à la surface turquoise de l'eau bordée de rocs de toute facture. Terre de contrastes, d'ombres et de clarté, jamais pareille, sans cesse réinventée, telle était ma foi ! Joie aussi de savoir Lina envoûtée comme moi. Ses exclamations confinaient à l'essentiel...

Nous parvînmes à un petit panneau jaune signalant le départ du sentier du refuge du Carro. La beauté, qui jusqu'alors scellait nos lèvres, se retira au profit de la rigueur. Fini la douceur des feuillus en tenue de réjouissance ; place à une majesté originelle, à la quintessence de la haute Maurienne. L'envers des cartes postales... Passé cette limite invisible, l'attrait des lieux s'évalue à la mélancolie qu'ils distillent.

L'expérience m'avait appris qu'avec une débutante il ne fallait pas sous-estimer les deux heures quinze de montée annoncées. Aussi pris-je la tête de la marche, en insistant pour qu'elle cale son rythme sur le mien, quand bien même il lui paraîtrait outrageusement lent.

— La clé, en montagne, c'est la régularité.

— Bien, cheffe ! répondit-elle.

Cela faisait un moment que nous progressions sur des pentes raides entourées de croupes dorées. À chaque détour du sentier, un regard furtif vers ma compagne me confirmait qu'elle accusait des signes croissants de fatigue.

— Une pause, Lina ?

— Pas de refus !

Elle s'arrêta et se plia en deux pour reprendre son souffle.

— Ce n'est pas ainsi que vous y arriverez ! lui fis-je remarquer. Ôtez votre sac et redressez-vous. Voilà, vous verrez, ça ira mieux très vite. Pendant ce temps, si vous le permettez, je vais tirer votre bouteille d'eau de vos affaires. Voilà, buvez : c'est important. Mangez aussi un morceau de fromage.

Pendant qu'elle reprenait des forces, je me demandais si je n'avais pas forcé la dose, pour une première sortie en montagne.

— Tu m'impressionnes, Alice !

— Ah bon !

— Oui, tu as une sacrée forme...

— Pour mon âge, c'est ce que vous insinuez ?

— Non ! Enfin, si ! Pardonne-moi. Je ne voulais pas être désobligeante.

— Pas de soucis, Lina, je ne suis pas dupe de mon âge. Mais pour vous répondre, je n'ai guère de mérite : d'un côté, l'habitude de la marche ; d'un autre, une vie passée en altitude. Ne soyez pas surprise de vous sentir comme cela, vous êtes arrivée trop récemment pour être acclimatée au manque d'oxygène. On compte généralement une semaine...

— Je serai repartie avant !

Lorsque nous nous remîmes en mouvement, le soleil, qui était descendu d'un degré dans le ciel, lestait d'ébène le fond des vallées.

Nous progressâmes une bonne heure, plongées dans nos pensées respectives, jusqu'à ce que la pente commençât à s'assagir. Lina put alors laisser errer son regard qui fut aussitôt pris dans les filets du couchant. Une crête morainique dépourvue d'intérêt en pleine journée développait sous ses yeux une colonne vertébrale reliant les ténèbres au bleu céleste. Partout, alentour, un relief insoupçonné apparaissait, se creusait, se façonnait dans d'incessantes déclinaisons de la beauté. Une générosité sans limites offerte à qui sait contempler : voilà l'une des leçons que la montagne m'avait enseignées, qui se vérifiait encore. Bien sûr, j'avais appris à composer avec le vide, à supporter l'épreuve de la faim et de la soif, du froid, des colères météorologiques et de l'altitude, mais cela restait insignifiant à côté des largesses qu'elle dispense à qui a conservé la capacité d'aimer. Malgré son inexpérience, Lina en faisait partie, indéniablement. La voir admirer le mystère me procurait une indicible fierté. Quand bien même mon histoire était dépourvue d'intérêt, cet instant qui s'imprimait dans son cœur justifiait à lui seul son déplacement ! À travers l'émerveillement de ma compagne, je retrouvais une sensation gratifiante, voisine de celle d'autrefois, lorsque j'inculquais des messages importants à mes élèves.

Au-delà de l'échine morainique dont les contours s'étaient encore renforcés, une myriade de joyaux émergeaient sur le rasoir des rayons affaiblis. Tristes en plein jour, des éboulis et des blocs de toutes tailles, isolés ou disposés en rivières sèches, s'illuminaient comme autant de promesses. Si proche de chez moi que fût ce théâtre admirable, je réalisai combien il m'avait manqué ces dernières années ! À force de vivre au cœur de la nature, on en oublie qu'il est, même au paradis, une gradation dans l'extase ! En matière d'amour et de pureté, l'insatiabilité devient vertu et redéfinit la sagesse.

La magie nous accompagna plus loin encore, allumant de-ci de-là des croupes jusqu'alors insignifiantes, qui se révélaient semblables à des presqu'îles ou à des dentelles, déclinant des nuanciers d'ocres et de textures plus riches que l'imagination. Avec rien, l'instant formait un tout qu'il magnifiait avec talent. Bien qu'autrefois rompue à la féerie des cimes enflammées, je dus essuyer mes yeux à plusieurs reprises, au fil de la lente méditation qui concluait notre ascension.

Cette félicité se prolongea jusqu'à une élévation du terrain où une vision irréelle nous attendait : celle d'un jeu d'ombres et de lumière dans lequel le refuge du Carro, altier, sublime et perdu dans l'immensité, flottait sur une frange aux tons cognac. Lina s'arrêta, le souffle coupé. Lorsque je voulus lui parler, ma voix trembla. Il est des lieux et des circonstances où seul le silence peut faire écho à la beauté. Nous nous regardâmes en sanglotant devant la construction de pierre suspendue aux ailes de la grâce.

Si intense que fût ce moment, je savais qu'il ne durerait que dans le secret de nos cœurs étourdis.

Un ultime tronçon de faible déclivité prit des allures de chevauchée, puis ce fut l'arrivée au refuge du Carro, désormais plongé dans l'obscurité.

Nous posâmes les sacs et nous assîmes sur le pas de la porte. Pour nous seules, sur plus de dix kilomètres le long de la frontière italienne, l'éblouissement jouait les prolongations. L'Ouille de Trièves et sa joue émaillée d'or ouvraient le bal. À l'arrière, le cirque des Évettes englouti par la nuit était déjà un souvenir. Sa masse sombre entourée de lampions de pierre et de neige me rappela des projets de courses que Félix et moi partagions autrefois. De la pointe de Bonneval au pic Regaud, qu'il s'agît de la petite Ciamarella ou du tremplin de l'Albaron, tous répondaient présents !

— Et là-bas ? me demanda Lina.

— Le bassin des sources de l'Arc. Nous y passerons demain, avant de rejoindre l'Écot…

Au centre de la peinture, le roc et l'arête du Mulinet veillaient, tels des phares, sur l'océan d'ombres et de clarté où s'abritaient les derniers glaciers affolés. Mais ce fut surtout l'avant-plan en nubuck qui capta l'attention de Lina.

Plus particulièrement, la crête repérée durant la montée. Entre-temps, elle s'était étirée et déployait désormais un profil au drapé nuancé qui se perdait dans les ondoiements de l'horizon.

— Regarde cette autre ligne qui vient d'apparaître !

Eh oui, rien de plus fragile que l'immuable ! Témoin de masses neigeuses disparues, le faîte d'une deuxième moraine – trait de plume d'une finesse inouïe – inscrivait un message poignant dans le livre négligé de la splendeur.

— Et là-bas, on dirait qu'il y a un trou dans la muraille !

— Bien vu, Lina ! C'est l'aiguille Percée, à l'aplomb du refuge. Et à droite, vous apercevez la Levanna Occidentale, sommet au pied duquel nous passerons demain, en franchissant le col des Pariotes.

Nous patientâmes encore jusqu'à l'extinction complète des réverbères. Que d'émotions pour Lina qui découvrait la montagne, et pour moi en qui elle revivait ! Tandis que se refermait la bulle de cette journée sur les notes les plus douces jouées depuis longtemps, une autre agitait un spectre inquiétant dans les ténèbres...

* *
*

Les ténèbres, je ne pensais pas si bien dire ! Lorsque nous pénétrâmes dans le refuge qui n'était plus gardé depuis mi-septembre, nous dûmes nous orienter à la lumière de nos frontales. Point d'âme qui vive, mais une froideur humide doublée d'une austérité prenante. Un repérage sommaire de la pièce commune nous mena, au détour de torchons étendus sur des fils, à une table où nous sortîmes de nos sacs quelques victuailles pour le dîner. Nous nous rendîmes ensuite au dortoir, au troisième étage. Ambiance tout aussi oppressante...

— Heureusement, nous sommes deux ! s'exclama Lina, en découvrant le vaste local et ses lits superposés.

— Je ne pense pas que nous serons dérangées par des ronflements ! répondis-je, pour alléger l'atmosphère.

De retour au réfectoire, nous nous installâmes autour du halo vacillant d'une bougie. Chaleur toute relative, dans un espace aux contours incertains.

— Il est tôt pour dîner ! me fit-elle remarquer.

— Vous avez raison : rien ne presse, nous avons toute la soirée...

— À quelle heure nous levons-nous, demain ?

— Je propose d'attendre que la lumière nous réveille. Nous ne sommes pas à une demi-heure près...

— Rassure-moi : la marche n'est pas trop ardue ?

— Ne vous inquiétez pas, Lina. Un parcours en partie hors sentier et sur éboulis, mais pas de quoi paniquer. Nous irons à notre rythme ! Et une fois les sources de l'Arc passées, il ne nous restera qu'à descendre sur une bonne trace jusqu'à l'Écot.

Les questions qu'elle me posa ensuite attestaient d'un malaise difficile à cerner. Il faut reconnaître que l'ambiance lugubre ne l'aidait guère. Sans oublier la crainte de l'inconnu, pour elle, et celle de ne pas être à la hauteur. Ou autre chose encore ? Peu à peu, cette éventualité fit son chemin. Je sentais la journaliste dans une attente de plus en plus pressante...

— Vous pensez à l'article ? lui demandai-je.

— Effectivement !

— Un souci ?

— Tu sais bien, Alice...

Nous y étions ; inutile de tourner davantage autour du pot ! Que cherchais-je, au juste, en tâchant de gagner du temps sur l'inévitable, avec mes diversions puériles ? À bien considérer Lina dans l'éclairage vacillant, je fus prise de pitié pour elle qui n'insistait aucunement. Il aurait été tellement plus simple pour moi de me cabrer, de refuser de mettre un terme à un silence de toujours, si une once d'agacement, d'impatience ou d'agressivité avait assombri son regard. Au contraire, elle me rappelait les antilopes que Saint-Exupéry avait élevées à cap Juby, dans le Grand Sud marocain. D'elles, il disait : « On les croit apprivoisées. On croit les avoir abritées du chagrin inconnu qui éteint sans bruit les gazelles et leur fait la mort la plus tendre... Mais il vient le jour où vous les retrouvez, pesant de leurs petites cornes, contre l'enclos, dans la direction du désert. » À l'évidence, elle était des leurs... Ce merveilleux passage de *Terre des hommes* m'avait marquée au sanatorium, au point que je le fis étudier à mes élèves.

— Ça ne va pas, Alice ?

Combien de minutes s'étaient écoulées entre mon parachutage à cap Juby et cette question de Lina ? J'éprouvai la sensation folle qu'une anomalie temporelle s'était produite. Je ne cherchais pas à en déterminer la cause, mais la raison pour laquelle j'avais l'impression de me trouver sur la rive opposée de mon inexistence...

Le silence œuvrait désormais dans une matière distincte de l'instant, où fondaient mes barrières d'antan à mesure que je les considérais. La faute à Lina ou aux gazelles ?

— Par quoi commencer ? marmonnai-je.

Les yeux de Lina s'écarquillèrent.

— Je suis née en 1928, dans la ferme familiale, à Romillé, en Ille-et-Vilaine. Tout juste dix ans après la fin de la Grande Guerre. Mes parents ont eu trois filles. Louise et Françoise avaient huit et six ans, lorsque j'ai vu le jour. Une autre décennie s'est écoulée jusqu'à ce que la France et l'Angleterre déclarent la guerre à l'Allemagne, après l'invasion de la Pologne par le Troisième Reich, le 1er septembre 1939. La France respectait ainsi ses engagements internationaux…

Avant cela, notre vie était essentiellement centrée sur les activités de la ferme. Dès que j'en fus capable, j'apportai mon aide aux tâches ménagères, puis aux travaux de l'exploitation familiale, comme mes sœurs le faisaient depuis plusieurs années. Nos parents s'affairaient du matin au soir, sans jamais prendre de vacances. Ils ne se plaignaient pas. En plus de préparer les repas, de faire la lessive et de seconder mon père pour la traite des vaches et l'entretien de l'étable, ma mère se rendait plusieurs après-midi par semaine au château de Ferron, en tant que servante. Il s'agissait d'un manoir du XVIIe siècle séparé de chez nous par l'extrémité effilée d'un vaste étang. Il appartenait à un aristocrate lunatique, qui pouvait se montrer généreux dans ses bons jours. Il faisait appel à une main-d'œuvre plus ou moins abondante, au gré des réceptions qu'il organisait. Quelqu'un d'un autre temps, selon papa. Maman était l'une des rares femmes à y aller très régulièrement. Le châtelain disait d'elle qu'elle était sa préférée. Elle en tirait une fierté qu'elle avait du mal à dissimuler et qui suscitait jalousie et rivalités au sein des intervenantes. Mon père ne savait comment interpréter ce traitement de faveur que de mauvaises langues n'attribuaient pas qu'aux qualités ménagères de ma mère ! Sujet de querelles récurrentes entre mes parents : d'un côté papa ne pouvait supporter l'exubérance et la légèreté du propriétaire, d'un autre il ne rechignait pas sur les gratifications financières substantielles que maman rapportait de temps à autre…

Lina sortit de sa poche un calepin sur lequel elle prit quelques notes, en quittant le moins possible mes yeux qui vagabondaient dans le réfectoire réduit à une sphère accrochée à la bougie.

— La Seconde Guerre mondiale a éclaté lorsque j'avais onze ans. Heureusement pour nous, mon père venait de fêter son quarante-neuvième anniversaire, ce qui lui a permis d'échapper de justesse à la mobilisation de tous les hommes valides entre vingt et quarante-huit ans ! Je ne sais pas ce que nous serions devenues s'il avait dû repartir au front.

— Repartir ?

— Oui : il avait combattu en 14-18. Une boucherie innommable dont il a mis des années à se remettre, dans l'hypothèse où il s'en serait vraiment remis, ce dont je doute encore...

— Il n'en parlait pas ?

— Très peu. Il disait qu'il préférait nous protéger, en évitant de nous raconter ce qu'il avait vécu. Je l'avais toutefois entendu en glisser quelques mots à un homme de son âge, de passage à la ferme. Je n'avais qu'une petite dizaine d'années, mais comment oublier l'image qui l'avait traumatisé et qu'il avait décrite au visiteur ? Celle d'un camarade de combat dont il avait vu la tête arrachée par un éclat d'obus ! J'ai compris alors pourquoi il parlait de nous protéger, et je n'ai jamais plus osé aborder le sujet. Rétrospectivement, je suppose que ma mère et mes sœurs ont dû apprendre des choses semblables, à un moment ou à un autre. Sinon, pourquoi n'auraient-elles pas fait montre de plus d'intérêt et de curiosité envers les années d'absence de papa ?

— C'était un bon père, à t'entendre ?

— Le meilleur ! Dur avec nous, comme avec lui, mais toujours droit dans ses bottes. Un modèle de vertu pour nous toutes. Mais avec ce qu'il avait vécu lors de la Première Guerre mondiale, il était comme habité, pour ne pas dire hanté, au point de nous paraître différent des hommes n'ayant rien connu de similaire. Avec lui, il était inutile de discuter dès qu'il s'agissait d'un sujet de fond. « C'est ainsi, personne n'y peut rien ! » répondait-il. Point final ! Je n'ai jamais su si sa philosophie se situait au niveau des pâquerettes ou, au contraire, à une altitude si élevée que le silence nous la rendait inaccessible. Les rares occasions où mes sœurs et moi avons tâché de moderniser sa vision des choses, il nous a remises vite et bien à notre place ! On ne discutait pas, autrefois. Ou si peu ! À croire que toutes les mères suivaient un même mot d'ordre et versaient chaque jour quelques gouttes d'intransigeance dans le biberon des nourrissons de sexe mâle ! Intransigeance qui, sitôt la majorité atteinte, se transformait en droiture, en virilité, en courage et en exigence ! Telle était l'époque. Nous ne pouvions pas vraiment lui en vouloir…

J'en vins à la Seconde Guerre mondiale :

— Je me dois d'être honnête, Lina : elle nous a touchés moins durement que nombre de nos concitoyens. Non seulement j'ai eu la chance que mon père soit trop âgé pour être mobilisé, mais également celle de ne pas avoir de frères qui auraient été appelés ! Et, en plus, nous possédions une ferme avec des lapins, deux cochons et quelques vaches laitières.

Bien sûr, nous subîmes les restrictions imposées à l'ensemble de la population et connûmes les tickets de rationnement, mais nous étions à la source de la chaîne alimentaire et, à ce titre, bénéficiions d'avantages indéniables. Durant toute la guerre, nous avons pu manger de manière relativement correcte. Nous n'avions guère à nous plaindre, comparativement à tant d'autres familles.

— Comment se passait la vie pendant l'Occupation ?

— La Gestapo surveillait de près les productions agricoles, aidée par des collaborateurs français zélés ! Tout ce qui pouvait se vendre était réquisitionné, en priorité pour l'armée allemande. C'est pourquoi le marché noir s'est développé, au point de devenir très actif dès l'automne 1940.

— Tes parents y ont participé ?

— Vous me demandez s'ils en ont profité. Bien sûr ! Vous savez, Lina, il ne faut pas porter de jugement hâtif : il s'agissait d'une période extrêmement troublée, où chacun faisait ce qu'il pouvait pour nourrir ses proches et leur procurer les effets indispensables. Les tickets de rationnement étaient largement insuffisants. Alors chacun se débrouillait comme il pouvait. Rapidement, les paysans se sont trouvés face à la détresse des Français des villes à qui les vivres faisaient cruellement défaut, ainsi qu'à celle des réfugiés n'ayant aucun moyen de subsistance.

— À quels réfugiés fais-tu allusion ?

— À tous les déplacés. Ceux de 1939, d'abord : les Espagnols arrivés en France, après avoir fui la guerre dans leur pays. Puis à ceux de l'automne de la même année, les civils de l'est de la France ayant dû évacuer, pour se mettre en sécurité et faciliter les mouvements des troupes militaires. Ensuite, au printemps 1940, de nombreux Français ont décidé de s'exiler. Ils se souvenaient des conditions de vie extrêmement pénibles durant la Première Guerre mondiale dans les régions envahies. Mais le plus gros de l'exode restait encore à venir : il a eu lieu en mai et juin 1940, à l'approche des Allemands. Les évacués de Moselle et d'Alsace, des Ardennes et d'autres départements ont été dirigés vers le centre-ouest de la France, ainsi que le vers Sud-Ouest. Mais il n'y a pas qu'eux, loin de là ! Des Belges, des Luxembourgeois, des Hollandais, et des Juifs allemands et polonais, qui s'étaient auparavant réfugiés aux Pays-Bas, se sont aussi retrouvés sur les routes de France. Au total, un exode sans précédent de plus de huit millions de personnes : le quart de la population française...

— Tu es calée, en histoire !

— Juste une ancienne institutrice qui a connu cette époque, et pour qui le devoir de mémoire n'est pas un vain mot ! J'ai eu à cœur d'enseigner cela tout au long de ma carrière. Mais pour revenir aux malheureux qui cheminaient sur les voies de communication dans d'interminables colonnes humaines, ils étaient fréquemment la cible de tirs et de bombardements de l'aviation allemande. La Luftwaffe survolait les déportés à basse altitude et les dispersait avec des mitrailleuses. Le plus effrayant était sans doute le piqué de ses Stukas larguant leurs explosifs au dernier moment. Aucun évacué n'a oublié le son de leurs trompettes de Jéricho, ces petites hélices entraînées par la vitesse de l'air qui, en tournant, produisaient un bruit aussi strident que terrifiant, destiné à démoraliser les civils et les militaires. Entre chaque attaque, les files humaines se reconstituaient et longeaient des dépouilles mutilées, abandonnées sur les bas-côtés...

En voiture ou à pied, sur des charrettes et à vélo, les déportés avançaient péniblement, englués dans un désordre inextricable fait d'animaux et de tout ce qu'ils avaient emporté dans la précipitation du départ.

Puis un nouveau mouvement de masse apparut en juin 1940 : les habitants de la région parisienne fuyaient à l'approche des Allemands, après que le gouvernement français eut pris la direction de Tours, puis de Bordeaux. Deux millions de Français supplémentaires dans des conditions tout aussi précaires que les déplacés précédents...

— Tous ces mouvements ont eu pour effet de vider certains territoires de leur population, tandis que d'autres ont vu leurs villes et leurs villages tout à coup submergés.

— Comment les réfugiés ont-ils été accueillis, une fois à destination ?

— Ça a été très compliqué, pour plusieurs raisons : les différences de mode de vie, d'abord, mais également celles de religion. Les déportés de l'Est étaient plus croyants qu'à l'Ouest et au Sud-Ouest, où la laïcité était déjà bien implantée. De plus, on reprochait souvent aux réfugiés leur oisiveté. Mais la principale source de méfiance et d'hostilité provenait de la ressemblance entre les langues parlées dans l'est de la

France et en Allemagne, au point que le gouvernement a dû demander aux autochtones de prendre conscience que leurs compatriotes venant de la frontière orientale n'étaient pas des Allemands ! Cette animosité est vite devenue réciproque ! Heureusement, il y avait des exceptions, ainsi que de formidables élans de solidarité qui ont donné naissance à des amitiés indéfectibles.

Le cas des Belges s'ajouta à tout cela ! Les Français leur reprochaient d'avoir capitulé après dix-huit jours de combat seulement. Bien que cette décision fût prise par le roi Léopold III, nombre de Français firent l'amalgame et suspectèrent les Belges d'être des traîtres et des pleutres, ce qui engendra un climat délétère qui ne manqua pas de dégénérer. Les locaux ignoraient que ces réfugiés étaient partis sur ordre de leurs autorités militaires qui cherchaient à éviter que les hommes en âge de se battre ne tombent entre les mains de l'envahisseur...

— Combien de temps a duré l'exode ?

— Assez peu, somme toute. Du moins comparé à celui de 14-18, qui s'était étalé sur plus de neuf mois ! Ainsi, à la fin de l'été 1940, la plupart des Belges étaient rentrés dans leur pays. Quant aux Français, leur rapatriement vers les zones occupées, organisé par le gouvernement, a pris un long moment, compte tenu des dégâts que la guerre avait occasionnés sur les voies de communication. Nombre de ponts avaient été détruits, sans parler de l'état des routes ! Mais entre octobre et novembre 1940, une grande partie des déplacés avaient pu retourner chez eux.

— Et le marché noir ? Tu me disais que tes parents y avaient participé...

— Tout d'abord, il faut avoir à l'esprit que les personnes qui étaient les plus cruellement touchées par la pénurie de nourriture étaient les citadins. Les tickets de rationnement étaient très nettement insuffisants. Les paysans se trouvaient à la source des productions agricoles et animales ; ils étaient privilégiés de ce point de vue, quoique extrêmement surveillés par les autorités allemandes et françaises. Les fermiers ont vite dû faire face à un dilemme : soit rester indifférents à la détresse de leurs compatriotes, soit leur procurer clandestinement des denrées alimentaires de base. Vu sous cet angle, ce commerce aurait pu être louable, si les prix ne s'étaient envolés ! Sans compter les risques encourus, il devenait de plus en plus ardu pour la population d'acheter dans ces conditions. Le caractère de chacun s'est révélé : au marché noir, comme partout, il y avait des vendeurs honnêtes et des profiteurs sans scrupule. Quelques-uns n'hésitaient pas à s'en prendre aux réfugiés qui avaient soif, en exigeant des sommes exorbitantes contre un peu d'eau ! À part des exceptions de ce type, il était extrêmement difficile de faire la part des choses dans la confusion générale. Mais tout cela aurait été trop simple sans les Allemands !

— Des sanctions, j'imagine ?

— Oui, dès que les quotas imposés n'étaient pas atteints, c'est-à-dire de plus en plus souvent. Mais pas uniquement...

— Que veux-tu dire ?

— Les Allemands étaient eux-mêmes les clients du marché noir, et pas n'importe lesquels ! La surévaluation du mark par rapport au franc leur octroyait un pouvoir d'achat supérieur à celui des Français...

— Je ne savais pas qu'ils y participaient aussi !

— Pas tous, naturellement, ne généralisons pas. Bien malin, en revanche, celui qui connaissait l'étendue de cette pratique dont personne se vantait ! D'après ce que j'ai lu par la suite, le marché noir avec l'occupant pouvait aller de quelques denrées ponctuelles à la ferme à des trafics organisés, parfois même sous la couverture de responsables de la Wehrmacht...

Lina n'en revenait pas. Je lui décrivis les ruses que mes parents déployèrent pour dissimuler une partie de leur production agricole, afin de la vendre aux Français nécessiteux et aux réfugiés dans une posture encore moins enviable.

— Les risques considérables que mon père et ma mère prenaient étaient essentiellement motivés par la solidarité envers les populations les plus fragiles. Je suis certaine qu'ils ne se seraient pas livrés à ce commerce, si le seul enjeu avait été financier. Pour preuve, ils pratiquaient des prix plus que raisonnables. Certes plus élevés que les tarifs officiels, mais inférieurs à ceux du marché noir, et sans commune mesure avec ceux demandés aux Allemands. Ils devaient néanmoins se monter extrêmement vigilants, car les dénonciations allaient bon train, et les sanctions qui tombaient ne cessaient de s'alourdir.

— Qu'est-ce qu'ils vendaient ?

— Du lait, du beurre, des œufs, et quelques légumes de saison. Parfois, un peu de viande aussi. Du moins, à partir de fin 1943, avec l'émergence d'abattages clandestins, lorsque les tickets de viande n'étaient plus honorés…

À la campagne, on voyait de plus en plus de cyclistes venus des villes pour se ravitailler. Par précaution, ils n'achetaient qu'un kilo de beurre à la fois, de crainte d'être pris par la gendarmerie.

— Est-ce que tes parents faisaient commerce avec les Allemands ?

— C'est compliqué…

Jusque-là, j'avais l'impression trompeuse de m'être retrouvée en classe et de donner un cours à des élèves, en abordant des faits historiques que j'avais certes connus, mais dans lesquels mon implication se diluait dans celle de millions d'anonymes. Mais, tout à coup, la question de Lina me replaça sur le devant de la scène, à l'épicentre de ma douleur !

Suspendu, mon cœur hésita : poursuivre ou trouver une échappatoire ? Mes dernières cartes se mirent à trembler entre mes mains...

— Ça ne va pas, Alice ?

— Pas trop !

— Que puis-je faire ? demanda-t-elle, avec une sincérité qui me toucha.

Je m'octroyai un répit, le temps d'assister à l'agonie de la bougie et de la remplacer par celle que j'avais emportée. Lorsque la nouvelle flamme s'établit, plus stable et vaillante, le visage de Lina sortit de l'ombre, chargé d'impatience et de compréhension, de respect, de tact et de retenue. J'en fus bouleversée. Je baissai les yeux et vis avec surprise mes mains abattre sur la table mes dernières cartes !

— Au début, mes parents ne faisaient affaire qu'avec les Français et les réfugiés, comme je vous l'ai dit. Ils voulaient coûte que coûte éviter le commerce avec l'occupant, par éthique et par crainte des représailles des Français qui l'auraient appris. Papa et maman avaient eu vent d'exemples de paysans pris à ce trafic, pour lesquels ça s'était très mal terminé ! Nous avons ainsi pu rendre service et participer à notre humble mesure à une certaine forme de résistance face à l'envahisseur, tout en mettant un peu de beurre dans nos épinards ! Bizarre, cette expression, sachant que le beurre était la denrée la plus prisée, et les épinards relégués au statut de souvenir ! Mais, par une matinée de juin 1942, on a frappé à la porte de la ferme !

Lorsque papa ouvrit, deux Allemands se tenaient droits comme des *I*. Du fond de la pièce où je me cachais derrière une armoire, j'observai, tétanisée, le plus âgé d'entre eux – la petite quarantaine – entrer sans y avoir été invité, suivi de près par un jeune soldat qui referma aussitôt la porte. Dans un français approximatif et effrayant, le gradé demanda à mon père où était sa femme. Papa balbutia. Pourquoi parlaient-ils de maman ? Que lui voulaient-ils ?

— Elle est chez une cousine pour quelques jours, répondit-il.

— *Wo ist Ihre Tochter ?* Où est fôtre fille ?

— Avec sa mère, mentit-il, pour nous protéger.

Jamais je n'avais perçu autant de crainte dans sa voix. Je compris qu'il redoutait ce qu'ils pouvaient manigancer. Comment savaient-ils qu'il avait une fille ? Ils étaient bien renseignés ; ça ne présageait rien de bon ! Impossible pour papa de dire la vérité, à savoir que ma mère était au château, au bord de l'étang, ni de révéler ma présence à quelques mètres d'eux. Le sergent tira une chaise et s'assit devant la table, imité de près par le soldat de deuxième classe. Papa se sentit obligé de faire de même. Ils restèrent un long moment à s'observer, les Allemands d'un côté, mon père de l'autre.

— *Wir wissen alles !*

— Comment ?

— Nous saffoir tout ! lança le plus âgé.

— De quoi parlez-vous ?

— Le beurrr ! Le *milch* ! Le fiande !

— Et alors ?

— *Schwarzmarkt, strengstens verboten*[1] *!*

Papa blêmit.

— *Kleiner Heimlichtuer*[2] *!* répéta l'aîné en fronçant les sourcils.

— Qu'allez-vous faire ?

— *Das hängt von Ihnen ab !* grogna-t-il.

Le second traduisit :

— Ça tépend de fous !

1. Marché noir strictement interdit !
2. Petit cachottier !

Papa était totalement désemparé. Ses yeux roulaient, sa tête vacillait. Je crus qu'il allait s'évanouir, lorsque le sergent se leva, se pencha vers lui et posta son visage à dix centimètres du sien.

— *Das hängt von Ihnen ab! Wir können die Augen schließen...* répéta-t-il d'une voix extrêmement basse cette fois, mais tout aussi intimidante.

— Il ha dit : nous pouffons fermer lé yeux !

Mon père se leva à son tour et s'approcha du jeune soldat qui venait de parler. Lorsqu'il se tint devant lui, celui-ci le dépassait d'une tête. Il lui expliqua dans un français massacré que son sergent attendait un petit service en échange de son silence...

— Du chantage ! s'exclama Lina.

Parfaitement ! Il voulait qu'on leur vende du beurre, ainsi que des œufs et d'autres produits fermiers. À grand-peine, le jeune soldat décrivit la manière dont ils procéderaient. C'était lui-même, le grand échalas, qui viendrait seul, à moto, pour récupérer et payer la marchandise. Quant à la fréquence, ils aviseraient plus tard. Le sergent parla, puis jeta un regard vers son subalterne qui traduisit : au premier mot soufflé à un Français ou à un Allemand à propos de leur petite affaire, les conséquences seraient terribles pour sa femme et pour sa fille !

— Voilà, Lina : vous savez maintenant comment mes parents ont été embrigadés dans le commerce avec l'occupant ! À compter de ce jour, ils ont profondément changé. Ils se sont mis à se méfier de la Terre entière ! Le moindre bruit dans la cour de la ferme, un beuglement inhabituel dans les champs ou des poules battant des ailes sur quelques mètres au ras du sol suffisaient à leur donner des sueurs froides...

— Et toi, Alice, comment as-tu vécu cela ?

— Pas évident ! J'étais adolescente. Les travaux et la guerre m'avaient volé ma jeunesse. J'absorbais l'angoisse de mes parents comme une éponge...

— Ce trafic a duré jusqu'à la fin de l'Occupation ? demanda la journaliste.

— Oui, quasiment...

* *
*

L'heure avançant, nous commençâmes à dîner. Repas simple, mais revigorant, sous les hurlements du vent.

— C'est étonnant comme il s'est levé en peu de temps ! Est-ce un mauvais signe pour demain ? demanda Lina.

— Pas nécessairement. Nous verrons comment cela évolue. Mais ne vous inquiétez pas : si la météo se dégrade, nous ferons demi-tour.

Encouragée par la curiosité de ma compagne, je repris le récit de ma jeunesse en Bretagne, après une dernière hésitation :

— Pensez-vous que ce soit vraiment intéressant pour les lecteurs ?

— Et comment ! Plus c'est personnel, plus ça fait résonner leurs cordes sensibles. Bien sûr, chacun a les siennes, mais lorsqu'il s'agit de sujets forts, en lien avec le passé, crois-moi, Alice, ça fonctionne plutôt bien !

Après cette remise en selle, je desserrai peu à peu la bride sans m'en apercevoir. Loin de m'effrayer, les bourrasques extérieures me rappelaient les heures merveilleuses en altitude, accrochées au rocher ou à des broches à glace, aux côtés de Félix. Plus je parlais, plus l'appétit de Lina en matière d'anecdotes se montrait insatiable. Les moindres détails de la vie à la ferme l'intéressaient. Je m'étonnais de me souvenir d'une multitude d'éléments mineurs. Sous le feu nourri des questions de la journaliste, l'une me cloua soudain contre le mur :

— Tu n'as jamais pu avoir d'enfants ?

— Si, enfin non ! Ça dépend…

— Je ne comprends pas.

Je cherchai une échappatoire parmi les ombres qui circulaient au plafond.

— J'ai mis au monde un magnifique petit garçon. Il avait les yeux bleus et souriait tout le temps.

Je m'interrompis.

— Si c'est trop difficile, Alice, on peut faire une pause…

J'inspirai. Une fois, deux fois, trois fois, puis me levai. Je m'approchai de la fenêtre et ouvris les volets. Une myriade d'étoiles scintillait dans l'infini. Curieusement, le vent s'était tu, également suspendu à mes lèvres…

— Vous me trouverez sans doute ridicule, mais en voyant ces astres, je me dis qu'il les a rejoints. Qu'il erre parmi eux, d'un éclat magnifique. Il était mon soleil, ma lumière…

Je sentis dans mon dos une respiration. Bientôt, la main de Lina trembla sur mon épaule.

— Il s'est éteint après trois jours…

— J'en suis désolée, Alice !

Un silence, puis elle ajouta qu'elle comprenait à présent pourquoi il m'était si pesant de revenir sur le passé…

— Pas pesant, écrasant !

Tandis que mes lèvres cherchaient à s'entrouvrir, je crus que la Voie lactée faisait de même. J'y ressentis la présence vibrante et presque palpable de mon fils.

— Merci, Lina, de m'offrir cette sensation de proximité avec mon bébé. Je ne l'avais plus éprouvée depuis une éternité…

— Tu en parles parfois avec Félix ?

— Non. Ou si peu…

— S'est-il remis de la disparition de son enfant ?

— Il n'a jamais eu d'enfant !

— Mais alors, le papa ?

— Décédé de la plus stupide des façons : un accident de la route !

— J'en suis vraiment désolée, Alice.

— Merci, Lina. Vous voyez maintenant que celle que vous veniez interviewer en tant qu'héroïne bravant les sommets, l'une des pionnières des hautes altitudes en France, n'est qu'une pauvre fille morte à l'âge de seize ans...

— Seize ans ?

— Vous m'avez bien entendue !

— Même si j'ai beaucoup vécu depuis, même si l'existence m'a offert des moments exaltants, et même si j'ai rencontré en la personne de Félix l'homme qu'il me fallait et qui a su m'aimer autant que je l'ai aimé, une partie immense de mon cœur a cessé de battre peu après mon accouchement...

Je me retournai. Lina me serra dans ses bras. Mes larmes coulèrent abondamment sur son épaule. Je ne pouvais plus bouger. Temps figé, pensées en panne. Une image bretonne me vint : celle des voiles dégonflées d'une goélette perdue sur l'océan. J'étais là, à près de 2 800 mètres d'altitude, plongée dans l'obscurité de ma vie, à mi-chemin entre les étoiles et Lina. Je frissonnais. Elle m'enlaça plus fort encore, me frictionnant le dos de ses mains émues. J'aurais tellement voulu la remercier pour son soutien, pour sa chaleur, mais surtout pour son silence ! D'autres, à sa place, auraient renchéri de questions insupportables ; elle n'en fit rien. Le superflu s'en vit ajourné. Des mots, même choisis, n'auraient qu'entaché l'intensité du moment, celle d'un indicible amour. À travers la douleur de mon effusion, un relâchement était en marche dont je ressentais d'heureuses vibrations. Debout, minuscule face au firmament, entourée de crêtes muettes, qu'aurais-je pu demander de plus ? Par sa présence, Lina maintenait mes pieds en contact avec le sol. Sans elle, j'aurais pu m'élever, m'envoler et m'éteindre à jamais dans les délices d'une proximité retrouvée...

Un frémissement m'extirpa de ma torpeur. Lina sanglotait ! À mon tour, j'essayai de la rassurer. Quelle empathie, cette petite ! Un élan de compassion monta en moi : soudain, ce n'était plus une journaliste, mais une élève à consoler...

— Ne vous tracassez pas pour moi, Lina, ça va aller. Tout cela est une très vieille histoire...

Elle voulut protester, m'enjoindre de ne pas minimiser ma peine, mais dut s'interrompre, tant sa voix louvoyait.

— Je refuse que vous soyez malheureuse à cause de moi, Lina !

— Je ne le suis pas...

Ma montre indiquait 22 heures, lorsque nous nous regardâmes, comme deux pauvrettes essayant de se remettre de leurs émotions, dans l'humidité du réfectoire.

— Sensible comme vous êtes, Lina, il me semble préférable que je ne vous parle plus de mes souvenirs douloureux ce soir, et que nous allions nous coucher...

Dans le dortoir, vers minuit, cela faisait un long moment que je l'entendais se retourner dans son lit.

— Vous ne trouvez pas le sommeil, Lina ? À quoi pensez-vous ?

— À ton histoire...

— Je suis désolée qu'elle vous tourmente !

— Ce n'est pas de ta faute, Alice...

Elle tâcha à nouveau de se calmer ; peine perdue.

— Alice ?

— Oui.

— Tu me disais que tu étais enceinte à seize ans...

— C'est exact. Je vous laisse imaginer ce que cela représentait pour mes parents...

— Ça a dû être très compliqué, pour toi, et même bien avant l'accouchement...

— Vous ne pouvez pas l'imaginer ! Surtout avec mon père. Pour cette raison, son modèle familial de vertu s'est effondré. Un déshonneur pire que la mort ! Heureusement, maman s'est montrée plus indulgente. Quand j'étais seule avec elle et que nous en parlions, elle cherchait à me rassurer, en me disant que ça irait. Elle n'était au courant de mon état que depuis le septième mois de ma grossesse ! Je vous passe la tête de mon père, au moment où il a fini par l'apprendre, deux semaines après elle...

Ce n'était plus l'homme que j'avais vu trembler devant les Allemands ayant fait irruption dans la ferme, deux années plus tôt, mais un volcan prêt à éclater d'une seconde à l'autre. Heureusement, ma mère s'interposait dès que le ton s'élevait entre lui et moi. Elle trouvait les mots qui libéraient sa pression, avant qu'il n'en vînt aux mains ! Mieux encore, elle lui évitait de prononcer des paroles qu'il aurait aussitôt regrettées, mais que jamais je n'aurais oubliées : elle le connaissait par cœur.

— Comme je te plains ! chuchota Lina.

— À vrai dire, le plus dur avait eu lieu avant, le 8 juin 1944, deux jours après le débarquement, lorsque j'apprenais la mort du papa de l'enfant qui bougeait en moi...

Au-delà du choc et de la douleur de l'annonce, j'imaginais le pauvre petit, orphelin de père à la naissance. Quel avenir allais-je pouvoir lui assurer, seule, si jeune, sans formation ni situation ? Hormis la ferme, je ne connaissais rien. Un mur immense s'était brusquement dressé devant moi, qui me privait de lendemain. Depuis que j'avais compris que j'étais enceinte, je me voyais mariée, aussitôt la page de la guerre et de l'absurdité tournée. À trois, nous aurions refait le monde et l'aurions peint de couleurs vives, pour effacer les convenances et les préjugés. Nous avions toute la vie pour y parvenir. Quelques années plus tard, personne ne m'aurait reproché l'âge auquel j'avais accouché. D'ici là, il nous suffirait de faire profil bas. Une fois la colère de papa essoufflée, j'allais pouvoir aller de l'avant. Je rêvais même de reprendre mes études interrompues en 1942. Je passerais mon brevet. Et, qui sait, peut-être intégrerais-je l'école normale ? Mon instituteur avait signalé à plusieurs reprises à mes parents que j'avais de belles dispositions. « À quoi bon, lui répondait mon père, Alice a la ferme, et nous avons besoin d'elle ! » Mais déjà, à l'époque, ma mère œuvrait en coulisse et me recommandait la patience. Elle m'exhortait à ne pas le brusquer, convaincue qu'à la longue il se ferait à l'idée, lorsqu'elle lui aurait suffisamment répété que la vie finirait par me sourire, s'il daignait me faisait confiance...

* *
*

La pente faiblissait et les éboulis se transformaient en plaques immenses, plus commodes à franchir. L'air devenait sec et léger. Fini la froideur de la conque enténébrée des lacs du Carro, place à une clarté gagnant en amplitude à chaque pas. Nos souffles retentissaient à l'unisson. Ils étaient courts : Lina, par manque d'acclimatation, moi, sous l'emprise des fantômes de la nuit. Soudain, des froissements soyeux soulevèrent nos paupières : quelques choucas curieux venaient nous saluer. Puis le col des Pariotes s'ouvrit sur les vapeurs bleutées du levant. Par-delà la dépression des sources de l'Arc et la crête reliant les trois cimes des Levanna au roc du Mulinet, l'Italie s'éveillait à peine. La lumière fébrile distillait une pureté que j'avais oubliée, à force de la côtoyer. Elle réclamait de moi une transparence égale...

— Regarde, Alice, là-bas !

Je portai mon attention dans la direction que Lina m'indiquait et aperçus deux bouquetins en train de se reposer sur une dalle polie par d'anciens glaciers. Une mère et son petit profitant des premiers rayons. Le contraste de la pierre et d'un arrière-plan cobalt si sombre qu'il pouvait s'agir d'un versant ou d'une parcelle de nuit égarée mettait en valeur le pelage fauve acajou des paisibles caprinés. Les reflets de leurs robes en satin muselaient notre émotion. L'heure était complice. Je constatai qu'en montagne le mot habitude rime avec émerveillement, et non avec lassitude, comme partout ailleurs où il me fut donné de séjourner. J'appris ainsi ce que je savais déjà : qu'on est de quelque part – d'une région ou d'un pays – lorsque, à force d'en contempler les sourires, ils nous fascinent de plus en plus... Si je n'avais pas quitté la Bretagne, aurais-je éprouvé de tels transports, sous les ciels tourmentés du bocage rennais ? Lina, qui s'était tue durant la montée, multipliait les exclamations et les superlatifs concernant ces animaux. À la joie d'une si belle rencontre s'ajoutait celle de la voir profondément heureuse.

Si la journée avait dû en rester là, elle aurait assurément été réussie. Mais sa générosité n'avait pas dit son dernier mot : en quelques battements de cils, tout, alentour, se para d'or ! Une alchimie dépassant l'entendement. L'espace et l'instant nous plongèrent dans la perfection. Un pressentiment. Je pivotai et ne fus point déçue : loin de nous, en contrebas, les lacs Blanc et Noir étincelaient, opposant les reflets turquoise du premier au ton abyssal du second. Comment admettre qu'il s'agissait des plans d'eau le long desquels nous frissonnâmes le matin même, en quittant le refuge du Carro, et dont nous ne perçûmes que l'austère compagnie ?

De retour dans l'embrasement général, à plus de 3 000 mètres d'altitude, chaque seconde devenait palpable et réinventait le monde. Où que nous donnions de la tête, ce qui prévalait quelques instants auparavant n'avait déjà plus cours, refaçonné par le génie d'un artiste insatisfait. La nature nous offrait des richesses si vastes que j'aurais voulu les figer pour les emporter, afin d'en faire profiter la Terre entière ! Mon regard dépassait les apparences, effleurait des vérités inaccessibles, insoupçonnées. Les glaciers n'étaient plus des masses froides suspendues en plein ciel, mais les vers et les strophes d'un poème sans fin ni commencement.

L'extase s'interrompit, lorsque je réalisai que j'étais seule ! Un coup d'œil vers le haut, puis d'un côté et de l'autre : rien ! Quelques pas en direction de la lumière devenue aveuglante, et je distinguai Lina, plus bas, assise à une quinzaine de mètres des bouquetins, dans une posture semblable à la leur. Elle me fit signe. Je la rejoignis à pas de loup, sans effaroucher les émissaires du nirvana.

Aussitôt installée près d'elle, ma gorge se noua : tôt ou tard, j'allais devoir parler de la mort. Et pas de n'importe laquelle : de celle de mon fils ! Bien sûr, rien ne m'obligeait. D'ailleurs, Lina ne m'avait toujours pas demandé de poursuivre. Pas même ses yeux de gazelle résignée... Mais je devais honorer un engagement implicite envers moi-même, celui de déposer mon fardeau dans le sanctuaire de la beauté...

— Un enfant de la guerre : quelle horrible expression, n'est-ce pas ? lâchai-je, sans même l'avoir anticipé.

Lina chercha mon regard qui arpentait l'infini.

— Son père s'appelait Karl. Karl Richter. Vous savez, le soldat de deuxième classe ?

Tout avait commencé comme le sergent l'avait dit : quelques jours après leur irruption à la maison, il avait envoyé son subalterne pour nous acheter deux kilos de beurre. Ma mère l'avait reçu pendant que papa était au champ. Je me tenais à nouveau au fond de la pièce, muette comme une carpe ! Elle l'invita à entrer, pour éviter qu'il attende dans la cour, bien trop visible de la route. Elle lui suggéra de garer à l'avenir sa moto derrière le corps de ferme, pour un maximum de discrétion. Elle lui parlait peu, tandis qu'elle préparait et emballait la marchandise. Les yeux de ma mère n'étaient remplis ni de crainte ni de haine. Le militaire ne semblait guère l'impressionner, malgré sa grande taille et son fusil en bandoulière. Je me demandai si c'était son jeune âge ou la clarté de ses iris qui l'incitait à se comporter de la sorte. Et quelle ne fut pas ma surprise, lorsque j'entendis maman m'appeler :

— Alice ?

Timidement, je sortis de ma cachette et approchai.

— Ne sois pas inquiète, ma chérie, il ne va pas te manger ! Veux-tu bien aller chercher un petit panier en osier dans la grange ?

Morte de peur, je n'avais jamais obéi aussi vite à ma mère ! Mais le plus dur restait à faire : revenir avec le panier !

4

La Bretagne se souvient

Romillé, Bretagne, été 1943

Chaque vendredi, en milieu d'après-midi, j'attendais le vrombissement de sa motocyclette. Un an déjà, depuis son entrée fracassante avec le sergent ! Depuis, mon père n'avait pas desserré les dents. Il épiait constamment les environs, redoutant une dénonciation de la part de voisins zélés ou jaloux, voire d'autres Allemands. Souvent, les travaux dans les champs l'empêchaient d'être présent. Maman aussi était amenée à s'absenter régulièrement, pour servir au château, en ce qui la concernait. À la suite de la réquisition de celui-ci, son propriétaire avait joué de ses relations et obtenu l'autorisation de demeurer dans ses dépendances. Il les avait équipées avec les meubles que les officiers allemands installés en ses murs avaient consenti à lui laisser. Bien que contraint d'habiter dans les bâtiments anciennement réservés au personnel et aux activités agricoles, il continuait de faire appel à des domestiques de confiance. Plusieurs fois par semaine, ma mère lui apportait ainsi un repas qu'elle réchauffait sur la vieille cuisinière à bois de l'annexe. Outre la nourriture, il attendait d'elle qu'elle lave et repasse son linge, mais surtout qu'elle le tienne au courant des dernières nouvelles des environs !

Au début, je redoutais les périodes où mes parents seraient tous les deux absents durant la livraison du beurre, du lait, du fromage ou des œufs, car ce serait à moi qu'incomberait cette tâche. J'avais peur de me trouver seule avec le soldat allemand. Alors je protestais ! J'insistais, en usant de ruses diverses pour tenter d'infléchir la planification des activités de papa et de maman, mais rien n'y faisait ! Et quand j'exprimais sans ambages ma hantise d'un tête-à-tête avec ce jeune ennemi, ma mère me répondait que je n'avais rien à craindre d'un grand échalas à peine moins timide que moi, selon elle ! Elle en tenait pour preuve son incapacité à soutenir son regard de femme plus de quelques secondes d'affilée. « Crois mon expérience, Alice : il a peur des filles ! Je ne serais d'ailleurs pas surprise qu'elles ne l'intéressent pas... » Et elle s'en retournait vaquer à ses occupations.

La première fois fut terrible ! Lorsqu'on frappa doucement à la porte, je n'étais pas certaine d'avoir entendu. Je me dirigeai sur la pointe des pieds et observai de biais, par la fenêtre. Il était bel et bien là, dans le froid de l'hiver, oscillant d'une jambe à l'autre, en se frottant les mains. Le froid ou l'embarras ? Je respirai, réajustai mon tablier, puis fis jouer la serrure. La porte grinça.

— Pon Chour, *Fräulein ! Ich bin Karl...*

Il se retourna, pour s'assurer que personne ne passait. Je me rappelai les consignes de mes parents : il ne fallait surtout pas qu'il s'attarde à l'extérieur. J'ouvris largement la porte et la refermai aussitôt derrière lui, sans oser quitter du regard l'extrémité de ses bottes ! Je lui fis signe de s'asseoir, le temps que j'emballe le tout. J'allais et venais de la cuisine au buffet, sans arrêt à la recherche de choses que j'avais forcément oubliées ! Désemparée, je ne savais plus ce que je faisais ni ce que maman m'avait dit de lui fournir. En désespoir de cause, je m'approchai et lui montrai une motte de beurre. Il acquiesça. M'avait-il lui-même regardée ? Rien n'était moins sûr car, sans avoir croisé ses yeux, je devinai à sa manière de se tenir et de respirer qu'il n'était guère plus à l'aise que moi ! Cela me rassura. N'ayant jamais eu de frères, mon expérience des garçons se limitait aux jeunes du village dont nous discutions entre filles, en allant à l'école primaire, avant la guerre. Quant aux hommes, à part mon père et les fermiers qui lui rendaient visite de temps à autre, que savais-je réellement d'eux ? Heureusement, certains livres que l'institutrice nous avait lus en classe m'en avaient donné un aperçu. À écouter les copines bien plus dégourdies que moi, leur compagnie pouvait être agréable, voire désirable, selon certaines qui se mettaient aussitôt à ricaner ! Mais c'était surtout de mes sœurs que je tenais le plus d'informations en la matière. Plus âgées que moi, je les avais quelquefois entendues se confier en secret leurs histoires de cœur. Mais pour l'heure, à vingt et vingt-deux ans, elles étaient déjà mariées et vivaient loin de la ferme : l'une dans les environs de Paimpol, l'autre à Ploërmel, dans le Morbihan.

— *Danke schön !* me dit-il lorsque je lui tendis le paquet. *Wie viel ?* Combien ? traduisit-il, en réponse à mon air interrogatif.

Je réalisai que, sans cette question, j'allais oublier de lui demander de payer ! Qu'aurais-je pu avancer à mes parents pour justifier pareille étourderie ? Je me souvins que ma mère m'avait laissé un papier avec la somme à réclamer. J'allai le chercher et le lui présentai. Il ouvrit sa besace et me donna la monnaie qui s'échappa aussitôt de mes doigts fébriles. Contrite, je me penchai pour ramasser les pièces qui roulaient sur le sol. Lorsque je me redressai, nous tombâmes nez à nez. C'est là que je découvris de près ses grands yeux bleus ! Surprise réciproque qui nous trouva dans l'incapacité de réagir. Sommes-nous restés une seconde ou une minute dans cette position improbable, le souffle coupé, avant qu'un aboiement nous ramène à la réalité ? Sans nous concerter, nous nous ressaisîmes et nous écartâmes l'un de l'autre. J'allai voir par la fenêtre : une charrette avec un fermier et son chien s'en allait sur la route. Plus de peur que mal !

— *Was ist das ?*

— Ce n'est rien, il n'y a pas de danger...

Il n'avait pas compris ; aussi lui redis-je à plusieurs reprises, en tâchant de mieux articuler. Cette leçon de français improvisée fit naître sur son visage un sourire qui me réchauffa le cœur et balaya un court instant la crainte et la gêne qui me tétanisaient. À son tour, il me parla en allemand et tenta de m'apprendre quelques mots que je répétai, pour ne pas le contrarier. La satisfaction que je décelai au coin de ses lèvres résultait probablement du fait que je venais enfin d'oser le regarder ! Je replongeai de suite dans ma réserve. Il parvint ensuite à m'expliquer qu'il ne fallait pas qu'il s'attarde : son sergent lui demanderait des comptes à son retour ! Il rejoignit la porte qu'il entrouvrit. Personne ! Il me salua en prononçant quelques mots qui devaient signifier à la semaine prochaine. Sitôt parti, je refermai le verrou et me cachai derrière les voiles blancs de la fenêtre, jusqu'à ce qu'il disparaisse sur sa moto, dans un nuage de fumée.

Je m'assis alors sur une chaise, afin de me remettre de mes émotions. Pour la première fois, j'observai l'intérieur de la pièce maîtresse de notre maison. La cheminée, d'abord, en grès et schiste pourpré, coupant en son centre un vaste mur de pierre. Mais surtout, les deux petites fenêtres qui, l'été venu, étaient ornées d'un bouquet : des roses d'un côté, des fleurs d'hortensias de l'autre. Ensuite, un buffet monumental sorti des mains et de l'adresse de mon arrière-grand-père, qui se transmettait de génération en génération au sein de la famille. Au-dessus, un plafond bas aux poutres torses. Je trouvai belle la simplicité de ce décor rassurant qui avait résisté à la Grande Guerre et à l'érosion du temps. Dans le silence et l'épaisseur des murs, je compris qu'il est bon de savoir que certaines choses durent plus que soi. Mon enfance avait filé sans que je m'en aperçoive, suivie d'une adolescence qui n'en avait que le nom. La ferme, le conflit, l'Occupation et l'interruption de mes études avant le brevet s'étaient substitués à l'insouciance.

— J'oubliais les petits services que je rendais moi aussi chez le châtelain, et combien ils me coûtaient !

— Pour quelle raison, Alice ?

— Parce que chaque fois qu'il croisait mon regard, il semblait embarrassé, et son embarras me perturbait affreusement ! Toutefois, il se gardait bien de me dire à quoi il pensait. Par chance, ma mère n'était jamais loin quand il faisait appel à moi dans ses dépendances. Elle non plus ne m'apportait aucune explication à la gêne du propriétaire à mon égard. Ce sujet semblait tabou ! Lorsque je lui demandais s'il lui faisait le même effet, elle me répondait que non, d'un geste de la tête, mais elle paraissait troublée. Elle me conseillait de ne pas trop réfléchir, car cela ne mènerait à rien...

Toujours assise, après le départ du soldat, je pensai à ce qui faisait mon quotidien. Mes mains arpentaient la surface rugueuse de la table dont les sillons profonds me rassuraient. Je réalisai que j'aimais mon pays, ma région, malgré les circonstances. Combien de temps durerait la guerre ? Se terminerait-elle un jour, comme la précédente dont le souvenir secouait encore les survivants, ou allait-on entrer dans la normalité d'une présence germanique définitive ? Je songeai à l'invasion de l'Armorique par les Romains que l'institutrice nous avait relatée et me mis à douter que les hostilités puissent un jour s'achever, comme l'espéraient si ardemment mes parents. Heureusement, les murs qui délimitaient la pièce formaient une armure contre l'incertitude...

On ne parlait pas à la maison, ou si peu ! L'essentiel gravitait autour des nouvelles du front et de l'Occupation, des directives de la préfecture, des dernières représailles, de la météo – pour les semis ou les récoltes – ou de la santé des vaches et des cochons... Ni mon père, ni ma mère, ni moi n'avions de place dans les bouleversements ambiants. Nous n'existions qu'à la mesure du travail que nous accomplissions. Je n'ai jamais vu mes parents oisifs, ou simplement en train de se reposer, au coin du feu, comme les soirées d'hiver où le vent hurlait à l'extérieur des vitres à carreaux. Souvent, je me demandais à quoi bon toute cette agitation. D'où puisaient-ils leur ferveur ? Si la réponse s'imposait sous les traits de la religion, elle ne me satisfaisait guère. Certes, la foi dictait leurs valeurs et leurs certitudes, rythmait leur conduite et cautionnait leurs rares moments de tendresse, mais il y avait forcément autre chose d'inexpliqué qui avait transformé nos existences en une fuite immobile. Trois ans après l'exode auquel nous avions échappé, j'avais l'impression folle qu'il nous avait rattrapés et s'était emparé de nos âmes. Nous n'agissions plus par nous-mêmes, mais sous un faisceau concourant de pièges, de dogmes, de diktats. Nous nous débattions pour éviter la noyade collective. En dépit de mon jeune âge, je tenais pour évident que le chantage du sergent allemand avait précipité les choses et instauré un couvre-feu dans la vie de mes parents ; et par extension dans la mienne. Mais comment croire en l'ampleur du danger qui les tétanisait, après ces quelques minutes passées avec le soldat de deuxième classe ?

Enfin remise de mes émotions, je me remémorai les propos de ma mère à son égard et j'eus simultanément deux certitudes : à lui seul, il ne représentait effectivement aucune menace, malgré sa taille, son arme et son uniforme. Ensuite, elle s'était trompée : ce n'était point la crainte des femmes qui l'animait, mais une timidité hors norme. Comment, pétri d'une telle sensibilité, avait-il pu se retrouver projeté loin de sa famille et des frontières de son pays, à l'autre bout d'une Europe dont il n'entendait rien et dont il n'attendait rien ? Je réalisai que l'atrocité de la guerre ne se limite pas aux cadavres démembrés, aux fosses communes, aux estropiés, mais s'étend à tous les exilés intérieurs – du côté des agressés, mais aussi des agresseurs – et aux orphelins d'idéaux forgés à grand-peine. Comme précédemment au cours de l'Histoire, le rouleau compresseur de la haine était passé, soulevé par un dictateur et ses généraux, par des politiciens en quête de postérité et de perfection absurde ! Dans l'inextricable forêt de lois régissant le monde, comment se faisait-il qu'on n'en eût jamais créé pour détecter à temps les germes de la démesure ? La raison d'État, avais-je un jour entendu mon père clamer. Point final de la discussion ! L'État et la religion : les piliers qui délimitaient sa vie, à la manière des colonnades des temples antiques. Les paroles de mon institutrice me revinrent. Selon elle, qui restait hantée par la Grande Guerre, c'est pour imposer leur étroitesse d'esprit que les despotes cherchent à étendre leur domination. Par incapacité de s'ouvrir à plus vaste que soi, repoussant d'autant les barbelés bornant leurs certitudes étriquées. Pour l'heure, qu'ils se nomment Hitler ou Staline, ou tous les autres qui ne manqueraient pas de menacer les siècles à venir, l'Histoire rendrait justice à leurs crimes. La hauteur de vue de cette petite femme, je n'allais en prendre conscience que bien des années après qu'elle eut jeté ses réflexions en classe, comme autant de bouteilles à la mer, et qu'au terme d'une longue errance dans le secret de mon cœur elles refassent surface et nourrissent mon désir d'embrasser à mon tour la noble carrière d'enseignante. Comme elle, peut-être deviendrais-je beaucoup plus qu'une institutrice ! Quels autres métiers procureraient une telle sensation d'utilité, en matière d'ouverture des esprits ? Mais tout cela n'était encore qu'à l'état de graine, dans le sillage du départ de celui que j'allais bientôt appeler Karl…

Toujours immobile, les mains sur la table, j'avais l'impression d'avoir vécu en quelques minutes une vie entière dans l'œil d'une tornade de sentiments inconnus. Les bouquets imaginaires devant les fenêtres n'étaient plus ces ornements que ma mère renouvelait chaque jour de bonne heure, à la belle saison, mais des jaillissements de teintes et de nuances, de textures et de points de vue constructifs sur le monde. Rien ne dissonait dans la variété des fleurs plongeant leurs tiges dans la même eau et tendant leurs pétales vers la même lumière ! La richesse est fille de la diversité. Qui aurais-je été pour reprocher aux roses d'apprécier la proximité des pompons d'hortensia ? Karl parti, je ressentis en moi comme un flétrissement. Pourvu que mes parents soient à nouveau occupés la semaine suivante !

Sourire aux lèvres, je me levai et affrontai avec légèreté la longue liste de tâches qui m'attendaient…

* *
*

Col des Pariotes, haute Maurienne, mercredi 21 octobre 1998

— Un coup de foudre, donc ?

— On peut le dire…

La vie est quelquefois étrange : une heure avant de découvrir les premiers transports de l'amour, je me débattais dans les filets de l'angoisse. Et après le départ de Karl, je me revois dans la basse-cour, à nourrir les poules et les lapins, en me demandant ce qu'il avait bien pu penser de moi, de ma maladresse, de ma timidité. Avait-il ressenti des choses similaires aux miennes, ou étais-je en pleine affabulation ?

— J'imagine que vous en avez parlé, lorsque vous vous êtes retrouvés, une semaine plus tard ?

— Nous n'avons fait que cela, Lina ! Au point qu'au moment de s'en aller, après s'être souvenu que son sergent allait exiger une explication quant à la durée de son absence, il a réalisé avec stupeur que je ne lui avais pas donné les produits pour lesquels il était venu ! Coup de sang mutuel ! En quelques minutes, j'ai ficelé un paquet avec tout le contenu de sa liste. Il m'a saluée et a disparu !

Entre-temps, nous avions échangé sur l'essentiel, sachant que l'essentiel se glissait entre les mots rudimentaires de français et d'allemand auxquels notre ignorance nous cantonnait. Ce handicap verbal avait l'avantage de nous forcer à combattre notre timidité, pour débusquer au fond du regard de l'autre ce qui échappait à notre vocabulaire. Nous abordâmes nos occupations quotidiennes, nos centres d'intérêt, conscients que seule une partie infime de nos propos était comprise, mais certains qu'autre chose de plus important était en jeu. Karl était heureux d'être là, près de moi, qui ne voyais plus les heures passer. Je buvais ses paroles autant que les silences qui les séparaient.

— Si vous aviez vu la joie qui envahissait son visage, lorsque j'éclatais de rire, après avoir massacré les mots à rallonge qu'il essayait de me faire prononcer ! Mais savez-vous le meilleur, Lina ?

— Dis-moi !

— Une minute à peine après son départ, j'ai entendu la pétarade de sa motocyclette à nouveau dans la cour : il avait oublié de me payer ! Et moi, évidemment, je n'avais rien remarqué…

Heureusement qu'il s'en était aperçu avant le retour de mes parents ! Sinon, qu'aurais-je pris ? Peut-être même m'auraient-ils retiré la responsabilité des livraisons, ce que je n'aurais souhaité pour rien au monde…

Lisa me demanda de lui parler de Karl, de sa vie, de son travail durant l'Occupation. Si bête que cela puisse paraître, j'eus du mal à répondre spontanément à ses attentes, mais la mémoire me revint au fil de l'eau. À l'époque, j'avais compris qu'il venait de la ville de Bamberg, en Franconie. Elle était située au nord de la Bavière, sur la route des Châteaux forts. Quand il l'évoquait, ses yeux pétillaient de mille feux. Il adorait le romantisme de cet ancien bourg médiéval qui allait être miraculeusement épargné des bombardements. Au fil de nos retrouvailles qui s'échelonnèrent de juin 1942 au printemps 1944, il me parla de son pays, non pas de celui gangrené par une folie meurtrière, mais du terroir où il avait grandi dans l'insouciance, jusqu'à la mobilisation générale des forces allemandes du 26 août 1939. Il avait alors dix-huit ans…

Il rêvait de me faire découvrir la ville où il avait vu le jour, bâtie, comme Rome, sur sept collines et siège d'un évêché depuis mille ans. Il disait que ce serait possible, sitôt les esprits apaisés, le calme revenu. Je m'imaginais arpentant à son bras les ruelles de cette vieille cité, émerveillée par ses ponts croulant sous les géraniums et enjambant de minuscules canaux, ainsi que par ses palais, ses maisons à colombages qui disparaissent, l'automne venu, sous des branchages enflammés. Ou ses clochers, ses voies pavées, ses toitures en tuiles rouges ou en ardoise foisonnant de chiens-assis. Aussi ses lanternes en fer forgé, ses statues défiant les façades en encorbellement, ses fontaines, ses horloges, ses fresques, ses jardins, ses places ombragées, ses arcades ou ses camaïeux de jaune ou de vert, de pourpre ou de bleu, ses cours étriquées par-ci, grandioses par-là, ses passages voûtés, sa cathédrale aux tours jumelles, ses coursives fleuries, ses murs envahis par le lierre, et ses vignes prospérant au cœur même de la ville. Mais c'était surtout à l'approche de Noël qu'il souhaitait m'en dévoiler l'âme authentique, à l'heure où la poésie se décline en autant de promesses que de lueurs multicolores vibrant sur l'onde, au son des carillons. Ayant toujours été entouré de maisons bourgeoises de style baroque dans l'harmonie de cette Venise bavaroise, Karl s'y voyait, plus tard, exercer le noble métier d'architecte.

— Je suppose qu'il vous a fallu un bon moment, tous les deux, avant de vous comprendre, avec le problème de la langue, et d'en arriver à de tels projets...

— Tout s'est fait naturellement. Nous ne nous sommes pas précipités. Chaque semaine se passait dans l'attente des prochaines livraisons de produits fermiers. La durée entre les vendredis n'avait guère d'importance, car elle s'écoulait désormais hors du temps. Je mentirais si j'affirmais que nous souffrions de la guerre : nous étions amoureux et chevauchions sur de petits nuages ; lui à la *Kommandantur* de Rennes, moi dans l'exploitation familiale. Chacun dans le secret de ses sentiments. Jamais, mes parents n'auraient toléré que je pactise avec l'envahisseur, comme ils disaient, en parlant des pauvres filles des villes ou des campagnes qui étaient tombées dans les bras des « Boches » ! Mais oui, Lina, pour répondre enfin à votre question, il nous a fallu longtemps pour apprivoiser nos émotions et les laisser s'épanouir...

— Tu étais jeune, Alice...

— Quatorze ans, lors de notre premier tête-à-tête... Si vous souhaitez en savoir davantage, notre relation n'a pris une tournure charnelle qu'à l'automne de l'année suivante. Je vois à vos yeux écarquillés que cet âge vous choque et que cette lenteur d'approche vous surprend, mais il faut vous placer dans le contexte pour comprendre : une autre époque... Sept années de différence entre lui et moi, et un manque d'expérience réciproque. Mais surtout, la menace des foudres de mon père ! Quoique timide, Karl était un grand optimiste qui croyait dur comme fer que les choses s'arrangeraient après la guerre et qu'on cesserait de condamner les amours défendues !

— Il n'était pas jaloux des Allemands qui résidaient au manoir et devaient tourner autour de chez toi ?

— On les voyait fréquemment passer, mais ils se déplaçaient généralement en véhicules motorisés. Rares étaient ceux qui marchaient, du moins près de la ferme. Mais vous avez parfaitement raison en ce qui concerne les trajets pour me rendre chez le châtelain : j'en croisais souvent dans le parc de la propriété.

— Et alors ?

— Rien de bien méchant ! Au pire, quelques provocations verbales que je ne comprenais pas. Je faisais mine de les prendre pour des compliments, et j'accélérais le pas...

— Comment Karl réagissait-il, quand tu lui en parlais ? Car j'imagine que tu devais lui raconter tes mésaventures.

— En fait, il ne connaissait pas ces gens.

— Comment est-ce possible ?

— Simplement parce qu'il était basé à Rennes.

— Karl n'allait donc jamais au château ?

— Non. Les Allemands étaient très organisés. Ils évitaient de se mélanger. Au plus, ils se saluaient en se croisant.

En ces périodes incertaines, tout le monde fonctionnait plus ou moins en vase clos : les habitants chez eux, les militaires dans leurs compagnies. Tout contact était potentiellement dangereux et toujours suspect...

Le soleil avait gravi plusieurs échelons dans le ciel, lorsque les bouquetins se levèrent et se dirigèrent nonchalamment vers la crête déchiquetée de l'Ouille des Pariotes, en quête de touffes d'herbe rousse. Après leur départ, Lina et moi ressentîmes un léger flottement. L'équilibre sur lequel mon passé s'était dévoilé semblait menacé.

— Prends ton temps, Alice, rien ne presse. Regarde nos deux compagnons poilus qui progressent à un train de sénateur. Imite-les...

Une fois de plus, elle m'avait comprise, sans que j'aie à m'exprimer. Un sixième sens...

— Il est ensuite arrivé ce qui devait arriver : un mois sans règles, puis un deuxième, un troisième, et un ventre qui s'arrondit... Comme il était difficile de garder cela pour moi ! Les conseils d'une mère m'auraient tellement été utiles. En plus de l'avalanche de questions sans réponses que j'affrontais nuit et jour, il me fallait constamment redoubler d'astuces pour cacher mon état à mes parents. Une fuite en avant qui m'angoissait *crescendo*, à l'approche du terme. Comment allais-je faire ? Je fonçais droit dans le mur ! Aucune de mes décisions – ou plutôt de mes absences de décision – n'obéissait à la logique. Je ne pourrais jamais accoucher seule. Comment faisait-on, d'ailleurs ? Et après cette terrible épreuve, je n'osais même pas envisager la situation dans laquelle j'allais me retrouver !

— Karl était au courant ?

— Là aussi, c'était épineux... Au début, j'étais terrifiée à l'idée de lui en parler.

— Pourquoi ?

— J'avais peur qu'il m'en veuille, qu'il me rejette...

— Ça aurait été le comble ! Tu ne crois pas qu'il était légèrement responsable ?

— Bien sûr, mais c'était difficile. Tout était compliqué à l'époque. J'avais tellement entendu d'histoires d'hommes ayant abandonné leur maîtresse en pareilles circonstances... Et je songeais à des Français ! Vous imaginez, dans notre cas ? Il ne s'agissait pas d'une goutte qui aurait pu faire déborder le vase, mais d'un seau complet versé dedans !

— Effectivement...

— Finalement, la situation s'est normalisée d'elle-même : Karl avait remarqué depuis quelques semaines que j'avais changé. Au début, il me questionnait gentiment, sans que j'ose lâcher le morceau, mais un après-midi de début février, sous les couvertures, dans l'obscurité de la grange, sa main a constaté que ma poitrine avait grossi !

Ravi sur le moment, le doute n'a pas tardé à l'envahir, le temps que ses doigts s'aventurent jusqu'à mon ventre. Karl se redressa brutalement. Je vois encore son visage atterré sortir de l'ombre, sous le tranchant de la lumière filtrant des planches du bâtiment.

— Mes paupières ont cligné, puis je me suis retournée, incapable de soutenir son regard que je ne parvenais pas à interpréter. La tête enfouie dans la paille, j'avais l'impression d'avoir été projetée dans le vide et d'attendre d'une seconde à l'autre le choc fatal...

— Et alors ?

— Le choc fut inespérément doux !

Tandis que je sanglotais, nue, en position fœtale, je sentis la chaleur des lèvres de Karl effleurer ma nuque. Une fois, deux fois, trois fois... Je me retournai et découvris une éclaircie aveuglante dans l'azur de ses yeux. Il me recoiffa délicatement du revers de la main, promena son index sur mes joues devenues brûlantes et m'embrassa. Mes mains se libérèrent de l'inquiétude et allèrent à la rencontre des siennes. Nos jambes se frôlèrent, se caressèrent, s'enroulèrent. Mon cœur battait la chamade. Allait-il résister ? Plus rien, désormais, n'avait d'importance. La guerre avait rendu les armes en un baiser ! Mes parents, aux premières loges, applaudissaient notre union, brandissant un couffin d'une blancheur éclatante ! Que pouvais-je espérer de plus de la vie ? Celui que j'aimais acceptait son rôle de père. À nous trois, parfaitement soudés, nous serions assez forts pour affronter l'adversité, repousser les jugements assassins. Un jour peut-être pourrions-nous même baptiser notre enfant, lorsque la religion elle-même aurait fait son *mea culpa* ? Tandis que ces pensées illuminaient mon esprit, ma chair était en ébullition. Jamais je n'avais ressenti une telle harmonie entre mon âme et mon corps, entre mon corps et celui de Karl. À croire que je venais enfin de devenir une femme !

— Je m'étonne, Lina, de vous avoir livré ces choses si facilement...

— Cela te fait du bien, n'est-ce pas ? Je savais combien c'était important pour toi, Alice, mais sois rassurée : si tu préfères que tout cela reste entre nous, pas de soucis, je respecterai ta volonté et ne rédigerai pas une ligne de ce que tu considères comme trop intime.

— Pour moi, l'intimité n'est pas de cet ordre...

— Que veux-tu dire, Alice ?

— Comme toutes les filles de ma génération, je n'ai pas été habituée à parler librement de sexualité, mais cela ne me gêne pas outre mesure. C'est ce qu'il y a de plus naturel, au fond ; alors inutile de jouer les saintes-nitouches ! Nous sommes toutes et tous faits à l'identique. Non, l'intime, pour moi, relève de la part secrète qu'on garde en soi, et pas de telle ou telle portion de chair...

— Pour toi, le secret, c'est ta relation avec un Allemand ?

— Certes... Sans doute tellement on m'a rabâché les oreilles avec des foutaises emballées sous les noms d'honneur, de devoir, de dignité, de religion...

Une telle familiarité verbale ne me ressemblait guère, mais répondait à un besoin réprimé jusqu'alors. Qu'imaginais-je contrôler au juste, en obéissant à l'omerta reçue en héritage ? Lina s'étonna :

— J'avais cru que toutes ces notions que tu dénonces t'importaient !

— L'honneur, oui. Et comment ! Mais pas n'importe lequel. Surtout pas celui qu'on peint sur les façades. Le vrai, l'unique, l'invisible : celui du cœur...

— Et le devoir ?

— Lui aussi, il ne se réduit pas à la hauteur d'une fonction, d'un grade ou d'un sens aigu de la nation. Il est peu bavard et synonyme de respect, de compréhension, de partage, d'abnégation. Karl avait le souci du devoir. Quant à la dignité, c'est exactement pareil...

— Et la religion ? Je croyais que tu avais été élevée par des parents catholiques pratiquants.

— L'un n'empêche pas l'autre ! En fait, je n'en veux pas à l'essence de la religion, bien au contraire, mais aux simagrées que les siècles ont agglutinées autour, et dont je n'allais pas tarder à avoir un avant-goût amer... Mais une chose à la fois ! J'en suis toujours à la grange où le firmament venait de s'entrouvrir...

Karl dut crever volontairement le pneu de sa moto sur le chemin du retour à la *Kommandantur*, pour qu'on le vît arriver en poussant son véhicule, afin de justifier son retard. Lors de ses passages suivants à la ferme, nous nous amusâmes de sa mésaventure.

— Alice, il serait peut-être préférable que je ne m'appesantisse pas sur ce passage de ton histoire...

— Pour quelle raison, Lina ? Ne vouliez-vous pas la vérité : savoir qui j'étais et quelle avait été ma vie ? Vous voilà servie ! Une jeune femme amoureuse qui s'ouvrait au plaisir et se libérait enfin de l'emprise de son milieu. Une rebelle, au sens le plus méprisable du terme, selon les valeurs du moment. Si j'ai longtemps hésité, ce n'est pas pour le qu'en-dira-t-on, mais par blocage intérieur. À mon âge, desserrer les poings fermés depuis l'adolescence exige de lourds sacrifices...

— Alice, je songe aussi à Félix. Il ne serait certainement pas heureux de lire dans la presse les ébats sentimentaux de son épouse avant de l'avoir connu ! L'as-tu d'ailleurs informé de tout ça ?

— Il est au courant, mais tout dépend de ce que tu entends par « tout ça » !

— Je pense à ce que tu m'as dit, ni plus ni moins.

— Alors je n'en ai pas l'impression ! Je doute être entrée à l'époque dans ce genre de détails indélicats. D'autant plus que j'étais le premier coup de cœur de Félix. Cela dit, il y a prescription : il ne devrait pas s'en étonner ni m'en tenir longtemps rigueur : il est au-dessus de cela...

— C'est-à-dire ?

— Son métier l'a souvent confronté à la mort, dans des circonstances variées, parfois même absurdes. Il a acquis une qualité rare que j'admire profondément : celle de ne pas juger. Je l'ai vu parvenir à apaiser la révolte qui le rongeait tandis qu'il jetait une rose sur le cercueil d'un ami guide, au fond d'un trou creusé à même la terre, dans le cimetière de Bessans. L'un des deux clients avait refusé de faire demi-tour quand celui-ci leur avait expliqué que les conditions en altitude étaient trop dangereuses pour continuer la course.

Il s'agissait d'un cadre d'une grande entreprise qui cherchait à impressionner son collègue et compagnon de cordée. Il avait tant et si bien défié et insulté le professionnel que, piqué au vif, il avait fini par céder, songeant sans doute que les difficultés qu'ils affronteraient donneraient une bonne leçon à la boule de nerfs prétentieuse qui l'avait engagé ! Mais plus loin, à l'endroit où l'arête qu'ils avaient remontée vint buter contre une paroi verticale, tandis qu'il installait un relais, une dizaine de mètres à côté de ses clients, la chute d'une corniche de glace décrochée trois cents mètres plus haut sectionna la corde et emporta le guide. Les autres firent demi-tour, en l'abandonnant dans l'abîme...

— Alors vous comprenez bien, Lina, que mes anciens états d'âme de fillette découvrant la vie ne devraient pas trop déstabiliser Félix ! D'ailleurs, rien ne dit qu'il lira votre article !

— Ah bon ?

— N'y voyez rien de personnel ni pour vous ni pour moi. Il n'a jamais beaucoup lu, sauf les topoguides d'ascensions qu'il connaissait quasiment par cœur ! Mais tout ce qui s'apparente à la littérature ne le passionne pas.

— Je ne prétends pas faire de la littérature, Alice, mais je suis surprise qu'il puisse ne pas accorder d'attention à ce qui vous concerne intimement...

— Justement : ce que vous seriez tentée de qualifier de désintérêt se traduit, chez lui, par du respect. Il me dit qu'il me connaît suffisamment pour ne pas avoir besoin de mots pour découvrir ce qu'il sait déjà de moi... À son contact, j'ai appris à beaucoup moins juger. Ou, du moins, à essayer ! Je vous avoue que cela a été difficile et que je ne suis, même à mon âge, que son humble « padawan », pour reprendre l'expression qu'il utilise en faisant allusion à la saga *Star Wars* dont il est un fan inconditionnel !

Je redevins sérieuse. Mon regard s'assombrit. Je me tournai vers l'emplacement où les bouquetins s'étaient reposés. Leur absence accentuait le malaise qui grandissait en moi.

— Un souci, Alice ?
— Pas grave, Lina. Merci. Ça va aller…

D'une extrémité à l'autre de l'horizon, les ombres s'étaient stabilisées. Plus de vent ni de battements d'ailes ; rien qui pût conférer au monde un semblant de vie. Les glaciers écrasaient l'étendue de leur masse inerte. Point de nuages auxquels accrocher le regard ou même une pensée. L'heure retenait son souffle : la parole m'était donnée…

— Maman m'a surprise. Elle est entrée précipitamment dans ma chambre, au moment où j'étais en train de m'habiller. J'ai cru que ses yeux allaient bondir de leurs orbites ! Je vois encore sa bouche s'ouvrir, comme celle d'un poisson suffoquant hors de l'eau ! Pas un son n'en est sorti. Elle a fait deux pas et est tombée assise sur mon lit, les bras ballants. Je me suis couverte à la hâte en me mordant les lèvres.

C'était en juin. La fenêtre grande ouverte laissait pénétrer le chant des oiseaux. Des odeurs de fleurs et de miel flottaient dans un silence qui prenait une tournure de délivrance : malgré la mine décomposée de ma mère, je connaissais enfin le dénouement de l'histoire ! L'effet de surprise passé, j'allais pouvoir respirer. Mais quand donc allait-elle sortir de son mutisme ? Je tâchai d'établir le contact ; rien ne parvint à l'extraire de sa prostration. De guerre lasse, je me dirigeai vers la fenêtre et m'accoudai sur son rebord. Les oiseaux virevoltaient, la campagne souriait. Le monde était de mon côté, celui de la vie. « Ne fais pas cette tête : tu seras bientôt grand-maman ! » lançai-je, en direction de la nature qui exultait. Point de réponse, mais un souffle qui approchait de mon dos. Une main se posa sur ma hanche qui se mit à trembler. Je me retournai et réalisai que ce visage plus âgé que le mien et qui lui ressemblait était noyé d'émotion. Nous tombâmes dans les bras l'une de l'autre, dans une effusion de larmes sans précédent. « Pour papa, tu me laisseras faire... » dit-elle enfin. Quel soulagement !

Je surpris Lina se séchant les yeux. « Brave petite ! » songeai-je. Elle me sourit, les lèvres frémissantes.

— Deux semaines ont passé pendant lesquelles je cherchais des indices dans le regard de maman. Toujours rien ! Le moment propice pour annoncer la nouvelle à papa ne s'était pas encore présenté...

Puis, un matin, on frappa à la porte de la ferme. Mon père alla ouvrir et recula aussitôt. Il reconnut le sergent qui nous avait propulsés dans l'illégalité. Papa blêmit. Le militaire s'avança, nous salua brièvement, maman et moi, et s'arrêta devant la table, attendant qu'on l'invite à s'asseoir. Dès que ma mère lui fit signe, il s'exécuta et ôta son képi.

— Nous sommes jeudi, pas vendredi ! Nous n'avons rien préparé pour vous ! balbutia mon père.

D'un geste de la tête, le sous-officier lui fit comprendre qu'il en était conscient et déclara :

— *Ab jetzt komme ich selbst !*

Mes parents se regardèrent, interloqués. Il répéta, en élevant légèrement le ton :

— *Ab jetzt komme ich selbst ! Ab jetzt komme ich selbst !*

Timidement, je sortis de l'ombre.

— *Ab jetzt*, ça veut dire à partir de maintenant.

— D'où sais-tu ça, toi ? grogna mon père.

— Je pense qu'il dit qu'il viendra seul... dis-je, en me décomposant à mon tour.

— Pourquoi ? bredouillai-je.

Le sergent me considéra, les yeux étonnés. Je pris mon courage à deux mains :

— *Warum ?*

— *Tot !*

— *Tot ?* répéta ma mère.

— *Der junge Soldat ist tot !* Soldat mort ! *Motorradunfall...* Accident de moto !

Mes jambes cédèrent...

* *
*

Je me réveillai en sursaut avec des picotements dans les narines : on m'avait fait respirer des sels. J'ignore combien de temps j'étais restée évanouie. Je voulus me redresser, secouer la tête pour me débarrasser de l'horrible impression qui s'en était emparée, mais des gestes et des paroles incompréhensibles temporisèrent mes élans.

— Quand ? Quand ? Quand ? hurlais-je, du fond du gouffre.

Des mots épars tombèrent avec lenteur jusqu'à moi : *letzten freitag... baum... schock... indem er zur Kommandantur zurückkehrt...* Se pouvait-il qu'il ait perdu le contrôle de sa moto, en se dépêchant de rentrer, après m'avoir quittée le vendredi précédent ? Quel imbécile avait planté un arbre si près de la route ? Je délirais... Mes parents me portèrent dans ma chambre et m'allongèrent sur mon lit. Maman fit signe à papa de rejoindre le sergent. Nous restâmes seules. Un face-à-face semblable à une noyade qui se prolongea jusqu'à ce que mon père revînt en claquant la porte.

— Va-t-on m'expliquer ce qui se passe ? lança-t-il, écarlate.

— Calme-toi, Jean ! Surtout, ne brusque pas la petite ! Elle est déjà suffisamment mal comme ça, sans que tu en rajoutes !

— Quoi ? insista-t-il sur un ton à peine atténué.

— Avec le temps, ta fille avait appris à connaître le livreur...

— C'est-à-dire ?

— Elle est enceinte de lui...

Ses yeux roulèrent, son visage se décomposa. Il prit appui sur le rebord du lit, bouche bée, comme s'il était tombé nez à nez avec un revenant !

Je regardai Lina.

— Comme vous voyez, c'était réussi, comme annonce en douceur !

— Ça a dû être terrible, pour toi, Alice, à partir de ce moment-là...

— Affreux, cauchemardesque ! À tel point que ça en devenait absurde, à force d'exagération, de dramatisation...

Quand je parlais d'exagération, je songeais aux conséquences qu'imaginait mon père sur l'honneur familial. Maintes fois j'ai pensé que la disparition d'une de ses filles l'aurait moins affecté ! Quant à ma détresse d'avoir perdu mon amoureux, c'était, à ses yeux, comme si elle n'avait pas lieu d'être...

— Tu en as voulu à ton père ?

— Énormément !

— Et à présent ?

— Je mentirais si j'affirmais que je lui ai pardonné. D'un côté, la raison me dit qu'il agissait comme à l'époque, étant quelqu'un d'un autre siècle. Mais tout de même ! Après tout ce qu'il avait vécu durant la Grande Guerre, il aurait pu mettre un peu d'ordre dans son échelle des importances !

— Et ta mère dans tout ça ?

— Formidable ! Avec tout le soutien qu'on peut attendre d'une maman... Elle a eu fort à faire pour apaiser les colères de mon père. Surtout à l'approche de mon accouchement, quand la panique de papa se réveillait sans prévenir. À plusieurs reprises, je l'ai vu l'empoigner et l'emmener dans une autre pièce, pour lui faire entendre raison. Mais rien de définitif ne filtrait de leurs conciliabules. J'imagine qu'ils devaient chercher ensemble un scénario susceptible de justifier auprès des voisins et de la famille que j'allais me retrouver fille mère... J'échafaudais des hypothèses alambiquées, sur la base des rares paroles qui parvenaient jusqu'à moi. Les conversations suivantes allaient me conforter dans l'idée qu'ils m'inventeraient un fiancé français, membre de la Résistance, emprisonné, puis mort en captivité. Conjecture gagnante en cas de victoire française, mais le couteau se retournerait contre nous dans le cas contraire... Non, il était préférable de ne pas en faire trop, et d'éviter toute liaison avec la Résistance. Qui plus est si notre petit commerce avec les Allemands venait à se savoir !

— Tu ne pouvais pas en parler directement avec eux ? Ça aurait été bien plus simple que d'essayer de deviner ce qu'ils manigançaient !

— Impossible avec papa : j'étais une fille et j'étais fautive, deux excellents motifs pour ne pas avoir le droit à la parole ! Heureusement, il en était autrement avec maman. Nous en discutions fréquemment. Mais, pour elle non plus, rien ne paraissait clair : ni dans les raisonnements de mon père qu'elle me rapportait de son mieux ni dans sa vision personnelle des choses.

Les pistes que je hasardais auprès d'elle rejoignaient souvent celles qu'elle avait déjà envisagées, et qui s'étaient heurtées au veto paternel, ou qui comportaient des risques démesurés. Notre imagination commune butait contre le plus épineux problème qui s'était dressé contre nous. Et plus mon accouchement approchait, moins la solution se dessinait ! Nous avions l'impression de nous enfoncer à grande vitesse dans une nappe de brume masquant un mur !

Dans les méandres des non-dits, la frayeur de ma prétendue délivrance s'intensifiait vertigineusement. Loin d'un heureux événement, la future naissance s'annonçait si ardue, inéluctable, insurmontable qu'elle s'apparentait à un tsunami, à la fin d'une ère devant laquelle la guerre ne faisait que pâle figure...

— Et l'enfant ?

— Vous avez raison, Lina : alors que toutes mes pensées auraient dû être orientées vers sa venue et son bien-être, il se trouvait relégué à un plan secondaire, presque anecdotique... Mon tourment était si intense que je ne parvenais qu'à grand-peine à remettre mon bébé à sa juste place en mon esprit, c'est-à-dire partout ! Vous savez, c'est dur, pour une mère, de devoir avouer cela ! Mais vous pouvez me comprendre, Lina, vous qui avez enfanté...

— Oui, parfaitement, Alice ! Pour rien au monde je n'aurais voulu connaître de tels déchirements...

* *
*

Col des Pariotes, mercredi 21 octobre 1998

Objectif du jour atteint pour l'astre de feu : sur trois cent soixante degrés, les ombres demeuraient figées dans des postures peu flatteuses. Les tons vibrants qui prévalaient à notre arrivée au col s'étaient évaporés en même temps que la condensation matinale. Résignées, les arêtes avaient rallié l'anonymat, à l'instar des soieries de toutes tailles et textures, et des milliers de sourires nichés au creux des vallons. Relief nivelé, magie en panne. Le bouquet final n'était plus qu'un souvenir retombant en pluie fine. Des plaines vaporeuses de Savoie aux moutonnements de la frontière italienne, les heures vidées de substance restaient pendues à mes lèvres ! Lina s'en faisait le miroir.

Après la disparition de Karl, ma tristesse s'avéra inconsolable. Le printemps voyait mon ventre mûrir et s'arrondir, mais à quoi bon ? Les nids s'agitaient autour de la ferme ; la campagne rayonnait.

Au détour d'une nature en trompe-l'œil, je ressentis les premières contractions, sirènes annonciatrices du saut tant redouté dans l'inconnu. Départ maintes fois reporté, jusqu'à la perte des eaux qui signa la fin brutale de tout ce qui m'était familier.

En un instant, ma mère prit les commandes, tandis que papa enfourcha sa bicyclette pour aller prévenir la sage-femme. Pendant ce temps, maman alluma un feu dans la cheminée, afin de réchauffer la pièce et de la préparer à l'arrivée du nouveau-né. Elle plaça un lange à proximité de l'âtre, pour qu'il soit à la bonne température au moment d'emmailloter le bébé. Elle apprêta aussi une bassine pour son bain et fit son lit. Pendant que les contractions se rapprochaient, je priais le Ciel que la praticienne soit libre et ne tarde pas. Mais chaque fois que la violence du travail m'accordait un instant de répit, la honte refluait en moi...

— La honte, à un moment pareil ?

— Oui, celle de donner la vie, par ma faute, dans de si tristes conditions.

Quelles chances aurait mon enfant, dans un monde où ses premiers cris retentiraient dans l'opprobre et le silence ? Que la société m'en veuille, soit ! mais qu'elle appose un sceau de bâtard sur le front de l'innocence, je ne pouvais le supporter !

Tout se précipita ensuite. À peine si je réalisai l'arrivée de l'accoucheuse. Ça allait et venait autour de moi. Le plafond se rapprochait à chacune de mes inspirations, puis reculait et s'effaçait quand j'expulsais l'air de mes poumons aussi lentement qu'on m'enjoignait à le faire. Et au creux de cette houle obstinée, j'éprouvais la sensation trompeuse d'échapper à la noyade. Alors mes pensées revenaient à l'enfant. Allais-je oser lui sourire, dans l'ombre de ma faute ? M'en voudrait-il à jamais ? Qu'allais-je lui répondre, le jour où il me demanderait qui était son papa ?

Puis ce fut la délivrance. Quelle ironie dans ce mot ! Un cri retentit, seul, suspendu, suivi d'un vide incommensurable, de plus en plus inquiétant. Mes yeux tournoyèrent. Allais-je défaillir ? Regarder ? Je ne voyais rien sous les draps. Je me mis à compter ; réflexe puéril, mais qui m'aida à conjurer le mauvais sort. Et enfin, d'autres cris ! Je respirai... Il était 20 heures, entendis-je la sage-femme signifier.

— Il était donc vivant ! s'exclama Lina, avec presque autant de soulagement que moi, au moment même.

— Oui. Un petit garçon. Si vous aviez vu comme il était beau ! Une nuit de bonheur en sa compagnie, c'est tout ce que la vie m'a accordé...

— J'en suis franchement désolée, Alice...

— Merci, Lina. Venant de vous, je sais que c'est sincère. J'apprécie énormément... Mais tout cela est si vieux ! Vous devez me trouver sacrément engluée dans un passé malsain, n'est-ce pas ?

— On ne se remet jamais de drames de cette nature...

— Vous avez raison. Comme si le temps ne se comportait pas de la même manière pour tous les événements de l'existence. C'est à ne rien y comprendre ! Mais ça se saurait si quiconque comprenait quoi que ce soit à la vie ! Veuillez m'excuser, Lina, je me laisse aller... Pourtant, regardez, devant nous : y a-t-il vraiment lieu de se lamenter ?

— C'est différent, Alice. La splendeur du monde n'empêche pas la tristesse. La vie est tantôt merveilleuse, tantôt cruelle et cynique. C'est une loterie implacable...

— Oui, mais il y a des gagnants !

— Certes, mais une multitude de perdants... Dis-moi, Alice, que s'est-il passé ensuite ?

— J'ai dû m'assoupir, car au petit matin je me suis réveillée dans un silence assourdissant ! Un pressentiment : et s'il ne respirait plus ? J'avais été marquée par le premier accouchement de ma sœur aînée qui s'était malheureusement terminé ainsi : ma petite nièce n'avait pas survécu à sa première nuit...

— Et puis ?

— J'ai observé mon enfant avec angoisse, avant de découvrir qu'il respirait ! Il avait même un visage extraordinairement serein. J'étais si soulagée de constater qu'il avait surmonté l'épreuve de la nuit ! Je reprenais confiance en l'avenir...

Peu importaient mes parents et la chape qu'ils faisaient peser sur mes épaules, puisque mon bébé était là, dans mes bras, qui dormait du sommeil du juste. À nous deux, nous allions leur montrer – ainsi qu'au monde entier – que nous étions plus forts que tous leurs reproches ! Un cœur qui bat, des lèvres qui sourient, des joues qui rosissent sont tellement plus précieux qu'une faute qu'on ressasse ! Comme j'aurais aimé que Karl pût admirer son fils !

— J'imagine que tu n'étais pas capable de confier ton ressenti à ta mère ?

— Non. En fait, peut-être aurais-je pu tenter de le faire, mais l'idée ne m'a pas traversé l'esprit. À vrai dire, je me sentais mieux, car je n'étais plus seule...

— Alors ?

— Je l'ai déposé dans son berceau et j'ai voulu aller aux toilettes. Mais, à peine sortie du lit, j'ai réalisé que le matelas était imbibé de sang !

— Ah ! Une hémorragie...

— En voyant son ampleur, j'ai cru que j'allais tourner de l'œil ! J'ai juste eu le temps d'appeler à l'aide...

* *
*

Lorsque je repris mes esprits, je me trouvais sous un plafond monumental d'où pendait une rangée de lampes malingres. La lumière ne provenait pas d'elles, mais d'une série de fenêtres à croisillons, hautes et étroites, alignées à perte de vue. Plus bas, une succession de lits à n'en plus finir ! De l'extrémité de la pièce aux dimensions impressionnantes, j'éprouvais une sorte de vertige dans l'espace déshumanisé où j'avais atterri. Le son me parvenait en décalé par rapport à l'image, celui de la résignation et de gémissements. Autant de notes angoissantes qui ajoutaient à la désolation du lieu.

Lorsqu'une infirmière parut, je voulus l'appeler pour l'interroger, mais ma voix resta clouée dans l'indifférence générale. Je tâchai de me redresser. Une douleur épouvantable au ventre me plaqua sur le dos dans une position que je ne pouvais plus envisager de modifier ! Entre-temps, l'extrémité inférieure de mon lit m'était apparue, composée de barreaux métalliques revêtus d'une peinture écaillée. Alentour, tout était gris. Ma panique dut crier dans la salle, car je vis bientôt le visage improbateur d'une soignante hors d'âge se pencher vers moi.

— Ne bougez pas ! Il faut laisser cicatriser...

— Quoi ?

— Vous avez subi une hystérectomie.

— Une quoi ?

— L'ablation de votre utérus.

La froideur avec laquelle elle me fit cette annonce me musela. Elle replaça la couverture sous mon menton et prit mon pouls.

— Et mon fils ? lançai-je, après avoir rassemblé un semblant d'énergie.

— Aucune idée !

Mes tentatives pour en savoir plus demeurèrent lettre morte, jusqu'à la visite du chirurgien. Après avoir rapidement vérifié mon état, il m'informa que j'avais été amenée d'urgence, la veille, en voiture, par un médecin, accompagné de mon père : une Peugeot 402, me dit-il avec une expression qui trahissait une pointe de jalousie, comme si l'essentiel était là ! Son confrère lui avait appris que, quelques heures après mon accouchement, j'avais été victime d'une hémorragie. La sage-femme n'y était pour rien, selon lui.

— La faute à pas de chance ! Ça arrive, malheureusement... déplora le chirurgien. Je n'ai pas pu sauver votre utérus, les risques étaient trop importants.

— Et mon fils ?

— Je ne sais pas. Je n'ai eu aucune nouvelle de lui depuis votre admission. Après l'opération, j'ai rassuré votre père qui avait attendu en faisant les cent pas dans le couloir, puis je lui ai conseillé de rentrer chez lui : il était trop tôt pour que je le laisse vous rendre visite.

Les heures qui suivirent furent les plus terribles de toute ma vie. Une odeur de médicaments et de mort flottait dans l'air, jusqu'au fin fond de mes poumons. Mon état ne me préoccupait guère ; sans doute n'avais-je pas encore pleinement réalisé ce qu'on venait de m'apprendre ! Mais rester sans nouvelles de la chair de ma chair était la pire des tortures qu'on pût infliger à une jeune maman...

— Quel prénom lui as-tu donné !

— Chaque fois que j'avais essayé d'aborder le sujet en famille, à l'approche de l'accouchement, on m'avait répondu que j'avais bien le temps. Comme si l'anticipation de l'arrivée du bébé risquait de légitimer son existence ! Pourquoi mes parents qui me savaient meurtrie faisaient-ils si peu de cas de mon futur enfant ? Souvent, j'ai exprimé le désir d'en parler à mes sœurs, mais ils m'ont défendu d'y songer, car elles auraient pu ébruiter l'affaire, dans un instant d'égarement ! Et puis l'éloignement géographique ne m'avait pas donné l'occasion de les revoir. Je pense que, s'il en avait été autrement, je m'en serais quand même ouverte à Françoise, mais probablement pas à Louise qui se serait empressée de rapporter notre conversation à notre mère...

— Es-tu restée longtemps à l'hôpital ? demanda Lina.

— Dix jours. Une éternité...

— Sans nouvelles ?

— Aucune ! Il faut dire que les moyens de communication n'étaient pas ceux d'aujourd'hui...

— Tu étais à Rennes, ce n'est pas le bout du monde par rapport à votre maison !

— Cinq heures de marche. Une heure trente à vélo. Maman ne pouvait pas s'absenter durant tout ce temps, car elle devait veiller sur le bébé. Et papa, avec tout le travail à la ferme, je comprends qu'il n'ait pas pu venir...

— Pauvre petite Alice ! lâcha Lina en s'essuyant les yeux.

— L'époque était dure, vous savez !

— Mais elle n'empêchait pas les sentiments...

— À qui le dites-vous !

— Je suppose que tu as énormément souffert de ce silence...

— Bien plus encore ! Pourtant, j'y étais préparée, ils n'avaient pas caché leur jeu...

Le jour de mon départ, papa m'attendait dans le hall d'entrée de l'hôpital. Lorsque je l'aperçus, ma joie fut telle que je me mis à pleurer avant même de le rejoindre. J'allais enfin avoir des nouvelles de mon fils ! Je voyais également en sa présence le présage d'heureuses résolutions de sa part, à défaut de pardon. Et puis je n'avais plus à me préoccuper de la manière dont je regagnerais la ferme, car il avait forcément prévu un moyen de locomotion !

Je m'essuyai les yeux et voulus courir vers lui, mais une douleur dans l'abdomen me rappela âprement d'où je venais ! Aussi le rejoignis-je d'un pas mesuré qui me laissa l'occasion de constater l'émotion dans son regard. Je n'avais jamais vu cette expression sur son visage. Sa présence me toucha encore davantage.

Je lui sautai au cou et l'embrassai. Ses mains m'enlacèrent d'une manière si inhabituelle que j'en fus bouleversée.

— Comment va mon bébé ? lui demandai-je, sans pouvoir attendre plus longtemps.

Pas de réponse. Je me dégageai de ses bras et l'observai droit dans les yeux. Il les baissa. À l'instant même, mon corps tout entier se glaça...

— Pardonnez ma confusion, Lina. Je ne sais plus très bien ce qui s'est passé à partir de ce moment-là. Je me souviens juste d'un silence interminable...

Dans le hall de l'hôpital, aucune des questions qui fusaient de ma détresse ne trouva d'écho en ce chêne qui se tenait devant moi. Droit comme je l'avais toujours connu, je le sentis néanmoins anéanti. La Grande Guerre l'avait plié, certes, mais là, pétrifié, je le découvrais rompu. S'il tenait encore debout, c'était par manque de force de s'effondrer ! Une employée s'approcha et nous aida à nous asseoir.

— Dis quelque chose, papa, je t'en prie ! J'ai trop peur...

Lorsque sa douleur trouva enfin un moyen d'expression, elle posa sa main sur la mienne. J'ignore laquelle tremblait le plus. Une main rude et burinée, sillonnée de veines et d'irrégularités qui demeurait sans prise sur la fatalité...

Les heures suivantes allaient m'apprendre que ma mère et mon père n'avaient rien pu faire. En soirée, tout allait bien : le bébé avait terminé son biberon et avait même fait son rot ! Maman l'avait déposé dans son couffin, près de la cheminée, en attendant de le transporter dans leur chambre, comme les jours précédents, pour qu'il passe la nuit à leur côté. Au moment d'aller se coucher, elle s'était appliquée à ne pas le réveiller en le déplaçant. Mais le lendemain, lorsqu'ils se levèrent, surpris d'avoir dormi sans interruption, le petit visage de mon fils n'avait plus de couleurs. Il était inerte...

— Voilà tout ce que je sais de mon enfant. Une vie qui n'a duré que quelques jours...

Sans le vouloir, Lina eut un geste qui, loin de produire l'effet escompté, me renvoya à mon ancienne détresse : elle apposa par compassion sa main sur la mienne. Pas une seconde ne s'était écoulée émotionnellement depuis l'instant où mon cœur avait cessé de battre à l'hôpital. Je me souvins des sornettes que j'avais dû supporter après ce second coup fatal, si proche de la disparition de Karl. Je revécus la culpabilité qui m'avait alors assaillie : quelles autres raisons, sinon ma faute et mon inconséquence, auraient justifié ce double châtiment ?

J'avais récité mon acte de contrition durant tout le trajet de Rennes à la ferme, dans la camionnette du voisin. Papa demeurait muet comme un roc. Mais un roc fissuré. Peut-être ma mère serait-elle plus loquace ? Les secousses de la route se substituèrent à la conversation, renforçant à chaque nid-de-poule l'impression de punition divine...

Dans la cour, à peine sortie du véhicule, maman se précipita vers moi, les yeux noyés de chagrin. Au terme d'une étreinte interminable, elle me regarda et dit :

— Ma pauvre petite chérie !

Puis elle ajouta :

— Et toi, tu t'es remise ?

Faisait-elle allusion à la mort de mon fils ou à mon opération ? À cette dernière, assurément, mais sa question me parut si dérisoire sur-le-champ que je ne sus comment l'interpréter.

Durant la soirée, je lui demandai comment elle avait appris que j'avais subi une intervention chirurgicale. Elle me répondit que mon père avait fait plusieurs allers-retours jusqu'à l'hôpital, à vélo, pour prendre de mes nouvelles. J'étais bien loin de l'avoir imaginé... Pauvres gens, me dis-je ! Pauvre famille ! Pauvres nous...

— Quand est-ce arrivé ?

Elle demeura immobile et interdite.

— Mon bébé...

— Il va y avoir une semaine. Nous n'avons pas pu attendre ton retour, tu comprends ?

— Pour l'enterrement ? (Elle hocha la tête.) À quel endroit du cimetière se trouve-t-il ?

— Il n'est pas au cimetière...

— Quoi ? Comment est-ce possible ? Mais où est-il alors ?

— Ici, chez nous !

J'en restai sans voix. Et moi qui croyais avoir touché le fond !

— Tu sais, ma chérie, vu la situation... Il faut te mettre à la place de M. le curé...

— Quoi ? Qu'est-ce qu'il a à voir là-dedans, celui-là ?

— Je ne vais pas t'apprendre la position de la religion dans des cas comme celui-là...

— Tu ne vas pas me dire que le curé condamnait le bébé, par ma faute, au point de lui refuser le cimetière ?

— Ce n'est pas cela, ma chérie...

— Mais quoi, alors ?

— Il n'était pas baptisé.

— Forcément !

— Eh bien, il ne pouvait pas entrer au cimetière, en terre consacrée. C'est la tradition, tu comprends ?

— Rien à foutre de la tradition ! C'est quoi, cette connerie ? Il ne pouvait pas faire une exception ? Comme si le bon Dieu allait lui en vouloir !

— C'est la loi de l'Église, ma petite. Nous n'y pouvons rien, et lui non plus...

— Est-ce que le curé a au moins assisté à la célébration ?

— Ça n'était pas possible...

— Pourquoi ?

— Tu sais bien, ma chérie, dans ta situation...

— Quoi, ma situation ? Tu ne vas pas remettre ça ? Ce ne sera donc jamais fini, toute cette hypocrisie ? Vous n'avez rien dit à personne, c'est ça ? Il n'y a même pas eu de messe, je parie !

— Nous avons fait de notre mieux. C'était préférable pour toi, ma toute petite...

— Je ne suis pas ta toute petite ! Je n'ai plus trois ans ! C'était surtout préférable pour papa et pour toi ! L'avis des autres, il n'y a que ça qui vous importe ! C'est pitoyable ! Est-ce de l'imbécillité ou de la bigoterie ? Comment pouvez-vous être si bornés, après tout ce que vous avez vécu ?

Elle me laissa cracher tout le venin qui s'était accumulé en moi, jusqu'à ce que, à bout de souffle, je m'effondre en sanglots, à ses pieds, dans la boue...

Notre chat vint se frotter contre moi. En lui, l'unique signe d'humanité dont je me souvienne de mon retour à la ferme...

Je relevai la tête et observai ma mère. Ses yeux gonflés ne purent soutenir ma détresse.

— Pourquoi est-ce que le curé ne l'a pas baptisé ?

— Comment aurait-il pu ? Le petit était déjà mort...

— Mais alors, que fera son âme ?
— Il faut prier pour elle, ma chérie…
— Où est-il enterré ?
— Au pied du châtaignier, au bout du jardin. À la limite du champ.
— Allons-y !

Une croix de bois et un bombement de glaise sans inscription… Combien de temps demeurai-je prostrée, les genoux dans le sol encore meuble ?

Au terme d'un sanglot sans précédent, je levai les yeux au ciel, il était d'un bleu insolent ! Le gazouillis des oiseaux aussi. En eux, je trouvai pourtant un semblant de réconfort, bientôt appuyé par les caresses de mon chat. Son pelage était soyeux et ses attentions providentielles. Il me comprenait, ainsi que les oiseaux. Maman, peut-être également… Je sentais la présence de celle-ci quelque part dans mon dos. Son silence surtout ; un silence de toujours, complice autrefois, mais devenu distant, absent…

— Vous voyez maintenant, Lina, d'où vient ma défiance envers la religion ! Au fond de moi, bien que j'en parle ainsi, je pense ne jamais avoir totalement perdu la foi. Bien entendu, la première chose que vous faites quand il vous arrive un drame comme celui-là, c'est de vous en prendre à Dieu ! De vous dire que s'il existait, et qu'il était la bonté qu'on nous enseigne, il n'aurait pas toléré pareille atrocité. Mais une part secrète de mon cœur voulait s'accrocher à l'espoir que mon enfant pût reposer en paix, auprès de Lui. Un besoin vital pour ne pas sombrer…

Par instinct de survie, je me bâtis une muraille aussi haute que possible, séparant la foi de l'apparence de la foi, et des décrets insensés édictés au fil des siècles par des légions de bien-pensants empreints d'idéaux non moins absurdes. Sans eux, mon fils aurait pu être baptisé ! Et en ce moment, il se trouverait sous la protection divine, dans le cimetière communal, comme tous les chrétiens du village. Dans un cercueil, et non pas en contact avec la terre froide et humide...

— Je me plains, Lina, veuillez m'en excuser ! En général, cela ne me ressemble pas. Ni mon éducation ni l'existence ne m'ont appris l'apitoiement sur mon sort. J'ignore ce qui m'arrive ; vous m'en voyez chamboulée !

— Il n'y a aucun mal à ça, Alice. Bien au contraire...

— Que penseront vos lecteurs d'une femme qui a bravé les sommets les plus élevés du pays par tout temps, au péril de sa vie, et qui se lamente de la sorte ?

— Qu'elle est profondément humaine ! C'est cela, Alice, qui te rend si attachante, et non pas la liste des 4 000 que tu as vaincus, et dont ils se moquent éperdument !

— C'est vous qui le dites ? Mais je croyais que c'était votre gagne-pain !

— Ça l'est, mais l'un n'empêche pas l'autre ! Nous le savons toutes les deux, Alice : ces sommets ne sont qu'un prétexte...

— Un prétexte à quoi ?

— À une rencontre : celle des lecteurs et d'une personnalité. Cela a tellement plus de valeur que le temps qu'il t'a fallu pour atteindre l'aiguille Verte ou la barre des Écrins, ou les difficultés surmontées chemin faisant !

Lina revint à mes heures sombres en Bretagne :

— Tes parents ont prévenu la sage-femme ?

— Oui. Mon père est retourné la chercher dès qu'il a vu que je saignais. Après m'avoir examinée, elle lui a dit qu'il fallait appeler le docteur de toute urgence, ce que papa a fait en repartant immédiatement à vélo. L'accoucheuse est restée avec moi et maman, en attendant leur arrivée, ce qui n'a pas trop tardé, car ils sont venus avec la voiture du médecin. Celui-ci m'a auscultée et a décidé de m'emmener à l'hôpital. En quittant la maison, j'ai fait promettre à la praticienne de repasser pour prendre soin de mon bébé. Ma mère m'a dit, par la suite, qu'elle l'avait fait dès le lendemain, mais constatant qu'il se portait bien, elle a espacé ses visites jusqu'au matin où, après avoir frappé à la porte, elle a appris le drame...

Maman fut bouleversée de la réaction de cette personne qui lui confia que même une sage-femme ne s'habitue jamais à la mort d'un enfant. La disparition brutale et inexpliquée du nourrisson aux yeux clairs qu'elle venait de mettre au monde entre nos murs l'affectait profondément.

— Un souci, Lina ? Vous me semblez troublée.

— Je le suis, Alice: je trouve que c'est vraiment dur d'imaginer un bébé en contact avec la terre, juste enveloppé d'un linge, je présume. Un cercueil à sa taille n'aurait rien changé de fondamental, mais quand même !

— En apprenant qu'il avait été enseveli dans notre jardin, j'ai évidemment été choquée, Lina ! Mais il était trop tard. Et comme j'avais toujours entendu mon père et ma mère évoquer cette pratique ancestrale, dans nos campagnes, quand l'enfant défunt n'avait pas pu être baptisé, je ne leur ai pas posé plus de questions...

Sans baptême, en effet, les petits ne s'étaient pas vus attribuer de parents spirituels. La religion estimait qu'ils ne pouvaient donc appartenir à la communauté des morts ! Il était impossible de les ensevelir en terre consacrée par l'Église. On les inhumait, tels des animaux, dans les champs ou, dans le meilleur des cas, dans son propre jardin...

De la suite de cette journée de confidences au col des Pariotes, je n'allais mémoriser qu'une descente hors sentier, dans la caillasse, entre des barres rocheuses, puis dans les alpages et, enfin, la facilité d'une trace nous ramenant au hameau.

Si douloureuse que fût l'évocation du passé, je gardai de notre sortie en montagne l'impression d'avoir accompli une chose importante. À ma grande surprise, le souvenir de cette randonnée avec Lina me devint vite doux et source de nostalgie. Ma compagne avait-elle, comme moi en revenant à l'Écot, la sensation de ne plus évoluer dans la réalité, mais dans un flou artistique où les fleurs tardives se mêlaient aux pierres et aux herbes sauvages ? Sentait-elle également la nature s'écouler dans ses veines, et savait-elle à quel point je lui étais reconnaissante d'avoir mis un terme à cinquante-quatre années de secret ?

5

À distance

Haute Maurienne, mardi 19 janvier 1999

L'hiver étirait sa mélancolie le long des crêtes déchiquetées qui s'appliquaient à la retenir. Les toitures ourlées de neige menaçaient de s'effondrer. La montagne restait sourde à mes appels...

Nos sorties se limitaient aux chemins que Félix avait dégagés aux environs de la maison. Parfois, nous rendions visite aux courageux qui, comme nous, avaient choisi de redonner vie au hameau, à la saison ingrate.

Malgré l'habitude, la féerie du décor minimaliste m'émerveillait. Ses courbes blanches en particulier, émaillées de murs en pierre dardant le ciel de cheminées maintenues on ne sait comment dans un équilibre incertain. Le seuil de notre demeure ouvrait sur une aquarelle au centre de laquelle trônait, unique et altière, la chapelle Sainte-Marguerite. Nimbée de mystère, celle qui réconciliait depuis huit siècles l'égarement de ses fidèles ferait-elle une exception pour moi ?

Mardi était le jour de notre expédition hebdomadaire. Dès le lever du soleil, Félix s'affaira à déblayer une trace suffisamment large pour que notre 4x4 de poche parvienne à se faufiler entre les maisons et les congères. Lorsqu'il le mit en marche à grand-peine, la montagne toussa et vibra. La fumée noire de son diesel épuisé souilla la pureté qui se croyait à l'épreuve des hommes. Quand le moteur fut à température, mon mari donna le signal. Je refermai la porte et m'installai à côté de lui, pour une grande aventure routière. Malgré les chaînes sur les quatre roues, rien n'était acquis. Des roches dissimulées sous la neige malmenaient le châssis et la carrosserie rouillée de notre Suzuki qui fêterait bientôt ses vingt ans de bons et loyaux services. Parvenus au sommet du hameau, au niveau de l'oratoire, le plus difficile était fait, mais nous devions nous armer de patience et de vigilance pour l'interminable descente sur la piste longeant l'Arc. À l'approche de Bonneval, nous respirâmes enfin.

Il se mit à neiger pendant que nous nous réchauffions dans le salon de thé de la rue principale du bourg. En quelques minutes, d'énormes flocons chassèrent les vacanciers du centre du village. Les courses de la semaine rangées dans notre véhicule, nous profitions des derniers moments de convivialité de notre sortie avant de regagner la solitude de l'altitude.

— Avec ce qui tombe, il serait plus prudent de partir maintenant. Qu'en dis-tu, Félix ?

— On peut rester quelques minutes de plus. Le retour sera plus lent que d'habitude, mais ça ira : nous sommes bien équipés.

Le vin chaud à peine servi, il me regarda d'une manière singulière.

— Qu'y a-t-il ? lui demandai-je.

— Tu penses à elle, n'est-ce pas ?

— Comment as-tu deviné ?

— Je connais cet air inquiet ! Ce n'est ni la montagne ni la neige qui te le donne, mais ton passé...

Une fois de plus, il avait percé mon silence. Je venais de rester plus d'une heure à la poste, à converser par téléphone avec Lina Derrien. Trois mois s'étaient écoulés depuis son départ auquel un grand vide avait succédé. Elle m'apprit que la rédaction avançait de manière satisfaisante, mais qu'il était encore trop tôt pour qu'elle puisse me soumettre son manuscrit. Je réagis au mot manuscrit : « Il ne s'agit pas plutôt d'un article ? » Sa réponse fut évasive. Elle en profita pour me demander quelques précisions. Je replongeai ainsi dans les pensées de l'automne dernier, au col des Pariotes, qui allaient marquer un tournant dans ma relation avec ma propre histoire. Lina souhaitait avoir des informations complémentaires sur ce qui s'était passé à la ferme, après mon retour de l'hôpital.

Je frappai à la porte des recoins les mieux gardés de ma mémoire et me lançai dans un récit circonstancié des événements. Si la proximité des bouquetins sous le soleil matinal me manquait au téléphone, je sentis Lina tout aussi désireuse que durant notre escapade alpine d'apprendre la suite. La suite ? Rien de bien passionnant ! Un mot unique pour la résumer : le travail, également responsable de ma fatigue et de ma survie... J'ignore ce que je serais devenue sans l'incessante succession de tâches qui me soustrayaient de brefs instants aux affres des remords. Je continuais de servir au château, ainsi que d'assurer les livraisons de beurre, d'œufs et de lait au sergent. Mes parents avaient hésité, avant de me confier à nouveau cette tâche qui avait conduit à notre perte, mais vu l'âge et la stature du militaire allemand, dont la seule vision me répugnait, ils avaient estimé que je ne commettrais plus la même erreur ! Et puis cela ne les contraignait pas à rester eux-mêmes à la ferme, ne connaissant jamais précisément l'heure à laquelle il passerait.

— Dis donc, ça continue de tomber, dehors ! Tu as remarqué la taille des flocons ?

— Ne t'en fais pas, Alice, profite de la chaleur et du vin… Et qu'as-tu appris d'autre à Lina ?

Je lui avais raconté mon quotidien durant l'Occupation, jusqu'à la libération de Rennes et de ses environs, le 4 août 1944 : la nécessité d'avoir en permanence la tête dans le guidon, pour éviter de réfléchir. Puis la fin de la guerre et ses lendemains qui fuyaient à tire-d'aile. Au terme de l'hiver 1946, la lassitude s'était emparée de mon âme et de mon corps. Rompue de fatigue, je perdis du poids. L'épuisement s'ensuivit. Des sueurs nocturnes, accompagnées de fièvre et de douleurs articulaires, à seulement dix-huit ans ! Et enfin, un essoufflement chronique, doublé d'une toux de plus en plus tenace. Maman finit par enfourcher sa bicyclette pour aller prévenir le médecin dont le verdict tomba aussitôt : une tuberculose pulmonaire ! Selon lui, il s'agissait d'une infection nosocomiale contractée près de deux ans plus tôt, lors de mon hospitalisation à Rennes…

— C'est ce lien qui manquait à Lina : celui entre la mort de mon fils et la cure sanatoriale où je t'ai rencontré, Félix.

— Vous vous êtes tout dit, à présent ? Ou est-ce qu'il te reste des choses à lui raconter ?

— On approche de la fin. Nous avons convenu que je lui écrirai.

— Lui écrire ?

— Oui, ça me rappellera l'époque des rédactions ! J'ai toujours aimé écrire, que ce soit devant ou derrière les bancs de la classe… Et surtout, ce sera plus pratique, car nul ne sait si j'aurai à nouveau la chance qu'elle réponde au téléphone, comme aujourd'hui, lors de nos prochains ravitaillements à Bonneval. Et s'il continue à neiger ainsi, nous pourrions être amenés à devoir espacer nos déplacements…

Le retour chez nous, dans la tempête, au bout du monde, fut épique. La visibilité se trouvait réduite au halo jaune de nos phares. Jamais je n'avais vu des flocons d'une telle taille ! Les essuie-glaces peinaient sous le poids de la neige, nous obligeant à ouvrir les vitres et à dégager à la main, en roulant, un angle de vision latérale, pour ne pas verser dans les bas-côtés de la route.

* *
*

L'Écot, mercredi 20 janvier 1999

Chère Lina,

Pour commencer, je dois vous dire combien j'ai été heureuse du temps que vous m'avez accordé, hier, par téléphone. Je craignais que mon appel retentisse dans le vide… J'avais déjà essayé de vous joindre les mardis précédents. Pourquoi les mardis ? Parce que c'est le jour où nous descendons, Félix et moi, à Bonneval, pour nous ravitailler. J'en profitais chaque fois pour faire un crochet par le bureau de poste, afin d'accéder à un téléphone.

Quelle émotion de reprendre ainsi le fil de nos échanges qui, depuis notre sortie en montagne, m'ont laissé un souvenir inoubliable ! Je suis d'ailleurs ravie que cette randonnée vous ait plu autant qu'à moi, à en croire le retour que vous m'en avez fait hier. Nous étions rentrées tard à l'Écot, après la nuit au refuge du Carro et mes interminables confessions au col des Pariotes. Après, vous avez dû regagner votre hôtel. Je réalise, à ce propos, que je n'ai pas dû vous demander si vous avez fait bonne route ensuite, jusqu'à Lyon. Depuis, j'imagine que votre mari doit me haïr de vous avoir accaparée plusieurs jours d'affilée !

Veuillez excuser mes digressions, Lina : cela fait si longtemps que je n'ai pas écrit ! Pourtant, combien de copies ai-je corrigées au fil de ma carrière ? L'exercice auquel je me livre me procure une sensation assez troublante ; l'impression d'avoir franchi le miroir, en quelque sorte ! À vrai dire, j'ai toujours adoré rédiger. Pour quelle raison ne l'ai-je jamais fait ? Figurez-vous que je n'en ai aucune idée ! Peut-être cette lettre servira-t-elle de déclic ? J'aime les défis, alors pourquoi ne me mettrais-je pas à écrire ? J'ai tout mon temps, ainsi que la chance d'avoir conservé mes facultés intellectuelles. Il ne faudrait pas que je tarde trop à essayer ! Rassurez-vous, je ne vous ferai pas d'ombre : jamais je ne rédigerai ma biographie dans la perspective d'une publication ; j'en laisse la primeur à votre article. Je ne suis toujours pas convaincue de l'intérêt de mon parcours, si mouvementé fût-il. Non, je verrais plutôt des histoires pour enfants ou pour adolescents. Qui sait ? Peut-être connaîtrais-je le succès, comme cette auteure anglaise qu'une amie m'a conseillée il y a peu et dont le premier roman a été publié en version française, à la fin de l'année dernière. Il a pour héros un jeune magicien et a pour titre Harry Potter à l'école des sorciers. *Vous entendrez probablement parler de ce personnage ou de sa créatrice, une certaine J.K. Rowling. Je ne vous en dis pas plus, mais je vous recommande cette lecture particulièrement divertissante. Espérons que sa réussite ne retombe pas comme un soufflé, car elle a du talent, et pas uniquement en matière d'imagination ! Quant à moi, peut-être aurais-je la chance du débutant ?*

Vous devez me trouver ridicule de tourner pareillement autour du pot ! Mais tout cela – vous l'avez compris – ne vise qu'à retarder l'instant où il me faudra à nouveau parler de moi ! Je le ferai, rassurez-vous, quoi qu'il m'en coûte, car vous me l'avez demandé. Vous avez utilisé une expression imagée, que je ne connaissais pas, pour évoquer ce que vous attendiez de moi : « Un trou dans la raquette ! » J'avais omis de vous apprendre ce qui s'était passé entre la fin de ma cure et mes ascensions alpines. C'est donc à cette tâche que je vais m'atteler.

Lorsque j'ai commencé à vous raconter ma jeunesse, la beauté du paysage et la complicité des bouquetins ont fini par délier ma langue, non sans mal, comme vous l'avez constaté ! Vous ai-je d'ailleurs remerciée pour votre tact et votre patience ?

Je vous écris en ce moment de la table de notre séjour. Je l'ai placée près de la cheminée où Félix a allumé un feu qui ronronne depuis le petit déjeuner. La tempête approchait au moment où nous nous sommes parlé, hier soir ; elle a quitté la vallée durant la matinée. Les conditions de notre retour de Bonneval à l'Écot pouvaient être qualifiées de dantesques... Rassurez-vous, cette fois je me recentre !

En début d'après-midi, je me suis préparée psychologiquement à rédiger cette lettre. J'ai d'abord pris le thé avec mon mari, sur la terrasse. Le soleil était de la partie. Avec un pull et l'arrivée du beau temps, ce moment a été des plus agréables. Vous souvenez-vous des toitures que l'on surplombe de notre petit balcon ? Tout est blanc à présent. Les lauzes à perte de vue ressemblent aux écailles d'un poisson géant. Une vision de toute beauté...

Il est 16 heures, la nuit ne tardera pas. Je me lance !

J'ai quitté le plateau d'Assy le 19 juillet 1947. Un samedi. Le vacarme du car contrastait avec le mutisme des passagers et de la station que nous traversions à faible allure. La descente m'a paru interminable. Tant de virages à négocier et de manœuvres pour éviter les fourgonnettes qui montaient ravitailler le village et les instituts sanatoriaux ! Gavée de silence depuis treize mois, j'ai soudain réalisé que je ne le supportais plus ! Aussi, pour échapper à ses morsures, je me suis accrochée aux crissements des ferrailles, aux couinements des pneumatiques et de la porte en face de laquelle je m'étais assise. Vous trouvez ridicule mon aversion subite pour la quiétude ? Elle résultait de tous les mots et des échanges complices que j'avais eus avec Félix :

j'étais en train de les perdre à mesure que je m'éloignais de lui. Pour aller où ? Je savais que ma vie ne pourrait consister à me reposer en roucoulant. Les vacances étaient finies ; je reprenais le chemin du travail avec des pieds de plomb... Bien sûr, la perspective de retrouver papa et maman me motivait, mais leurs visages demeuraient trop intimement liés aux épreuves que j'avais traversées pour m'en réjouir pleinement. J'étais incapable de me raisonner.

À Chedde, lorsque le car a redressé le nez et s'est enfin décidé à rouler à l'horizontale, une passagère est venue s'asseoir près de moi. Elle m'a demandé si elle pouvait m'aider, ajoutant qu'elle me voyait sangloter depuis un moment... Nous avons parlé sans interruption jusqu'à la gare. Son écoute et sa bienveillance ont pratiqué une trouée au doux prénom de Félix dans mon horizon bouché. Cela m'a été d'un grand secours au moment de monter dans le train. À entendre cette femme, le temps et la distance qui me sépareraient de lui n'avaient pas la gravité que je leur prêtais. « Vous savez où lui écrire ! Alors gardez confiance, ma petite... » Dire que je n'ai même pas eu la présence d'esprit de demander le nom de cet ange qui avait croisé ma route !

Avant de poursuivre cette lettre, Lina, je dois vous faire un aveu : je viens d'éprouver une envie subite et saugrenue à laquelle je n'ai pas résisté, celle de me lever et d'apposer les mains sur les pierres grises entourant la cheminée ! Expérience inédite, en ce qui me concerne, quoique banale. Mais bouleversante ! La température, pour commencer, ou plutôt la limite ténue entre le chaud et le froid. Mais, surtout, le toucher dévoilant les nuances de ce qui échappe à la vue et à l'esprit. Quelques centimètres carrés effleurés ont suffi à faire basculer mon ressenti qui alternait entre inquiétude et réconfort. En cause, les aspérités : rudes de prime abord, si douces en vérité, lorsque l'extrémité des doigts s'attarde sur leurs imperfections sans chercher à les expliquer, à les corriger... La vie devrait s'appréhender de cette manière. Tellement plus simple à dire qu'à faire !

Tout cela me ramène au quotidien de ma Bretagne natale ! À l'extérieur de la ferme, la joie des lendemains de la guerre éclairait le décor retrouvé, ainsi que les rencontres au marché ou à l'occasion des livraisons de produits laitiers, en toute légalité désormais. Rien n'avait fondamentalement changé, pourtant tout était différent ! Je lisais l'espoir sur le visage de toutes les personnes que je croisais, à l'exception de celui de mes parents ! Marqués par le sceau de la fatalité, ils ne pouvaient se contenter du silence des armes, persuadés que le jugement d'autrui ne connaîtrait jamais d'armistice. Ils ne pouvaient se sentir à l'abri d'une dénonciation tardive. Leur commerce avec l'envahisseur et ma passion coupable prêtaient le flanc à tant de vengeances possibles nées de la frustration, de la jalousie ou simplement de la bêtise ! Je me trouvais donc réduite à travailler sans relâche, en tâchant d'éviter le regard de papa et de maman qui esquivaient également le mien. Voilà ce qui occupait l'essentiel de mes journées ! Il me fallait noyer dans la fatigue physique l'accablement d'un passé doublement assassin. Mais cela réclamait des forces qui me faisaient défaut. Et ma séparation d'avec Félix me privait de l'oxygène que j'avais découvert à ses côtés, au pied du mont Blanc, et qui m'enivrait alors, sans que je le réalise. Ce jeune homme et moi n'avions rien consommé, comme on dit, mais notre complicité avait largement dépassé le domaine de l'échange et du partage... Plusieurs mois durant, une attirance avait frappé à ma porte, que je n'avais pas su reconnaître. Le faciès de Félix, sa langue maternelle et son approche différaient tellement de l'embrasement que j'avais connu avec Karl, dans des coulisses de l'interdit, que je n'avais pas imaginé qu'il pouvait également s'agir d'amour ! Avec Félix, les choses étaient claires, propres sur le plan de la conscience et des convenances. Pourtant, les élans de mon cœur demeuraient bridés par une culpabilité opiniâtre. Seul un égoïsme exceptionnel aurait pu me disculper de l'opprobre que j'avais jeté sur ma famille. Mais comment faire fi de mes fautes et oublier l'enfant que je n'avais serré qu'une nuit dans mes bras ?

Je ne m'attarderai pas sur mon retour à la ferme, après ma cure, car il ne le mérite guère. Un an d'absence, pour retrouver la même humeur paternelle qu'avant ma maladie ! Je compris que jamais il ne me pardonnerait... Maman, en revanche, s'était adoucie avec le temps. J'ai eu plusieurs belles conversations avec elle, de femme à femme, constructives et plaisantes. Elle m'a appris ce que je savais de longue date à propos de papa : que, selon lui, l'honneur de la famille surpasse tout. En détruisant avec l'ennemi ce qui faisait notre respectabilité, j'avais commis l'irréparable. Les rares fois où j'ai évoqué mon bébé avec ma mère, et où je lui ai demandé de me parler de lui, après mon départ précipité vers l'hôpital, je l'ai découverte si embarrassée que j'ai préféré ne pas la déstabiliser davantage. J'ai essayé de la déculpabiliser de la mort de mon fils, car il était évident qu'elle n'y était pour rien. Non seulement mes consolations demeuraient sans effet, mais elles avaient même tendance à accroître ses remords ! Elle me répondait que je ne devais pas lui pardonner, qu'elle ne le méritait pas ! Puis elle cherchait une sortie de secours. Comprenez-vous maintenant, Lina, d'où me vient cette propension à ne jamais m'estimer à la hauteur, à me considérer comme l'unique responsable du passé ?

Le travail qui accaparait mes parents a rapidement déteint sur moi. Finalement, papa n'avait pas tort : notre salut se trouvait dans l'action et dans l'accomplissement de notre devoir. Alors j'ai replongé, comme avant ma cure, dans l'hyperactivité, en tant que remède à mes tourments.

Et Félix, là-dedans ? Pas une journée ne s'achevait sans que j'aie songé mille fois à lui ! Je me mordais les doigts de ne pas lui avoir manifesté plus explicitement mes sentiments, lorsque nous passions des heures inoubliables, sous la bienveillance du mont Blanc...

Je serais toutefois injuste si j'omettais de vous parler de nos vacances à Porz Guyon, près de Paimpol. Du moins c'est ainsi que j'appelle l'unique réunion familiale hors de la ferme à laquelle j'ai été conviée de toute mon existence ! Papa, maman et moi avions répondu positivement à l'invitation que ma sœur Louise nous avait envoyée par voie postale, ainsi qu'à Françoise, mon autre sœur. Nous nous sommes retrouvés à la fin du mois de juin 1948. La nature exultait. À la joie de nous revoir pour la première fois depuis le début de la guerre s'ajoutait celle de faire la connaissance d'une ribambelle de nièces et de neveux regorgeant d'énergie ! Joie néanmoins ternie par l'absence de mon fils. Il aurait bientôt eu quatre ans et aurait été si heureux de s'amuser avec ses cousins ! Mais bonheur aussi de passer des heures magiques à fouler la grève humide au bord de la mer que je découvrais enfin.

Sous le charme des vaguelettes qui jouaient avec mes pieds nus, j'ai à nouveau transgressé l'interdit paternel, en dévoilant les grands drames de ma vie à Françoise, ma confidente de toujours. Bien sûr, je lui avais fait jurer de garder le secret, mais allait-elle respecter sa promesse ? Outre le soulagement de m'être délestée d'un fardeau écrasant, j'ai éprouvé la satisfaction de retrouver l'oreille attentive qu'elle m'accordait autrefois. Mieux encore : plus compréhensive et compatissante ! Ses larmes ont libéré les miennes qui, à leur tour, ont renchéri les siennes...

Nous épongions nos yeux et reprenions un semblant de contrôle de nos émotions, lorsque nous sommes parvenues à une minuscule plage dorée en demi-lune sur laquelle un chalutier attendait l'heure où les flots le rendraient à son élément. Connaîtrais-je un jour un sort équivalent ?

Un peu plus loin, pour couronner cette vision enchanteresse, la mer au bleu surnaturel s'est resserrée autour du sable qu'elle a façonné et mélangé à des ingrédients secrets, pour nous offrir une presqu'île coiffée de végétation basse et de pins dominant l'horizon. La plénitude qui nous entourait appelait en moi une transparence égale : je me suis ouverte à Françoise de ma rencontre au sanatorium et des tourments que j'essuyais à la ferme depuis mon départ du plateau d'Assy. Les yeux de ma sœur se sont remis à briller, mais cette fois encombrés d'étoiles et non de larmes : « Qu'attends-tu, ma belle ? Fonce ! Écris-lui ! » Sorties de ses lèvres avec une telle spontanéité, ses paroles ont déclenché en moi des soubresauts de crainte et d'impatience. Qu'était devenu Félix depuis l'été dernier ? Certes, nous avions échangé nos adresses, mais ni l'un ni l'autre ne s'était encore lancé. Je me disais que s'il ne l'avait pas fait, c'était parce que ses sentiments à mon égard avaient évolué, mais pas dans le sens que j'espérais... Peut-être avait-il rencontré quelqu'un ? C'était à lui de faire le premier pas ! D'ailleurs, qu'aurait-il pensé d'une fille entreprenante au point de lui envoyer une lettre empreinte d'émotion et de tendresse ?

Tandis que j'épanchais mes états d'âme avec Françoise, elle m'a coupée net : « Tu verras bien ! Qui n'essaye rien n'a rien ! Au pire, tu seras fixée, et ça t'évitera d'espérer inutilement. Tu pourras alors te tourner vers l'avenir, car tu en as un, Alice. Et même un très joli ! J'ai le flair pour ces choses-là... Et si ce Félix est aussi timide que tu me l'as décrit, il accueillera ton initiative comme une bénédiction ! »

En matière de bénédiction, Louise et son mari nous firent monter de bonne heure, vers la fin du séjour, sur la vedette reliant le continent à l'île de Bréhat. Une journée radieuse où nous avons vécu en famille un authentique conte de fées. Depuis notre arrivée chez ma sœur, je croyais m'être habituée aux merveilles du bord de mer, au ballet de ses bateaux au rythme des marées, mais j'ai eu le souffle coupé, à peine débarquée sur l'île aux fleurs, comme on surnomme la destination phare de l'archipel de Bréhat. Bien qu'énormément de temps ait passé depuis, je conserve comme autant de flashs éblouissants le souvenir d'allées d'agapanthes bleues se faufilant entre les pins vers des anses turquoise. Ou celui d'une plage en forme de croissant, prolongée d'un manoir sis sur des roches entourées d'eaux translucides. Accessible seulement par un muret, quand le milieu liquide l'autorise, combien de fois me suis-je imaginé résider, même brièvement, dans ce havre de quiétude ? Et comment oublier l'une des images emblématiques de l'île : le moulin à marée et son adorable toit de chaume ? Ou tous les détails insignifiants qui m'ont néanmoins marquée, tel le contraste entre le fuchsia des hortensias et les genêts ardents, sur l'azur confondu du ciel et de la mer ?

De retour à Romillé, je me suis exécutée dès que la conjoncture a éloigné mes parents l'espace de quelques heures. Trois pages écrites d'affilée – une victoire ! –, que j'ai déchirées à peine relues. Qu'allait-il penser de moi ? Trop vite, trop fort, trop maladroit : voilà un résumé fidèle de ma première composition littéraire ! Il faut dire qu'à l'époque je ne disposais d'autres clés rédactionnelles que celles acquises au seuil du brevet...

Plusieurs semaines se sont ensuite écoulées, émaillées de tentatives aux issues similaires. Et lorsque je n'y croyais plus, j'ai réalisé que j'y étais enfin ! J'avais renoncé à mes velléités d'auteure en herbe pour la simplicité de lignes demandant à Félix comment il allait, ce qu'il faisait, et se terminant par une formule du genre « Alice, qui pense très fort à toi... ».

À compter de ce moment, je n'ai plus eu de cesse d'épier le facteur. Au fil des jours et des heures, mon humeur a connu des fluctuations sans précédent. Ce manège a duré jusqu'à ce qu'on frappe à la porte de la ferme, la veille de la fête de l'Assomption. Quand j'ai tenu entre les doigts la première lettre où figurait mon nom en destinataire, mon cœur s'est mis à battre si fort que je n'ai pas pu répondre à l'étonnement de mes parents.

Une fois au calme dans la grange, j'ai observé la missive sans oser l'ouvrir, tant je redoutais son contenu. La crainte d'avoir tout gâché... Le pli tremblait devant moi, lorsque maman m'a rejointe. Elle s'est assise sur une botte de foin, tout contre moi. Sa main s'est lentement approchée du courrier et l'a saisi, après s'être assurée que je ne le retenais pas. Elle l'a découpé délicatement avec ses ongles en me regardant. J'ai baissé les yeux en guise d'assentiment. Elle l'a parcouru, puis est revenue vers moi. Son visage s'est animé. Je vois encore les trémulations de ses lèvres qui ont fini par dessiner un sourire. J'ai fondu en larmes et me suis jetée à son cou.

À compter de ce jour, elle est devenue la confidente qui m'avait toujours manqué. Elle m'a aidée à répondre à Félix, tout en assurant un rôle d'ambassadrice auprès de mon père. Elle a même encouragé mon projet de poursuivre mes études.

Entre mon travail à la ferme et au château, et une correspondance épistolaire de plus en plus nourrie, les mois se sont écoulés dans la sérénité retrouvée. En 1950, je suis retournée sur les bancs de l'Éducation nationale. Un an plus tard, j'ai décroché mon BEPC, puis intégré l'école normale de Rennes, en tant qu'interne. Ambiance studieuse et motivante, soutenue à distance par Félix. De son côté, il songeait à une reconversion professionnelle. La vision permanente des montagnes au plateau d'Assy, puis à Chamonix, quelque temps après la fin de ma cure, lui rappelait son enfance dans la vallée de la Maurienne, et la liberté qu'il éprouvait lorsqu'il jouait avec son frère dans les prés escarpés. Bien qu'éloignés géographiquement, nous n'avons jamais cessé de nous encourager dans nos objectifs respectifs. Pour rien au monde je n'aurais cherché à influencer son choix. Mon avenir était avec lui, peu importait le lieu ! « Pourquoi pas chez nous ? » me demanda maman. Avec sa complicité, nous l'avons invité et reçu à plusieurs reprises. Mon père s'entendait bien avec lui. Il le trouvait droit, franc, humble et brave. Bien sûr, il aurait quelque part souhaité que Félix lui annonce qu'il projetait de s'installer en Bretagne, et pourquoi pas de nous aider à la ferme, puis de la reprendre, le jour venu ! Mais papa avait suffisamment conversé avec lui pour comprendre qu'il serait malheureux loin des cimes. Il en avait fait son deuil... Par honnêteté déplacée ou par maladresse, maman m'a appris que la résignation de mon père n'était pas le seul fait d'une grandeur d'âme subite, mais un moyen inespéré pour lui d'éviter l'épineux problème que notre mariage aurait posé dans le village ! Mentir aux hommes quant à mon passé était une chose, mais le faire par omission à Dieu, ainsi qu'au curé était une autre paire de manches ! Je m'interroge encore sur la manière dont il aurait géré la situation, si notre avenir s'était esquissé à Romillé...

De retour à la ferme, en 1955, un diplôme d'institutrice en poche, je suis restée jusqu'à la fin de la moisson pour prêter main-forte à mes parents. À soixante-cinq ans pour papa et dix de moins pour maman, effectuer seuls et sans machines cette tâche éprouvante dans la chaleur de l'été n'était guère raisonnable.

Mon contrat moral aussitôt honoré, j'ai fait ma valise ; moment aussi déchirant qu'attendu avec hâte ! Ils m'ont accompagnée à la gare, le 26 août. Je les vois encore me faire signe, le visage tendu, tandis que j'agitais un mouchoir par la fenêtre du train et que le quai s'éloignait lentement.

À peine arrivée en Haute-Savoie, j'ai trouvé du travail à la faveur d'un remplacement. Félix s'est inscrit à la prochaine session de formation d'aspirant guide qui débuterait neuf mois plus tard, à la belle saison. Nous logions dans le petit appartement qu'il louait à Chamonix. Modeste, mais parfaitement situé au centre-ville. Je suis tombée en admiration devant la vue qu'il offrait sur les remous de l'Arve et le mont Blanc, si haut, si beau, et veillant avec tant de tendresse sur les âmes de la station ! Sans oublier le glacier des Bossons qui, à l'époque, s'aventurait dans la vallée et constituait une curiosité de premier plan.

Nous nous sommes mariés civilement le 8 octobre 1955. En attendant son stage, Félix a continué de travailler au Grand Hôtel des Alpes, *à Chamonix, où il avait été engagé quelques mois après la fin de ma cure sanatoriale.*

Je réalise que j'ai omis de vous dire, chère Lina, ce qui avait animé le visage de ma mère, lorsqu'elle avait découvert le contenu de la lettre de Félix, dans la grange. Mon départ de l'institut hospitalier avait créé un vide important dans le quotidien du jeune homme, après l'année que nous avions vécue à nous fréquenter assidûment. Une absence telle qu'il n'envisageait plus de rester enfermé entre les murs de l'établissement de santé où chaque table, chaque chaise longue, chaque couloir lui rappelait ma présence !

Nous avons passé l'hiver 1955-56 dans l'ambiance cossue de la capitale de l'alpinisme. Chaque soir, chaudement enveloppés, nous profitions de la vue de notre balcon. Félix me parlait d'évasion, là-haut, au pays des nuages et des rêves...

La suite, Lina, vous la connaissez : en 1956, à l'aube de l'été, mon mari a intégré le stage d'aspirant guide qui lui ouvrait les portes d'une vie nouvelle. Entre cet instant et l'obtention de son diplôme de guide de haute montagne, six ans plus tard, nous avons vécu dans le bonheur, entre mes remplacements dans des écoles et ses sorties en direction des cimes. Nous en avons fait de nombreuses ensemble, parmi lesquelles les sommets de plus de 4000 mètres qui vous ont conduite à moi, Lina. Mais il y en a eu beaucoup d'autres, certes plus modestes en altitude, mais soutenant la comparaison, en matière de splendeur et d'intérêt technique. Néophyte bretonne, c'est sur certaines d'entre elles que j'ai fait mes premières armes et ai développé un pied alpin qui m'a permis de m'attaquer, bien encadrée, à des entreprises de plus en plus sérieuses.

Félix a souhaité retrouver la simplicité et l'authenticité de la Maurienne. Il nous a déniché un premier point de chute dans une ancienne demeure, au cœur du charmant village de Bessans. Après quelques mois sans travail, j'ai effectué un intérim à l'école communale de Bonneval-sur-Arc qui, de prolongation en prolongation, a conduit à ma titularisation. Une fois son insigne de guide accroché sur sa poitrine en 1962, Félix a fidélisé une clientèle estivale. Le reste du temps, il se partageait entre différents emplois saisonniers, intervenant sur des chantiers acrobatiques dangereux, mais bien rémunérés, ou en tant que moniteur de ski, lorsque les stations de sports d'hiver ont commencé à se développer dans la vallée de la Maurienne. Ou encore, comme ébéniste, sa formation initiale, avant qu'il bifurque vers l'hôtellerie.

Peu après mon affectation à Bonneval, nous avons acheté une maison sur les hauteurs de ce magnifique village. Beaucoup de travaux en perspective, mais un prix abordable. Nous avions l'énergie et la foi nécessaires pour nous lancer, à trente-huit et quarante ans, dans une aventure de taille. Aventure que nous allions réitérer un quart de siècle plus tard, en acquérant une des ruines composant le hameau de l'Écot...

Voilà, chère Lina, je pense vous avoir tout dit ! Finalement, ma vie se résume en quelques scènes dramatiques ou lumineuses, sur fond d'enseignement... Mon instituteur à Romillé avait vu juste : j'avais des dispositions pour les études. Par chance, j'étais présente lorsqu'il en avait parlé avec mes parents, sans quoi je ne l'aurais sans doute jamais imaginé !

Enfin, je vous prie de m'excuser d'avoir été si longue et si décousue, Lina ! La lecture de ma lettre a dû vous faire perdre un temps précieux. Comme vous l'avez constaté, j'ai été ravie de reprendre la plume : tant d'années s'étaient écoulées depuis ma correspondance épistolaire avec Félix ! Je m'étais alors découvert un penchant pour la littérature. Et vous venez à votre tour d'en faire les frais...

En vous assurant de mon amitié sincère, je me tiens volontiers à votre disposition, au cas vous auriez besoin de précisions supplémentaires.

Alice

PS : N'oubliez pas de me prévenir lors de la parution de votre article !

* *
*

Il me fallut attendre l'allongement des jours pour découvrir la réponse de Lina, dans notre boîte postale à Bonneval-sur-Arc. Mon courrier n'appelait pas spécialement de réactions de sa part, mais un petit mot confirmant que les éléments que je lui avais fournis lui seraient utiles ne m'aurait pas laissée indifférente. Aussi espérai-je un signe d'elle. Au début, je me disais qu'il était trop tôt, qu'elle avait certainement beaucoup de travail. Plus tard, je me suis demandé si mon envoi lui était bien parvenu. Chaque semaine, en m'apprêtant à descendre avec Félix au village pour nous ravitailler, je me réjouissais à la perspective de trouver une lettre de sa part. Je m'étais habituée à cette petite, comme je l'appelais, qui m'avait invitée à revisiter mon passé, à en fouiller les recoins que j'évitais auparavant, afin de me protéger. Mais sa curiosité et sa persévérance avaient réussi à me pousser dans mes retranchements et à me faire évoluer. J'étais arrivée à feuilleter les pages les plus sombres de mon parcours, avec un recul dont je ne me serais pas imaginée capable. Alors oui, une complicité était née entre elle et moi, que j'aurais voulu relancer. C'est pourquoi j'attendais un signe venant d'elle. M'avait-elle oubliée ou avait-elle changé d'avis ? Aurait-elle craint de me décevoir, en m'annonçant que son rédacteur en chef lui avait refusé l'article qu'elle projetait d'écrire sur moi ou qu'elle n'en voyait plus elle-même l'utilité ? Je supputais aussi qu'elle eût découvert que je n'étais pas la première femme à avoir gravi tous les sommets de France dépassant la limite symbolique des 4 000 mètres.

Si ce silence ne lui ressemblait pas, c'était éventuellement parce que je m'étais fourvoyée à son égard, en croyant la connaître. Ou bien qu'elle n'avait pas su trouver les mots pour m'informer qu'elle avait jeté l'éponge, car ce travail de longue haleine lui avait pris plus de temps et d'argent que prévu...

De mon balcon, je constatais chaque jour la victoire de nouvelles parcelles d'herbes sur l'étendue de l'hiver. Sous la menace de l'été, la neige désertait les versants et les murs exposés au midi, pour se réfugier dans les replis du terrain. Les oiseaux commençaient un ballet qui me rappelait les pommiers de Romillé, par la fenêtre grande ouverte de ma chambre.

Tandis que la nature redonnait vie à la haute Maurienne, la peur qu'il soit arrivé quelque chose à Lina cheminait en moi. N'osant y penser outre mesure pour éviter d'attirer le mauvais sort, je sentais mon appréhension croître insidieusement. Mais qui étais-je pour exiger d'elle un geste dont nous n'avions jamais convenu ? Elle s'était bien gardée de me promettre quoi que ce soit. L'éducation ? Que savais-je au juste de celle de sa génération ? Ma conception des us et coutumes actuels était-elle obsolète ? Pourtant, je ne pouvais m'empêcher de nous revoir marcher et échanger côte à côte, sur la route en terre, avant de prendre le sentier montant au refuge du Carro. Se pouvait-il enfin que toutes les paroles qui avaient tellement résonné en moi n'aient fait qu'entrer et sortir par ses oreilles ?

D'une extrémité à l'autre de notre balcon, l'eau de fonte alimentait d'immenses dents de cristal suspendues à la gouttière. J'aurais dû me réjouir de ce spectacle, comme les années précédentes à la même époque, mais je ne pouvais m'en contenter. Le doute encore et toujours… Puis une idée saugrenue me malmena, jusqu'à ce que Félix me rejoigne avec une tisane fumante. Il s'installa au soleil, près de moi, et dégusta un café. Sans paroles, il comprit mon malaise. Je lui ouvris mon cœur :

— La crois-tu capable d'avoir sorti quelque chose sur moi sans m'avoir avertie ?

Bien sûr, il n'en savait rien ! Il ne pouvait que partager son ressenti sur cette personne qu'il avait finalement peu fréquentée.

— Quelle est ton impression sur elle ? lui demandai-je sans détour.

— Je ne pense pas qu'elle aurait fait ça. Tu m'avais dit qu'elle allait te soumettre son texte avant de le publier. Cela m'étonnerait qu'elle ait changé d'avis. Cela dit, il se pourrait qu'elle t'ait envoyé un courrier qui ne nous soit pas parvenu ! Nul n'est à l'abri de ce genre de choses. Je vois bien que son silence te travaille depuis longtemps…

— Que ferais-tu ?

— Si j'étais toi, je lui écrirais à nouveau. Non pas pour la harceler ni la sermonner, mais pour en avoir le cœur net et mettre un terme à mon agitation…

Une fois de plus, Félix avait raison ! Comment n'y avais-je pas songé ? Mais si ! J'avais mille fois voulu le faire, mais toujours l'impression de paraître trop présente, trop insistante et présomptueuse quant à cet article me ramenait à ma juste place, c'est-à-dire à l'épicentre de mon incertitude !

— Tu vas me faire le plaisir de lui écrire aujourd'hui même, Alice ! Comme ça, nous pourrons la poster demain, en allant faire les courses de la semaine.

— Mais c'est très court !

— Très court pour quoi ? Tu ne vas pas lui envoyer ta biographie, que je sache ! Elle la connaît déjà ! Tu n'as qu'à lui demander comment elle va et si elle a bien reçu ta lettre, car, n'ayant pas de nouvelles, tu t'inquiètes. Tu ajoutes une formule de politesse et le tour est joué...

— Facile à dire ! Quelle chance tu as, Félix, que tout soit toujours aussi simple pour toi !

Je lui répondis cela, mais en réalité je n'en savais rien. Le fait de ne pas être très loquace le rendait-il pour autant insensible ? Évidemment que non ! C'est d'ailleurs sa sensibilité qui m'avait de prime abord attirée, bien avant de parvenir à mettre un nom sur mes sentiments à son égard. Sa sensibilité n'est certes pas la mienne, mais elle a l'avantage de s'accommoder des détails sur lesquels je bute constamment.

— Tu as raison, Félix. Maintenant que ma tisane est terminée, je m'y colle !

Le lendemain, au moment de glisser mon pli dans la boîte aux lettres jaune accrochée à la poste de Bonneval, j'eus une hésitation. Je regardai la façade du bâtiment, puis poussai la porte et entrai. J'allai relever mon courrier, au cas où... Trois factures, quelques publicités et une enveloppe de petit format, sans expéditeur. Mon pouls s'emballa. Sans attendre ni me retourner, je posai le reste du courrier et ouvris celui qui contenait une carte de visite au nom de Lina, sur laquelle figurait un bref message :

Lyon, le 23 mars 1999

Chère Alice,

J'espère que ce bref message te trouvera en pleine forme, ainsi que Félix, que je salue au passage.

Un grand merci pour ta lettre détaillant fort bien le passage de ta vie que nous n'avons pas eu l'occasion d'évoquer de vive voix.

Enfin, j'ai une demande à te faire, en croisant les doigts pour qu'elle ne te paraisse pas trop cavalière : j'aimerais à nouveau te rendre visite ! Cette fois, il ne s'agit plus de me renseigner sur ton histoire, mais d'un sujet qu'il m'est impossible d'aborder par écrit. En effet, lors de nos échanges, je ne t'ai pas tout dit quant à ma démarche... J'espère que tu me pardonneras.

Dans l'espoir de te lire rapidement, je te souhaite une belle journée.

Lina

Après

6

L'envers et l'endroit

Bouleversée par les mots de Lina, j'oubliai la moitié des courses que j'avais notées sur un papier. Félix remarqua mon trouble à la caisse de la supérette. Après avoir payé, je lui tendis le message énigmatique de Lina.

— Bizarre ! Que vas-tu faire, Alice ?

— Je ne sais pas...

— Accepte, sinon tu te demanderas en boucle de quoi il s'agissait !

— Tu penses ?

— Ou appelle-la, pour être encore plus vite fixée ! Vas-y, retourne à la poste.

— Relis le passage où elle indique qu'il lui est impossible d'aborder par écrit ce qu'elle a à m'apprendre. Crois-tu que ce serait envisageable pour elle par téléphone ?

— Tout dépend ! Il y a des gens que ce moyen de communication réfrigère, d'autres qu'il rassure...

— Je ne le sens pas du tout !

— Dans ce cas, il te reste à l'informer que tu es d'accord et à lui demander quand elle compte venir. Je te suggère de lui répondre avant que nous remontions à la maison, pour t'éviter d'hésiter inutilement pendant une semaine, car, ne soyons pas naïfs, tu finiras bien par lui dire oui !

Je fis comme Félix me l'avait conseillé et me dépêchai de glisser mon courrier dans la boîte aux lettres, avant de changer d'avis. Je me sentis aussitôt soulagée : la balle était désormais dans son camp. Je n'avais plus qu'à attendre de ses nouvelles...

Après avoir été rudoyée par la vie, on a beau avoir retenu ses leçons et la manière de déjouer ses pièges sans jamais baisser la garde, on se fait avoir un jour ou l'autre ! J'en tiens pour preuve les lendemains de la réponse que j'avais envoyée à la journaliste, avant de quitter Bonneval-sur-Arc. J'imaginais qu'ils s'écouleraient dans la quiétude, ayant réagi avec diligence. Il n'en fut rien. Bien au contraire ! Je ne cessai de me demander de quoi il s'agissait et pourquoi elle m'avait écrit qu'elle espérait que je la pardonnerais. Qu'avait-elle pu me dire ou me faire qu'elle pouvait regretter ?

À compter du moment où je m'interrogeai en ce sens, je ne connus plus de repos. Mes nuits se métamorphosèrent en une succession de cauchemars éveillés, et les journées en questionnements qui n'avaient rien à leur envier ! Bien sûr, j'essayais de suivre les conseils de Félix, mais pour une fois ils avaient le don de m'énerver, au lieu de m'éclairer. Je sentais mon mari tourner autour de moi avec un air agaçant insinuant que je devais me ressaisir. Combien de fois l'ai-je cru sur le point de m'expliquer qu'il n'y avait pas lieu de se mettre dans un tel état, pour deux ou trois mots écrits à la hâte sur une carte de visite ? Je savais qu'il voyait juste, mais restais convaincue de ne pas avoir tort ! J'errais dans une incertitude où rares étaient les vérités qui me demeuraient accessibles. Et parmi elles, aucune n'était de nature à me rassurer ! Plus je réfléchissais, plus mon discernement s'embourbait. Je n'étais plus l'institutrice menant son petit monde à la baguette, qu'il s'agît du programme scolaire ou des affaires de cœur d'enfants à consoler. Non plus la jeune alpiniste intrépide – ou plutôt inconsciente –, mais l'adolescente désemparée que la guerre avait plongée dans les affres de la mort, des remords, de la culpabilité. Les crampes que je ressentais dans le ventre étaient les mêmes que celles qui m'avaient malmenée chaque fois que j'avais senti les foudres de mon père prêtes à s'abattre sur moi, ou celles qui avaient suivi l'annonce du décès de Karl. La mémoire de la chair...

Qu'avais-je bien pu dire à la journaliste qui avait déclenché en elle un processus mystérieux qu'elle regrettait désormais ? Mais oui ! Voilà peut-être l'explication de son long silence avant son courrier : la culpabilité, pour une raison que j'ignorais...

Se pouvait-il que je ne sois finalement pas la première montagnarde à avoir accompli l'exploit qu'elle m'avait attribué ? Bien sûr, d'où sa demande d'indulgence, puisque l'erreur aurait été de son fait ! M'avoir laissé miroiter à tort que j'avais effectué des choses exceptionnelles méritant un article de presse aurait amplement justifié un désir de pardon. Je sentais néanmoins que mon analyse manquait de lucidité et qu'il ne fallait pas que je m'y fie...

Par quelque bout que je prenne mon passé et tout ce qui nous avait réunis, elle et moi, je ne voyais aucun élément susceptible d'avoir généré le moindre quiproquo. Peut-être avait-elle pris conscience de ce que mes aveux m'avaient coûté ? Voilà, enfin, un motif compatible avec la carte de visite ! La sensibilité de Lina ne m'avait jamais échappé, surtout au col des Pariotes ; pourquoi doutais-je alors de l'éventualité qu'elle s'en voulût de m'avoir forcé la main ?

Une journaliste en proie à de tels questionnements, où allais-je ? Rien de cela ne tenait debout ! Sauf si, d'aventure, il s'agissait d'une façade pour m'approcher. Une façade ?

Quelle idée saugrenue ! Qui aurait besoin d'user de ruses de Sioux pour aborder une dame de mon âge, humble et discrète ?

À défaut de parvenir à cerner la personnalité de Lina et de percer le mystère de ses mots, j'en vins à mettre en cause ma propre histoire. Aurait-il pu y avoir quelque chose d'autre dans ma jeunesse, en Bretagne, qui aurait pu s'apparenter à un secret ? À force de retourner cette question, Félix me demanda :

— Es-tu vraiment la fille de ton père ?

Plaisanterie de mauvais goût ou interrogation réelle et sensée ? Dans l'incertitude, je me gardai de relever sa boutade. Nous passâmes à table. Il souleva son verre de vin, comme pour dire : « À ta santé, ma chérie ! » Je lui fis remarquer que je ne buvais que de l'eau au dîner. Il rit et ajouta :

— Ta mère se rendait régulièrement chez le châtelain...

— Tu trouves ça drôle ?

— Non, mais ça mérite réflexion ! Toi qui remues ciel et terre depuis des jours, je suis surpris que tu n'y aies pas encore pensé ! Est-ce que tu sais à quand remontaient ses premiers « coups de main » chez son voisin au sang bleu ?

— Aussi loin que je m'en souvienne, elle y est toujours allée. Mais ça ne veut rien dire...

— Ça prouve qu'elle fréquentait la noblesse, lorsque tu étais petite. Quant à envisager que ce fût déjà le cas avant ta naissance, il n'y a qu'un pas ! Le propriétaire ne devait pas manquer d'occasions d'exiger de sa servante quelques extras...

— Tu exagères, Félix ! Je ne te savais pas si tordu !

— Je cherche à t'aider, Alice. Tu pédales dans la choucroute depuis un bon moment. Soit tu arrêtes de penser – ce qui est impossible, te connaissant ! –, soit tu trouves une réponse qui te permettra de patienter jusqu'à la venue de la journaliste. D'ailleurs, rappelle-moi quand elle passera ?

— Le 16 avril. D'ici là, elle n'a pas le temps...

— Il te reste donc *grosso modo* trois petites semaines à tourner en rond ! Raison de plus pour t'accrocher à différentes pistes susceptibles d'apaiser ta curiosité !

Félix se tut, puis revint vers moi, d'une voix basse :

— Pardonne-moi, ma chérie... Je voulais t'aider, mais je réalise que tu dois te dire que je prends la situation à la légère, ce qui ne doit certainement pas te faire avancer...

— Non, Félix, c'est moi qui dois te présenter des excuses : je suis consciente d'être insupportable depuis que j'ai reçu son courrier. T'ai-je d'ailleurs demandé une seule fois comment tu allais ? Rien de moins sûr...

J'en vins à m'interroger : Félix n'avait-il pas vu juste ? Ne serait-il pas préférable que je me questionne dans la direction qu'il avait suggérée ? Même si je répugnais à imaginer quoi que ce soit de louche concernant les circonstances de ma naissance, ce n'était pas un motif suffisant pour en écarter l'éventualité ! S'il y avait eu anguille sous roche, mieux valait le savoir tardivement que jamais...

Plus je réfléchissais, moins la boutade de mon mari me paraissait risible ou farfelue. Non seulement la chronologie des événements pouvait correspondre, mais également le regard que le châtelain me lançait chaque fois que nous nous croisions. J'avais remarqué qu'il ne m'observait pas comme les autres intervenantes. À l'époque, j'attribuais ce comportement différencié au fait que j'étais la plus jeune des demoiselles rendant service au domaine. Mais maman aussi avait une attitude curieuse que je réalisai enfin dans la solitude printanière de l'Écot, des décennies plus tard : elle refusait que j'aille chez le propriétaire lorsqu'elle n'y était pas ! Que craignait-elle au juste de cet homme dont elle se gardait de parler, à table, le soir venu ? Jamais une parole en bien ou en mal à son égard. Ma mère n'était certes pas une commère, mais quant à éviter de prononcer le moindre mot désobligeant envers l'aristocrate exubérant pétri de manies qui alimentaient les cancans de la campagne environnante, il y avait effectivement lieu de s'interroger !

Pour m'occuper l'esprit, je suivis l'un des conseils avisés de Félix : je m'attelai à ranger et à décorer la deuxième chambre de notre maison, tâche ardue que je repoussais depuis notre emménagement. Je commençai par plusieurs caisses poussiéreuses contenant les objets d'une autre vie. Non pas de la plus ancienne, n'ayant conservé de Bretagne que des souvenirs immatériels, mais de l'époque de notre mariage : une collection de livres et de bibelots. Surtout des documents dont je m'étais servie pour préparer mes leçons de classe ; de quoi entretenir la nostalgie du devoir accompli...

Le rangement occupait passablement mes journées. Il convertissait en fatigue physique mes interrogations et mes remises en cause, jusqu'au moment où, feuilletant de vieux carnets, je découvris la liste manuscrite de mes élèves, année après année. Et là, à la page portant le millésime de ma première intervention en tant qu'enseignante à Bonneval-sur-Arc, je tombai sur une Lina : Lina Bellefond. Aucun souvenir particulier de cette fillette ! Quoi d'étonnant, quarante-deux ans plus tard ? Un bref calcul agita devant mes yeux la possibilité qu'il pût s'agir de la journaliste ! Elle aurait eu huit ans, en 1957. J'en fus troublée. Ce prénom rare n'avait-il pas curieusement résonné en moi, lors de sa première visite à l'Écot ? À présent, tout pouvait s'éclaircir si j'avais eu une certaine Lina comme élève. Peut-être était-ce d'ailleurs pour cette raison que je l'appelais la petite Lina, en parlant d'elle à Félix, après son départ ? Ne m'avait-elle pas dit qu'elle était originaire de Savoie, au début de nos conversations ? Je ne crois pas lui avoir demandé au moment même de quel endroit précisément...

Lorsque Félix me rejoignit dans la pièce en chantier et que je lui fis part de ma découverte, ses yeux s'ouvrirent.

— Une nouvelle piste !

Puis de se raviser aussitôt :

— Oh ! Désolé ! Je t'avais conseillé ces rangements pour que tu penses à autre chose, et voilà une prise de tête de plus en perspective ! J'aurais mieux fait de me taire...

— Pas de soucis, mon chou, je n'ai plus dix ans ! Mais je trouve quand même troublantes ces similitudes... Cela pourrait tenir la route : elle aurait été mon élève et n'aurait pas osé me le dire, pour une raison que j'ai cependant du mal à imaginer ! Suis-je intimidante à ce point ?

— Une ancienne institutrice reste impressionnante à tout âge...

— C'est vrai. Elle pourrait s'en vouloir de ne pas me l'avoir spontanément annoncé, avant les longues heures passées ensemble. Et plus l'horloge tournait, plus il lui devenait difficile de m'en parler, sans que je m'étonne qu'elle ne l'ait pas fait plus tôt. Oh ! Elle est trop mignonne, cette petite !

Quand Félix retourna vaquer à ses occupations, je me sentis horriblement seule dans cette pièce froide et humide, au milieu de souvenirs éparpillés. Une vie éventrée, livrée aux caprices du temps. Qu'en resterait-il, sous peu ? Lorsque Félix et moi aurions quitté ce monde, nos neveux s'empresseraient de jeter à la benne les reliques de notre existence. Toute trace tangible de notre passage sur Terre serait effacée. Je ne cherchais pas à marquer mon époque, loin de là, mais quant à ne rien laisser du tout derrière moi, si vite et si totalement, j'en frissonnai ! Heureusement, le carnet poussiéreux que je tenais entre les mains me fit entrevoir une parcelle de ciel bleu : l'article de Lina ! Si fulgurante que fût cette perspective, une autre lui emboîta le pas : et si le secret dont elle désirait m'entretenir ne remontait ni à la Bretagne ni à sa présence hypothétique sur les bancs de ma classe, mais au cœur même de mes prétendus exploits sportifs ? Qu'aurait-elle pu trouver de ce côté ? Que le compte n'y était pas ? Que plusieurs ascensions que je lui avais décrites n'étaient en fait que des satellites de sommets déjà retenus ? Ou bien qu'il en manquait ? Félix et moi n'avions jamais cherché à établir un record ou à effectuer des prouesses. Nos intentions étaient dictées par le besoin d'étoffer sa liste de courses de quelques noms prestigieux. Puis par le plaisir de partager encore et encore cette passion qui nous faisait nous élever toujours plus haut, comme les coccinelles sur les doigts dressés d'une main. Si telle était la découverte que Lina nous annoncerait, que pourrions-nous faire ? À l'âge de Félix et du mien, le passé ne se corrige plus en reprenant le piolet, la corde et les crampons !

* *
*

L'Écot, vendredi 16 avril 1999

On frappa à la porte vers 14 heures, comme prévu dans le dernier courrier de Lina. Lorsque j'ouvris, j'eus un pincement au cœur en retrouvant son visage et son imperceptible sourire qui la rend si belle et distinguée. Mais quand elle s'avança, un homme apparut juste derrière elle.

— Ravie de te revoir, Alice ! dit-elle en m'embrassant. J'espère que tu ne m'en voudras pas d'avoir proposé à mon mari de m'accompagner ?

— Excellente idée ! Bonjour, monsieur...

— Loïc, je m'appelle Loïc. Enchanté de vous rencontrer, madame. Lina m'a énormément parlé de vous...

Je rougis.

— Entrez, je vous prie.

Lorsque Félix nous rejoignit, il sembla heureux du léger imprévu.

— Vous êtes musicien, si je me souviens bien de ce qu'Alice m'a dit, il y a un moment.

Il cherchait à engager la conversation.

— C'est exact. Violoniste, plus précisément.

— À l'Orchestre de Lyon ?

— Tout à fait.

— Soliste ?

— Juste un premier violon du rang...

— C'est magnifique, ne vous excusez pas ! Je ne suis qu'un modeste amateur de musique. Je n'ai même jamais eu l'occasion d'assister à un concert, mais j'écoute régulièrement Radio Classique, quand je fais de la route...

— À votre tour de ne pas vous excuser ! rebondit le visiteur.

Félix enchaîna, en portant le regard vers celle qui irradiait la pièce :

— Si je peux me permettre, Loïc, votre épouse est encore plus jolie que lors de ses passages précédents !

— Merci, répondit la concernée en dégageant une mèche d'un geste souple du revers de la main. Un maquillage légèrement plus soigné que d'habitude, c'est tout...

J'observai son mari et le trouvai tout aussi charmant ! Regard timide et profond, barbe de trois jours et chevelure châtain clair laissant apparaître un haut front : la cinquantaine rayonnante. Quel couple ravissant !

Félix nous invita à nous asseoir dans les fauteuils, près du feu, et nous servit un verre d'eau fraîche pour commencer.

— Comme c'est agréable et reposant, cette chaleur et ces flammes qui dansent !

— Lina est de nature romantique ! commenta le nouveau venu.

— Mais alors, que nous vaut votre présence, cher monsieur ? lui demandai-je.

— Loïc, s'il vous plaît. J'y tiens…

— D'accord, Loïc !

— Eh bien, Lina m'a tellement vanté votre région et le cachet de ses habitations que je n'ai pas pu résister. Il se faisait que j'avais un petit creux dans mon emploi du temps, entre deux séries de concerts. Nous avons décidé de joindre l'utile à l'agréable. Il paraît d'ailleurs qu'il y a de superbes balades dans le coin…

— Excuse-moi de t'interrompre, Loïc, mais je pense qu'il est préférable d'aller droit au but ! intervint Lina, le front plissé.

— Droit au but ? répétai-je, avec une sensation étrange dans l'abdomen.

— Je ne sais pas si tu te rappelles, Alice, mais dans le bref message que je t'ai envoyé qui te demandait si nous pouvions nous revoir, j'ai laissé entendre que j'avais un sujet délicat qui justifiait ma présence physique…

— Je m'en souviens…

« Et comment ! » m'exclamai-je intérieurement.

— Eh bien, voilà, j'espère que tu ne m'en voudras pas trop, et que tu comprendras : je ne t'ai pas dit toute la vérité…

Mes craintes étaient donc bien fondées ! Je me mordis les lèvres. Une crispation similaire métamorphosait le visage de nos visiteurs. Quel mauvais coup avait pu me jouer cette face angélique qui se forçait de soutenir mon regard, malgré ce que lui coûtait un aveu apparemment difficile ? Félix, généralement prompt à plaisanter dès qu'une situation se tendait, retint son souffle.

— Pas la peine de mentir davantage, Loïc… Alice, ce que j'ai à te dire n'est ni facile ni absolument certain, c'est d'ailleurs pour cette raison que nous sommes là. Nous avons juste, comme on dit, un faisceau d'indices concordants...

— Par pitié, de quoi s'agit-il ? demandai-je, sans desserrer les dents.

— Alice, je pense que Loïc est ton fils !

Jamais plaisanterie ne fut de si mauvais goût ! Je pâlis, puis rougis. Une bouffée de chaleur et les jambes en coton. Je me levai et traversai la pièce, en pestant contre son indécence ! Moi qui croyais cette journaliste raffinée ! Que lui prenait-il ?

— Stop ! je vous arrête immédiatement : comment osez-vous traiter si légèrement un sujet pareil ? Je rêve, ma parole ! Dites-moi que c'est un cauchemar, que j'ai mal entendu ? Et toi, parle, Félix !

— Je suis stupéfait comme toi, Alice !

Il se tourna vers Lina.

— Ressaisis-toi ! Tu vois dans quel état tu mets Alice !

— J'en suis profondément désolée... Croyez bien que ce n'est pas de gaieté de cœur si mes propos vous tourmentent !

— Mais alors ?

— Loïc et moi pensons que c'est la vérité. Mais nous n'en avons pas la certitude absolue...

— Je ne comprends rien à cette histoire à dormir debout ! criai-je tout à coup, avant de sentir mes jambes sur le point de se dérober.

Je cherchai un appui. Félix se précipita et vint me soutenir. Il me dirigea vers le fauteuil où je m'effondrai. Mon regard pendait vers l'âtre où d'apaisants rougeoiements ondulaient. Pourquoi luttais-je contre l'irrésistible tentation de céder aux propos de Lina ? Un bonheur dépassant l'entendement état là, à portée de ma main qui tremblait au lieu de le saisir ! Il m'aurait suffi de baisser la garde, d'accepter ce qu'elle affirmait. De peur de la chute, bien sûr ! Dans les secondes à venir, allais-je avoir la force de détourner les yeux des flammes pour les diriger vers cette présence charnelle, toute proche, infiniment plus brûlante ? Quelques respirations pour m'assurer que je n'étais pas en plein délire, et je redressai la tête.

Devant moi qui ne voyais que lui, un homme aux cheveux châtain clair et aux iris d'un bleu déconcertant. Mais surtout une forme de paupières et un regard rempli d'humilité et de tendresse, noyé d'émotion. Je crus apercevoir Karl qu'un sortilège aurait subitement vieilli ! Quel charme ! Mes lèvres vibrèrent en s'entrouvrant. Que s'apprêtaient-elles à dire ? Allaient-elles s'adresser au mari de Lina, à mon premier chéri, à un spectre ou à la matérialisation de l'amour secrété tout au long d'une vie ? Mon cœur ballottait dans ma poitrine, hésitant, mais ardent comme jamais. Allait-il se décrocher ou s'arrêter à jamais ? S'apaiser ? Pourquoi souhaiter qu'il s'apaise ? Dans mes transports, j'aurais voulu embrasser, serrer dans mes bras celui que j'avais dû quitter dans les douleurs et la panique d'une hémorragie. Si différent, mais tout à coup si proche de moi, il m'était enfin rendu... En plein délire, allais-je reprendre le fil l'existence où elle m'avait été arrachée ? Ou s'agissait-il de ma propre mort qui m'offrait un si grand réconfort ? Le divin qui, en guise de bienvenue, me livrait ce que mon cœur avait toujours attendu ?

Après réflexion, l'hypothèse la plus probable était que ma vie venait de s'achever dans des circonstances dont je n'avais gardé aucun souvenir, mais qui n'avaient déjà plus d'importance, car j'étais là, face à celui qui était tout pour moi. Le reste composait un décor empli de visages bienveillants, mais secondaires...

— Karl ? entendis-je soudain résonner dans le silence des murs en pierre.

Qui avait parlé, et quelles étaient ces faces ahuries, autour de moi ? Je finis par comprendre que ce prénom m'avait échappé. L'assemblée devait me trouver ridicule ! Mais n'étais-je pas en train de recommencer à penser ? Et de considérer qu'au-delà de l'axe fusionnel de ses yeux et des miens, d'autres consciences assistaient également à cette scène onirique ? Laquelle d'entre elles aurait le courage de rompre l'enchantement ? Mes lèvres tremblèrent à nouveau.

— Prends ton temps, ma chérie ! conseilla une voix amicale.

Un effort et je reconnus le timbre de mon mari qui prononça ensuite des mots apaisants. Lorsque j'eus la force de détourner le regard, j'aperçus une femme pliée en deux, en train de sangloter. Plus loin, Félix qui me souriait et me faisait un signe de la tête pour m'indiquer que tout allait bien. Mais le visage familier d'un inconnu s'empara à nouveau du champ ébranlé de ma conscience. Ses yeux ruisselaient, mais tenaient bon. Plus je les observais et plus je les questionnais, plus ils se troublaient, au point, bientôt, de céder. L'inconnu se leva, quitta la pièce et sortit en laissant la porte entrouverte.

L'air vif de l'extérieur me raccrocha peu à peu à la réalité. Je me redressai, cherchai mon équilibre et franchis à mon tour la porte.

Des oiseaux s'agitaient, tandis que le soleil assenait de rudes coups à la neige le long de la rue principale. Partout, les pierres ruisselaient et présentaient des éclats rouille et anthracite éblouissants. Les plantes vertes surprises par l'hiver respiraient à nouveau et secouaient en pleine lumière leurs tiges engoncées. Je fis quelques pas. Des ombres glissèrent sur mon visage qui, bientôt, sentit la chaleur des rayons printaniers. Si ma clairvoyance demeurait ébranlée, mes sens, eux, se remettaient à fonctionner. Je perçus les irrégularités des cailloux sous les semelles de mes chaussures ; puis un ressenti froid et humide : elles perçaient ! Se pouvait-il que des détails aussi futiles aient cours dans l'au-delà ? Assurément pas ! Mais que savais-je au juste du firmament ? Qui étais-je pour imposer mes lois au mystère ?

Je me souviens avoir secoué la tête et aperçu un homme qui s'approchait de moi, avec une expression qu'aujourd'hui encore je reste incapable de cerner. Cet homme sorti de l'enfance commença à me parler ! Que disait-il ? Je voulus lui dire que je ne le comprenais pas, mais il continuait de déverser des phrases inaudibles qui ruisselaient sur ma conscience comme autant de caresses, mais sans la pénétrer. Lorsqu'il fut suffisamment près, je portai mon doigt sur ses lèvres pour les faire taire. Aussitôt, je m'interrogeai : « Qu'est-ce qu'il t'a pris d'agir ainsi ? » Et je reculai. Une grande respiration, puis je recouvris l'usage de la parole :

— C'est possible ? demandai-je à l'être spirituel qui me considérait avec tendresse.

— Je l'espère ! répondit-il.

Si l'émotion muselait également sa voix, peut-être était-ce parce que nous étions bien dans la réalité ! La même qui s'était comportée jadis si cruellement envers nous. Je me rapprochai de lui et étendis les bras jusqu'à palper les siens. Après la vue et l'ouïe, la sensation du toucher confirma ce que je n'osais croire...

— Si nous rentrions ? me proposa-t-il, après avoir constaté à quel point je frissonnais.

À l'intérieur, Lina et Félix se tenaient debout, côte à côte, les yeux inondés.

— Est-ce possible ? demandai-je à nouveau.

Lina opina et ajouta :

— Je le pense, Alice. Toutefois, nous n'en avons pas encore la preuve absolue. Nous devons donc rester prudents, quand bien même c'est extrêmement difficile...

Aussitôt dit, elle se précipita dans mes bras, et nous nous mîmes à sangloter de plus belle. J'ignorais qu'un corps aussi éprouvé que le mien pût contenir autant de larmes ! Mais quel soulagement de pouvoir ainsi déverser librement ce que cinq décennies s'étaient efforcées de retenir ! Dans mon dos, les pleurs redoublaient également…

— Venez tous vous asseoir, vous l'avez bien mérité ! déclara Félix, la voix brisée.

Il ajouta qu'il préparait des boissons chaudes.

Lorsque mes yeux sombrèrent à nouveau vers les braises, une main se posa sur la mienne qui les fit se relever. Le visiteur me considérait affectueusement.

— Loïc ? Vous vous appelez bien Loïc ? dis-je bêtement.

— C'est exact…

— Quel joli prénom !

Après avoir humecté la pointe de mes lèvres sur le breuvage que Félix nous avait apporté, je poursuivis :

— Il va falloir nous expliquer…

* *
*

— Tu te lances, Loïc, ou tu préfères que je m'en charge ?

— Vas-y, Lina. Je ne suis pas certain de pouvoir aligner plusieurs phrases d'affilée…

Elle commença en expliquant que tout se passait normalement dans leur famille jusqu'au décès brutal de la maman de Loïc, treize mois auparavant : une crise cardiaque. Elle vivait sur la presqu'île de Crozon, au fin fond de la Bretagne. Une jolie petite maison blanche aux volets bleus, protégée du vent par des cyprès. Devant, un jardin, puis la route, la plage, la mer et le ciel.

— Le paradis, quand il fait beau. Une éponge à nostalgie le reste du temps ! déclara Lina, en plaisantant.

Le père de Loïc les avait quittés onze ans plus tôt.

Malgré les conseils de Loïc, sa mère n'avait jamais voulu abandonner sa propriété pour s'installer en ville, dans un appartement à proximité des commodités. Il lui avait aussi proposé de se rapprocher de lui et de Lina, en région lyonnaise, mais ce pays n'était pas le sien. Ayant vu le jour dans le Finistère, elle y resterait jusqu'au dernier, avait-elle décrété en mettant le holà aux arguments qu'il lui faisait valoir.

— Nous n'avons jamais pu en parler : elle avait un caractère bien trempé...

Ce qui se passa plus tard débuta de manière somme toute banale. Après les formalités administratives liées au décès, la question se posa de l'avenir de la maison familiale. Il en discuta avec Lina et avec leurs deux enfants : Virginie, âgée de vingt et un ans, et Sébastien, de quatre ans son aîné. Ils décidèrent de garder la propriété, afin de disposer d'un point de chute à la mer. S'ensuivirent plusieurs allers-retours durant les congés communs de Loïc, au conservatoire, et de Lina, au journal, pour ranger la demeure et en rafraîchir les peintures. Ils désiraient avoir l'impression d'être chez eux, quand ils y retourneraient à quatre, voire plus, lorsque leurs enfants auraient des conjoints et des petits.

— C'est en vidant l'armoire de la chambre de la maman de Loïc que tout a basculé pour mon mari. En découvrant la feuille de papier jauni pliée en quatre que voici, trouvée dans un coffret métallique...

Je la saisis et l'observai. Elle arborait le logo de la Croix-Rouge française. Sur une face, une inscription : *Fils de militaire allemand*. Et de l'autre, un texte manuscrit d'une écriture différente :

Je, soussignée Édith Madec, infirmière à Rennes, ai surpris ce jour un homme, la cinquantaine, à l'attitude suspecte devant l'entrée de la Croix-Rouge, quelques minutes avant l'ouverture.

Il semblait inquiet et ne voulait pas être vu. Il a déposé un linge qui m'a fait penser à un bébé emmailloté. Je me suis approchée, tandis qu'il s'éloignait à grands pas. Un bref coup d'œil, et j'ai aperçu le visage d'un nourrisson endormi. J'ai couru vers l'homme en l'appelant. Il a fini par se retourner.

Je cherche à savoir s'il s'agit de son enfant. Il prétend qu'il l'a trouvé le matin même dans ce linge. Je lui demande son identité. Il hésite, puis me répond Plouzenneg.

— Mais c'est mon nom de jeune fille ! m'exclamai-je, avant de poursuivre la lecture.

Il semble s'être rendu compte qu'il en a trop dit et refuse de me donner son prénom. J'insiste tant et si bien pour en savoir plus qu'il m'apprend que le bébé a été déposé à un carrefour, au pied d'un calvaire. Il a l'air rassuré, probablement vu le flou de sa description qui ne risque pas de le confondre ! J'insiste encore. Il ajoute : « Dans les environs de chez moi, près de Romillé. » Il ne lâchera rien d'autre, prétextant qu'il a fait son devoir, et ne veut pas d'ennuis ! Il me semble évident qu'il n'a pas dit toute la vérité...

Je suis retournée m'occuper du bébé qui s'était mis à pleurer entre-temps, et j'ai rédigé ce compte rendu, au verso du message qui avait été glissé dans le linge enveloppant le nourrisson.

Rennes, le 17 juillet 1944

Édith Madec

Je retournai le pli et lus à plusieurs reprises *Fils de militaire allemand*... Impossible de m'exprimer ! L'écriture ne m'était pas étrangère ; il aurait pu s'agir de celle de maman, mais comment en avoir la certitude, après toutes ces années ? Avais-je d'ailleurs conservé le moindre mot d'elle ? Il faut dire que les occasions d'écrire, à l'époque et à la ferme, se limitaient la plupart du temps à des listes de courses. Quant à mon père, il était analphabète...

— Ça ne prouve rien ! intervint Félix qui me voyait désemparée.

— Je sais, mais ce n'est pas tout, ajouta Lina. Lorsque Loïc a découvert ce message que ses parents avaient tenu secret, il s'est mis à douter de sa naissance, à imaginer qu'il pouvait être un enfant de guerre...

À cette expression, le concerné leva les yeux qui croisèrent les miens. Ni l'un ni l'autre n'en menait large...

— Sur le coup, Loïc a joué le solide, mais ça n'a pas duré. Quelques jours plus tard, il était littéralement rongé par l'incertitude. J'avais beau lui expliquer que rien ne prouvait qu'il s'agissait de lui – et, quand bien même, qu'il n'y avait aucun mal à cela –, rien n'était en mesure de le rassurer. Il ne souhaitait pas que ses parents soient les siens à tout prix, mais il ne pouvait imaginer avoir été abandonné ! Outre ce papier, aucun document n'attestait de son éventuelle adoption. Nous avons fait des recherches qui n'ont rien donné...

— C'est donc qu'il n'a pas été abandonné ! intervint à nouveau Félix.

— Pas évident, car en cette époque troublée, les registres étaient loin d'être exhaustifs. Nous nous sommes renseignés : nombre de pièces administratives ont disparu... Même les associations d'aide aux victimes de la Seconde Guerre mondiale et aux enfants adoptés durant cette période n'ont pas pu nous éclairer.

Lina nous expliqua que Loïc avait rapidement glissé dans la déprime ; déprime qui s'aggrava et le plongea peu à peu dans la dépression. Qu'aurait-il fait sans l'appui, le soutien et l'efficacité de son épouse journaliste pour mener à bien les investigations nécessaires ?

— Si je suis le fils d'un militaire allemand, c'est que ma mère est française, dit-il en me regardant.

Jamais je ne m'étais sentie aussi désarmée. Que savait-il au juste de mon histoire ? Tout, assurément ! Mais qu'avais-je dit au juste à Lina ? Sans repères, j'avais l'impression de ne plus rien maîtriser. Il y a une heure à peine, j'étais Alice, la première femme à avoir vaincu tous les 4000 de France, et me voilà soudain devenue si petite et fragile ! Se pouvait-il que ce bel homme qui m'observait avec un regard de chien battu fût le malheureux bébé arraché brutalement à mon cœur ? Tout, absolument tout, sur-le-champ, semblait l'affirmer, mais quelle confiance pouvais-je accorder à mon jugement ébranlé ? Quelque chose s'agitait au bout de ma main. J'y prêtai attention : il s'agissait du papier que Lina m'avait donné à lire. Je considérai à nouveau son contenu ; non pas le message de l'infirmière de la Croix-Rouge, mais l'autre, si court et troublant : *Fils de militaire allemand...*

— Je reconnais l'écriture de maman ! décrétai-je, comme s'il le fallait.

— Tu en es sûre ? demanda Félix.

— Oui ! Ne bougez pas, je reviens...

Je disparus dans la chambre d'à côté, celle en cours de rangement. Le matin même, j'avais regroupé plusieurs souvenirs dans un carton. Lorsque je réapparus dans la pièce commune, je trouvai Lina, Loïc et Félix immobiles et muets.

— Regardez !

J'apposai côte à côte le papier qui accompagnait le nouveau-né et une lettre que ma mère m'avait adressée, lorsque j'étais en cure au plateau d'Assy.

— Qu'en pensez-vous ?

— C'est évident ! répondit Loïc d'une voix déchirée par l'émotion.

— Il y a effectivement un petit air de ressemblance, mais rien de bien flagrant, temporisa mon rabat-joie de mari !

— Et vous, Lina, qu'est-ce que ça vous inspire ?

Elle examina longuement les deux écritures. Ses yeux allaient et venaient de l'une à l'autre, sans laisser présager le verdict.

— Il y a des points communs, c'est indéniable. Quant à affirmer que c'est la même personne, je n'y mettrais pas ma main à couper !

* *
*

Plus tard dans l'après-midi, nous étions toujours assis autour du feu, à tenter de nous apaiser. Un silence inédit s'était installé entre nous qui priions chacun à notre manière la même étoile. Je tâchais de remettre en ordre le fil des éléments inouïs que Lina venait de nous apprendre.

En tant que journaliste, face à la détresse grandissante de son mari, elle avait décidé de prendre les choses en main. Question de survie pour leur couple, avait-elle reconnu. Le métier de Loïc s'en ressentait : plusieurs fausses notes lui valurent les foudres de son chef d'orchestre, suivis d'avertissements de moins en moins amicaux. Son épouse fit de son mieux pour lui éviter un arrêt de travail qui allait sans doute donner le coup de grâce à sa carrière de premier violon du rang...

Lina contacta toutes les associations civiles et militaires d'aides aux victimes de la guerre, mais n'obtint aucune confirmation officielle. Ainsi décida-t-elle de se rendre sur place, à Romillé. Elle y alla seule, car trop d'émotions secouaient Loïc pour qu'elle l'implique dans une recherche si lourde de conséquences et à l'issue aussi incertaine.

Elle commença par sillonner le bourg et ses environs, à la recherche d'un calvaire. Par chance, après avoir élargi progressivement son rayon d'investigation, elle n'en repéra que deux qui correspondaient à l'image qu'elle s'en était faite, d'après le peu d'éléments mentionnés sur le message de la Croix-Rouge. L'un se situait à une dizaine de kilomètres du village, au sud-est. Il menait au lieu-dit Lourmel. Un beau crucifix en pierre partiellement masqué par un massif de fleurs. L'autre, plus ostentatoire, portait le nom de croix des Trois-Évêchés. Il était plus près du centre-ville, mais s'agissait-il pour autant du bon ? Impossible d'en avoir la certitude, d'autant plus que la localité s'était fortement étendue depuis la Seconde Guerre mondiale, comme en attestaient ses quartiers résidentiels et ses zones d'activités industrielles et commerciales. Si l'oratoire recherché s'était trouvé dans les parages, aurait-il résisté aux pelleteuses mécaniques ?

Lina effectua une enquête sur place, à la recherche de la famille Plouzenneg. De nouveau, un travail de longue haleine qui réclama diplomatie et persévérance, avant de voir frémir les prémices d'une piste qui allait l'orienter vers l'ouest de la ville. Elle parvint à une exploitation agricole qui avait bien connu des Plouzenneg, avant, pendant et après la guerre 1939-45. Il s'agissait d'anciens voisins dont la ferme était séparée de celle d'Alice par le domaine de Ferron.

— La propriétaire m'a très aimablement accueillie. Une dame charmante qui se prénomme Yvonne.

— Yvonne ! m'exclamai-je.

— Ça te parle, Alice ?

— Et comment ! Il y avait une Yvonne, de l'autre côté du château ! Nous étions amies et avions approximativement le même âge. Elle vit donc toujours là-bas !

— Oui, avec son mari et ses enfants qui ont repris l'exploitation agricole. Nous avons discuté longuement du passé, durant l'Occupation, puis des Plouzenneg ! Elle m'a appris que cette famille était composée de Jean et de Marguerite, les parents, et de trois filles. Alice, la plus jeune, était son amie...

Elle a ajouté qu'elle avait beaucoup moins fréquenté ses sœurs aînées, mais qu'elle se souvenait de leurs prénoms : Françoise et Louise.

La journaliste demanda à Yvonne ce qu'elle savait des quatre femmes ayant vécu dans la ferme des Plouzenneg. Elle cherchait ainsi à départager celles susceptibles d'avoir enfanté le bébé déposé devant la Croix-Rouge. Quatre possibilités qu'elle avait hâte d'explorer, tout en restant consciente que rien n'était gagné ! Elle progressait néanmoins à grands pas, ce qui lui donnait des ailes. Elle poursuivit :

— Yvonne m'a appris que Mme Plouzenneg devait avoir une dizaine d'années de moins que son conjoint. Comme celui-ci avait la cinquantaine, d'après les notes de l'infirmière de la Croix-Rouge, j'ai imaginé que son épouse devait avoir la petite quarantaine, autrement dit qu'elle constituait une mère potentielle ! Quant aux deux sœurs, rien ne me permettait de les écarter d'office, même si Yvonne affirmait qu'elles étaient déjà mariées et avaient quitté l'exploitation, lorsque la guerre a éclaté.

— Comment as-tu fait ensuite ? demanda Félix.

— J'ai procédé méthodiquement, en commençant par inciter Yvonne à me raconter tout ce qu'elle savait à propos de ses quatre anciennes voisines.

J'interrompis Lina :

— Sous quel prétexte l'avez-vous approchée, et comment vous êtes-vous débrouillée pour qu'elle réponde à vos questions ?

— C'est très simple, Alice : je lui ai dit la vérité !

— La vérité ?

— Oui, que mon mari avait découvert qu'il se pourrait qu'il soit enfant de guerre. J'ai ajouté que j'essayais de retrouver la trace de ses parents biologiques…

— Elle n'a pas été étonnée que vous évoquiez cette possibilité concernant ma famille ?

— Pas plus que ça ! Vous savez, beaucoup d'eau a coulé sous les ponts, depuis l'Occupation. Yvonne est dynamique et vive d'esprit. Un peu comme toi, Alice ! D'ailleurs, je remarque que vous vous ressemblez à bien des égards. J'ignore si sa mentalité a évolué après la guerre, mais je l'ai trouvée ouverte et tolérante.

Yvonne avait appris à Lina que maman était décédée chez elle, en 1979. La première piste de la journaliste quant à l'identité de la mère de son mari se referma donc en laissant intact le mystère ! Elle se concentra alors sur mes deux sœurs et découvrit que Louise, l'aînée, avait succombé d'un cancer du sein en 1977. Yvonne attribuait la mort de maman, deux ans plus tard, au chagrin qu'elle devait supporter seule, à la ferme, au fil des saisons devenues interminables. Elle avait perdu le moral. Sa voisine ne l'apercevait presque plus, sinon en coup de vent, pour aller se ravitailler, deux fois par mois, dans sa 4L orange.

— Yvonne s'est étonnée, Alice, de ne pas t'avoir revue à l'enterrement de ta mère.

Qu'avait-elle dû penser de son ancienne amie ? Elle ignorait que je n'avais été informée de la disparition de maman, comme souvent jadis, que par courrier, plus de deux semaines après ses funérailles... Je n'avais pas reçu le faire-part que Françoise m'avait envoyé dès qu'elle avait appris la triste nouvelle. Félix et moi n'avions pas le téléphone. Je fus finalement mise au courant par une relance manuscrite – assez verte d'ailleurs ! – de ma sœur...

Lina poursuivit :

— J'ai ainsi dû tirer un trait sur deux des quatre candidates que la rencontre d'Yvonne m'avait fournies. En réponse au découragement qu'elle a remarqué sur mon visage, ton ex-voisine a fouillé dans un tiroir de son buffet, puis a écrit sur un morceau de papier les coordonnées de Françoise, à Ploërmel, dans le Morbihan. Et pour terminer, elle m'a apporté quelques informations minimalistes te concernant.

— Minimalistes ?

— Je veux dire qu'ils ne m'ont pas été d'un grand secours. Une chose est certaine, en revanche : elle a gardé un bon souvenir de toi, Alice. Vous aviez, à l'entendre, une belle complicité ! Elle m'a toutefois donné un renseignement précieux : la région où tu t'étais installée, à l'autre bout du pays…

— Comment était-elle au courant ?

— Grâce à une lettre que tu lui avais envoyée, où tu écrivais que tu vivais désormais en Maurienne, où tu exerçais le métier d'institutrice. Yvonne conserve tout et a une excellente mémoire ! Elle n'a guère eu de mal à remettre la main sur ton courrier et m'a aimablement laissée en prendre connaissance. Tu y mentionnais la passion pour la haute montagne que ton mari t'avait transmise. Tu plaisantais à ce propos, en indiquant qu'un de ses amis guides avait dit de toi que tu étais la première fille à avoir gravi tous les 4 000 des Alpes françaises…

— J'avais complètement oublié ce détail ! Yvonne a une mémoire nettement meilleure que la mienne ! Cela dit, le dernier souvenir que je garde d'elle est notre brève rencontre, lors des obsèques de papa, en 1960, il y aura bientôt quarante ans…

— Tu n'y es plus retournée depuis ?

— En Bretagne si, du moins au début, mais pas à Romillé ! J'allais directement chez mes sœurs, à Porz Guyon ou à Ploërmel, pour des réunions de famille où je retrouvais maman. Mais après les décès rapprochés de Louise et de ma mère, je n'ai plus eu l'occasion de revoir ma terre d'origine…

— Et Françoise ?

— Mon ancienne confidente avait beaucoup changé. Nos relations n'étaient plus celles d'auparavant, même si nos échanges au bord de la mer, près de chez elle, m'avaient laissée espérer un nouveau départ entre nous. Avec le temps, elle est devenue froide, distante. Sans vouloir dire de mal de mon beau-frère, je pense que son influence ne l'a pas aidée à conserver son ouverture d'esprit et sa gaieté naturelle. Chaque fois que j'ai aperçu cet homme, il récriminait contre la société entière : la politique, la religion, les voisins, rien ne trouvait grâce à ses yeux ! Petit à petit, j'ai perdu le contact avec eux. Aujourd'hui, j'ignore même ce que Françoise est devenue...

Lina posa sa main sur la mienne.

— Elle est toujours en vie, Alice, mais dans un état affligeant ! De retour à Lyon, j'ai cherché le numéro de téléphone correspondant à l'adresse qu'Yvonne m'avait indiquée. Quand j'ai appelé, c'est ton beau-frère qui m'a répondu. Il m'a appris que ta sœur souffrait de la maladie d'Alzheimer, à un stade très avancé... J'en suis désolée, Alice.

— C'est triste pour elle qui était autrefois si joyeuse !

Je me tus et me sentis profondément touchée, malgré l'éloignement physique et affectif qui s'était immiscé entre nous.

Félix prépara de nouvelles boissons chaudes qu'il nous servit, puis il rechargea le feu. Je frissonnais. Remarquant ma mélancolie, Lina s'efforça de reprendre le fil de son enquête, de manière à me ramener à des considérations plus réjouissantes :

— Une seule des quatre pistes demeurait en lice : la tienne, Alice !

Avec son pragmatisme habituel, Félix signala à Lina que rien ne prouvait, à ce stade de ses recherches, que la mère de l'enfant déposé devant la Croix-Rouge de Rennes n'était ni ma maman ni l'une de mes sœurs...

— Tu as parfaitement raison ! lui répondit-elle. Je le savais, mais j'ai choisi de poursuivre en priorité la voie la plus simple, en l'occurrence la dernière dont je pouvais recueillir le témoignage : celle d'Alice. Bien sûr, j'aurais fait marche arrière, si elle m'avait menée à une impasse. Dans ce cas, en revanche, j'ignore si j'aurais pu rebondir et percer le mystère. Heureusement, la chance m'a souri avec Alice !

— Comment avez-vous fait pour me retrouver ? lui demandai-je.

— Quelques coups de téléphone aux différents établissements scolaires de la vallée de la Maurienne et le tour était joué ! Même si tu as pris ta retraite il y a neuf ans, la directrice de l'école primaire de Bonneval-sur-Arc a gardé un formidable souvenir de toi. Je n'ai eu qu'à lui expliquer qu'en tant que journaliste je souhaitais rédiger un article sur tes exploits en haute altitude pour qu'elle m'apprenne que tu avais une boîte postale à Bonneval où je pouvais t'écrire. La suite, tu la connais...

Je réalisai soudain que Loïc était là qui se taisait ! Émue, je me tournai vers lui. Il baissa les yeux et les masqua derrière ses mains. Je cherchai des mots pour lui dire ce que je ressentais, ce qu'il représentait pour moi, mais je compris qu'il attendait autre chose, aussi questionnai-je Lina du regard.

— Loïc est un homme extrêmement sensible, me dit-elle. Il n'est pas violoniste pour rien ! Tout ça l'a tellement perturbé, depuis la découverte du message de la Croix-Rouge dans l'armoire de sa mère, qu'il a du mal à gérer ce que cela signifie...

Son visage se dégagea lentement de ses mains.

— Tout ce en quoi je croyais jusqu'à l'année dernière s'est brusquement effondré. Alors ne m'en veuillez pas si je suis dans cet état. Mes parents m'ont menti toute ma vie...

— S'ils l'ont fait, Loïc, c'était pour votre bien ! lui répondis-je.

— Vous voyez où ça m'a mené...

Pourquoi étais-je en train de le vouvoyer ? Trop tôt, sans doute... Je poursuivis :

— Vous devez me haïr, Loïc ! Vous vous demandez quel monstre je pouvais être pour rejeter ainsi son enfant ! À moins que...

— Oui, Alice, intervint Lina, j'ai tout raconté à Loïc ! Il est au courant de ce que tu as vécu. Surtout de la souffrance d'avoir perdu ton bébé, qui a miné ton existence de part en part...

— Loïc, est-ce que Lina t'a parlé de ton père biologique ?

Je ne réalisai qu'après lui avoir posé la question que je l'avais tutoyé ! Un signe qui ne trompe pas, me concernant...

— Oui, en tout cas ce qu'il fallait que je sache, me semble-t-il...

— Il s'appelait Karl et avait tes yeux et ton regard...

— Je m'étais toujours étonné de ressembler si peu à mes parents ! Je veux dire ceux que j'avais connus jusqu'alors, qui étaient bruns et plutôt de petite taille...

— Tout le contraire de toi ! Si tu savais comme je regrette, Loïc...

Il ajouta que je n'avais rien à regretter, en me tutoyant à son tour. Excellent présage ! Il ne me tenait pas trop violemment rigueur de la légèreté de mes actes, adolescente, ni du choix de mon amoureux... Ses bonnes dispositions ne semblaient toutefois pas s'appliquer à ses grands-parents biologiques.

— Quels monstres étaient tes parents ? me demanda-t-il, les yeux tout à coup exorbités. Comment ont-ils pu faire une chose pareille ?

Je voulus lui répondre, mais que pouvais-je avancer pour excuser leur attitude ? D'ailleurs, je commençais moi-même seulement à mesurer l'horreur de leur conduite ! Comment avaient-ils pu faire cela dans mon dos ? Je n'avais jamais cessé de les aimer et de les respecter. Mais là, il ne s'agissait plus de l'homme et de la femme que j'avais connus, qui m'avaient conçue, mise au monde et éduquée, mais d'un couple sans scrupule ayant profité de l'hospitalisation de leur fille en ballottage entre la vie et la mort pour lui retirer le fruit de sa chair ! Tout ça pour l'abandonner – objet de la honte – devant la porte close de la Croix-Rouge ! Était-ce la folie de l'époque qui les avait poussés à commettre un crime aussi odieux ? À mes yeux, en effet, il s'agissait bel et bien d'un crime ! La haine aveugle qu'ils vouaient à l'envahisseur ne valait décidément guère mieux que celle des dirigeants allemands conditionnés par l'obéissance et la propagande...

Je ne décolérais pas. Un goût horrible tapissait ma bouche : celui de la guerre et du sang. Sensation infiniment plus âcre qu'alors, face aux atrocités qui nous étaient rapportées. Ôter l'enfant d'une mère en état de faiblesse absolue, et le faire passer pour mort, quand elle émergeait à peine de l'enfer...

— Rien ! Non, rien au monde, Loïc, ne peut justifier ce qu'ils t'ont fait ! Ce qu'ils nous ont fait... Rien ! Rien ! Rien ! hurlai-je dans le volume étriqué du séjour.

Félix s'approcha et me prit dans ses bras.

— Comment ont-ils osé ? bredouillai-je à son oreille.

— Je ne sais pas, Alice. Il va falloir du temps pour digérer tout ça...

— Le temps ! répétai-je à haute voix. Ils nous l'ont volé ! Regarde ce petit et regarde-moi : deux vies perdues ! Et pourquoi ? Pour l'honneur de la famille ? Pour le qu'en-dira-t-on ? Foutaises ! Débilités ! Ignominies...

Félix me serra de plus belle. Ma tension retomba légèrement, me laissant désorientée, avec un abominable goût de pourriture entre les dents. Pour moi, à mon âge, ce n'était probablement pas la peine de faire tout un foin de cette trahison, mais pour Loïc, comment trouver à mes parents la moindre circonstance atténuante ? Je me devais de protéger mon fils, de lui offrir toute la tendresse qui bouillonnait en moi depuis toujours et qui n'avait jamais pu s'exprimer. Mais que faire ?

Je me dégageai de l'étreinte de Félix et me précipitai sur Loïc que je serrai si fortement qu'il dut avoir du mal à respirer ! Et là, tout contre lui qui sanglotait autant que moi, je sentis ma rage et ma passion lentement se détendre et m'échapper. Mon enlacement se ramollit. À son tour, Loïc me pressa contre lui et murmura :

— Reste, maman !

Inattendu, inespéré, ce mot magique se mit à résonner en moi si haut, si fort et magnifiquement qu'il était encore présent sur mon nuage, une heure plus tard, lorsque je repris connaissance, allongée sur mon lit, face à trois visages bienveillants penchés sur moi qui m'offraient la vision de ce qu'aurait dû être une famille… « Maman ! Maman ! Maman ! » Douce mélodie qui s'accrochait à moi autant que je m'accrochais à elle et qui me fit sourire. Et mon sourire déclencha un soulagement général, suivi d'une nouvelle effusion de larmes…

7

Retour en Bretagne

Depuis le départ de Loïc et de Lina, deux semaines auparavant, pas une minute ne s'était écoulée sans m'interroger. Allais-je accepter ou refuser leur proposition ? Cette fois, et pour une bonne raison, je ne suivis pas les conseils de Félix : il était incapable de m'en donner ! Il me connaissait trop pour s'autoriser à faire pencher la balance...

Lina avait été correcte avec moi, en me dévoilant ses motivations réelles. Et au moment de me présenter celui qu'elle croyait être mon fils, elle n'avait eu de cesse de me rappeler qu'une part d'incertitude demeurait, qu'elle lèverait si j'accédais à sa demande.

Après une effusion de larmes, qu'allions-nous devenir si, d'aventure, la conjecture de Lina se révélait inexacte ? Plusieurs faits étaient indéniables, comme le message laissé dans le linge de l'enfant, avec un nom de famille identique au mien, ainsi que l'inscription *Fils de militaire allemand*. Se pouvait-il qu'il s'agît de coïncidences ? Certes, le père de mon bébé était un soldat allemand, mais j'avais appris, bien après la fin des hostilités, que des cas similaires furent légion durant la Seconde Guerre mondiale ! Les sources que j'avais consultées en évaluaient entre cent et deux cent mille, rien qu'en

France ! Quant au patronyme Plouzenneg, qui aurait été assez naïf pour imaginer qu'il n'y eût que ma famille à le porter dans les environs de Romillé ? D'ailleurs, rien ne prouvait que le personnage suspect ayant déposé l'enfant devant la Croix-Rouge n'avait pas donné à l'infirmière une fausse identité, pour brouiller les cartes ? Celle de mon père lui était peut-être venue par jalousie ou par vengeance…

Je repensai aux trois autres pistes que Lina avait abandonnées au profit de la mienne. Se pouvait-il qu'elle se soit trompée à leur égard ? Dans ce cas, cela signifierait que ma mère ou l'une de mes sœurs aurait aussi connu un Allemand ! Pourquoi pas ? Mais n'étais-je pas en train de pousser le bouchon un peu loin ? J'écartai assez aisément Françoise et Louise, bien trop occupées avec des enfants en bas âge, dans leurs recoins de Bretagne respectifs. Le travail qu'elles devaient effectuer seules pour diriger leurs exploitations agricoles durant la captivité de leurs maris ne devait guère leur laisser le loisir de se distraire avec l'envahisseur ! Restait donc le cas de maman ! Qu'étais-je en droit de penser d'elle ? Il y a deux semaines encore, j'aurais juré qu'il était absurde d'imaginer qu'elle eût pu avoir la moindre relation extraconjugale. Mais à présent, dans l'hypothèse où Loïc serait effectivement mon garçon, cela signifierait qu'elle se serait rendue complice du plus odieux des crimes : celui d'avoir fait croire à sa fille qu'elle avait perdu son enfant ! Dans un contexte aussi surréaliste, comment être certaine qu'elle n'aurait pas pu tromper mon père ? Combien de fois était-elle allée seule au manoir rempli d'Allemands ? Qui sait si elle travaillait vraiment dans les dépendances, et non pas dans un recoin discret du château ? Un officier ? Ceci expliquerait cela ! Comment, alors, trouver la clé des gratifications financières qu'elle rapportait à la ferme, sans évoquer la générosité du propriétaire ? Là encore, j'exagérais ! Être infidèle par attirance, par amour, par lassitude ou par désœuvrement soit, mais pour de l'argent auprès de l'agresseur, non ! Malgré ma honte à envisager de telles extrémités, je ne parvenais pas à les évincer totalement du champ de ruines qu'était devenue ma conception de l'honneur familial !

Une tasse de thé, puis une seconde n'allégèrent qu'à peine le poids de mes soupçons. Comment freiner mon imagination galopante ? Dans quel état me trouvais-je pour penser que ma mère eût pu s'abaisser à ce point ? Une once de lucidité m'aurait révélé qu'elle aurait dû être enceinte en même temps que moi, sans que je le réalise, et accoucher deux ou trois jours après ! Je ne mesurai que plus tard l'ampleur de ma méprise, de ma confusion... Il me fallait d'urgence cesser de raisonner !

Lina, quant à elle, avait dû garder un esprit infiniment plus clair que le mien. Je la dévisageai dans mes souvenirs : si une seule personne dans la pièce dans laquelle nous nous trouvions réunis devait être dans le vrai, il s'agissait d'elle, à l'évidence ! Dans ce cas, je devais constituer, comme elle l'affirmait, la piste la plus logique à laquelle son enquête l'avait menée. Je pouvais donc me permettre d'envisager qu'elle avait vu juste... Mais pourquoi, alors, avait-elle tant insisté sur le caractère hypothétique de ses allégations ? Dans un contexte si nébuleux, impossible d'empêcher mon cœur de s'enflammer...

Gonflée d'espérance contre vent et raison, je songeai au plan que Lina nous avait dévoilé, peu avant de nous quitter, pour acquérir la certitude que son mari était bien mon enfant. Il consistait à se rendre tous les quatre à Romillé, afin de creuser le sol autour du châtaignier ! Solution directe et violente certes, mais imparable, à l'écouter... Selon toute logique, nous ne devrions rien trouver, sinon de la glaise. Cela prouverait que l'enterrement avait été fictif, et donc que mon fils était vivant ! Autrement dit qu'il s'agissait bien de Loïc, comme elle le prétendait. Quitte ou double redoutable. Mais par quel miracle puiserais-je l'énergie de me relever si, par malheur, nous tombions sur de petits ossements ?

Lorsque Félix mit en doute la possibilité de concrétiser cette tentative, Lina l'assura qu'elle se faisait fort de convaincre les propriétaires actuels de nous autoriser à vérifier sa théorie. Les arguments qu'elle avança à mon mari me revinrent par la suite :

— Je les ai déjà approchés, lui répondit-elle. Je me suis présentée chez eux en leur exposant la vérité, du moins telle que je l'imaginais, sur la base des éléments que j'avais recueillis et que je me suis empressée de leur détailler. Ils m'ont accordé une oreille d'autant plus attentive qu'ils connaissent Alice ! En fait, le propriétaire est le fils d'un ancien ami du père d'Alice. Il m'a appris qu'il lui rendait fréquemment visite, avant la guerre. (Elle se tourna vers moi.) Et bien plus tard, en 1979, après le décès de ta maman, Alice, lorsqu'ils ont entendu que ta sœur mettait en vente la ferme, il s'est porté acquéreur avec son épouse. L'affaire a été rapidement conclue.

Félix insista pour savoir comment elle comptait s'y prendre pour les convaincre. Elle lui répondit :

— Je leur ai demandé s'ils acceptaient que Loïc et moi creusions le sol, au fond de leur jardin, à proximité du grand châtaignier. Comme je m'y attendais, ils ont commencé par refuser catégoriquement ! Sans me laisser démonter – car j'avais fourbi mes armes ! –, je me suis montrée plus persuasive, usant d'un chantage psychologique dont je ne suis pas peu fière : si on cherche et qu'on ne découvre rien, ça leur permettra de dormir sur leurs deux oreilles le reste de leur vie, certains qu'aucun corps ne repose dans leur terrain ! Dans le cas contraire, Loïc et moi ferons transférer la dépouille du bébé, à nos frais, au cimetière communal. Ils en seront ainsi débarrassés et retrouveront la paix. J'ai lourdement insisté sur le fait qu'en cas de refus, ils vivraient à jamais dans le doute : chaque fois qu'ils porteraient le regard en direction du châtaignier ou fouleraient le sol de cette partie de leur domaine, ils ne pourraient penser à autre chose...

Lina eut finalement gain de cause, à la condition expresse que je sois présente durant les fouilles ! En effet, les propriétaires voulaient s'assurer de la véracité de l'histoire abracadabrante que Lina leur avait racontée. La journaliste allait à nouveau devoir se montrer hautement persuasive avec moi, comme elle avait si bien su le faire pour m'extraire d'un silence de toujours...

— Tu te tâtes encore ? me demanda Félix, au cours du dîner.

— Je réfléchis au chantage que Lina s'apprête à effectuer...

— Tu as des scrupules de la laisser agir ainsi ?

— Je n'ai pas vraiment abordé la question sous cet angle. Je me demande surtout s'il n'y aurait pas d'autres moyens d'obtenir la preuve qu'elle a raison...

— À quoi penses-tu, Alice ?

— Aux progrès de la science : pas plus tard qu'hier, en continuant mes rangements, j'ai mis la main sur un article traitant d'une méthode prétendue infaillible pour identifier l'ADN. Elle n'est malheureusement autorisée en France que sur décision de justice, dans un cadre législatif très précis. Inutile de dire que nous ne remplissons pas les conditions, pas plus que les centaines de milliers d'enfants de la guerre...

— Si je comprends bien, soit tu acceptes la proposition de Lina, soit tu te résignes à vivre dans le doute...

— Tu as bien résumé mon dilemme !

— Au fond de toi, as-tu vraiment envie de savoir ?

Si bête que cela puisse paraître, je me vis dans l'incapacité de répondre à Félix. Il me tendit aussitôt une main.

— J'ai l'impression que Lina t'a fait insidieusement le même chantage que celui qu'elle s'apprête à mettre en place avec les occupants de la ferme !

Félix n'avait pas tort... Était-elle d'une habileté hors norme, ou moi désespérément naïve ? Jusqu'à présent, elle avait parfaitement caché son jeu et moi, simple pantin, je m'étais laissé manipuler. Peut-être était-il temps de réagir, de l'informer que nous avions percé son manège ? Qu'avait-elle au juste à gagner dans l'affaire ? L'héritage à moyen terme d'un couple dépourvu de biens ? Mais je compris à nouveau que je faisais fausse route...

— Je ne sais pas, Félix. Je me sens terriblement lasse... Conseille-moi, s'il te plaît !

Il me regarda sans répondre, puis se leva. Il alla dans la cuisine et en revint avec deux petits verres et une bouteille de génépi sur un plateau. Il nous servit sa boisson fétiche en me disant :

— Ce n'est jamais de gaieté de cœur que l'on cède à un chantage. Dans ton cas, pourtant, je ne vois pas ce que tu perdrais en acceptant la proposition...

— Que Loïc ne soit pas mon fils, pardi ! Que deviendrais-je, après l'espoir qu'elle a fait naître en moi ?

— Tu crains de subir un nouveau deuil avec ton enfant ?

— C'est tout comme...

— Je comprends...

Félix se tut durant quelques instants, puis ajouta :

— Je doute que la compagnie de l'incertitude soit plus enviable dans la durée...

Il me rappela que je n'étais pas obligée de décider immédiatement, que je m'étais juste engagée auprès de Lina et de Loïc à les informer de ma réponse, lorsque je me sentirais prête.

Félix et moi restâmes assis, côte à côte, sur notre terrasse, longtemps après le dîner. Face à nous, l'immensité. Passé, présent et silence erraient sur la scène immuable de la réalité. Une pièce se jouait sous mes yeux, dont j'étais l'actrice principale, mais une actrice sans scénario ! Tragédie ? Comédie ? Seule l'action trancherait...

Je rechignais à aller me coucher, de crainte de ressasser nos échanges. Depuis le choc de l'annonce, je ne connaissais plus le repos, constamment tiraillée entre excitation, crainte et stupéfaction de l'attitude de mes parents.

Félix se leva et m'apporta une couverture, puis se rassit près de moi. Les étoiles s'animèrent une à une. Chacune allumait de sa flamme vacillante un bouquet d'astres qui s'empressaient d'agir à l'identique, tant et si bien que le ciel s'illumina en quelques clignements de paupières.

La magie avait une nouvelle fois opéré. Le profil assagi des crêtes délimitait le firmament. La Voie lactée, dont l'élan me fit penser à un appel, relativisait les ténèbres. Des profondeurs de l'histoire aux confins du cosmos, elle défiait l'inconcevable. Qui étais-je pour enclore le bonheur qui tressaillait en moi ? Quel sens donnerait-on aux étoiles sans les constellations ? Les représentations imagées de la Grande Ourse, d'Orion ou du Cygne me revinrent, au terme d'un voyage débuté dans l'enfance. Quelle joie de retrouver le mystère de leurs vibrations dans ma poitrine de fillette ! Si mon cœur avait conservé la capacité d'accueillir les constellations, pourquoi en serait-il autrement des inquiétudes entassées dans mon esprit ? L'amour et la vérité procèdent du vent, et jamais ne s'épanouiront en captivité...

Mes lèvres s'animèrent, offrant à l'infini le plus profond sourire qu'il me fût donné d'accomplir.

— L'oiseau s'est envolé ! murmurai-je.

Félix me regarda. Inutile de détourner les yeux pour réaliser qu'il avait compris... J'observai mon sourire prendre son indépendance et rejoindre celui de Loïc, quelque part dans la galaxie…

* *
*

Le lendemain, après le petit déjeuner, je pris la plume pour répondre à Lina. Quelques mots brefs lui annonçant que j'acceptais et que je me tenais à sa disposition pour me rendre à Romillé.

Je postai la lettre le jour même, lors de notre ravitaillement à Bonneval-sur-Arc. Aussitôt fait, une impression partagée m'envahit : d'un côté, le soulagement de m'être enfin décidée et de ne plus avoir à trancher ; d'un autre, un vide considérable, la sensation de replonger dans l'inconnu. En haute montagne où le danger est infiniment plus important, il reste physique, simple et franc, et épargne *de facto* l'intimité psychique. Mais le choix que j'avais effectué au terme d'une hésitation déconcertante procédait d'une nature distincte…

Pour ne pas faillir à l'un de nos rituels préférés, nous fîmes une pause dans le salon de thé du centre du village, avant de regagner la solitude de notre nid d'aigle.

On finissait de nous servir une bière, lorsque Félix décela une absence au fond de mon regard. À l'entendre, elle déambulait parmi des nappes de nostalgie… Son humeur poétique retomba devant mon manque de réaction.

— Qu'y a-t-il ?

— Une sensation étrange, comme si on m'avait changée de cellule, au sein d'une même prison ! De nouveaux murs plus distants que les précédents, mais couverts de miroirs qui me renvoient mes craintes, mes limites.

Il savait que lorsque je parlais par images, cela ne présageait rien de bon, aussi prit-il les devants :

— Ne t'inquiète pas, ma chérie, je serai avec toi, sur place, en Bretagne. Du moins si tu m'acceptes !

— Évidemment, gros bêta !

— Quoi d'autre, Alice ?

— Je pense aux nombreuses occasions où nous avons envisagé d'adopter. Dans notre maison dépourvue de jeunesse, ton cœur saignait de me voir souffrir en silence, après chaque journée passée en classe. Il m'arrivait de hâter le pas en remontant de l'école, comme si un berceau près de la cheminée réclamait ma présence. C'était instinctif... Bien entendu, l'adoption que tu me proposais pour la énième fois aurait été la solution !

— Probablement, mais tu l'as toujours écartée, sans jamais m'en donner la raison...

— Je ne cherchais pas à la dissimuler, Félix – je ne t'ai d'ailleurs jamais rien caché –, simplement, je ne la connaissais pas...

— Et à présent ?

— Je pense en avoir cerné l'origine. Tu la trouveras sans doute ridicule !

— Dis quand même !

— Un mélange de culpabilité et de croyances...

— Rien n'est de ta faute, Alice ! Combien de fois te l'ai-je répété ?

— Si je m'en étais tenue aux consignes de mes parents, rien ne serait arrivé !

— Tu avais quinze ans et n'étais qu'une gamine qui se retrouvait périodiquement seule avec un beau jeune homme qui s'intéressait à elle. Tu sentais ton cœur éclore et battre différemment : la vie, quoi ! Non, tu n'étais pas responsable...

— Il y avait aussi la sensation de punition divine. Écrasante. J'avais cédé à la tentation et désobéi à mon père et à ma mère, à la morale et aux prescriptions de l'Église.

La sanction n'était que la conséquence logique d'actes impardonnables...

— Je croyais que tu avais tiré un trait sur la religion !

— Bien sûr, sous la colère ! lui répondis-je. Mais rien n'est jamais clair dans ce domaine... Du moins, en ce qui me concerne.

* *
*

Sur l'autoroute, samedi 22 mai 1999

Depuis que nous avions quitté Vénissieux, je n'avais pas encore regardé le paysage défiler par la fenêtre. Je restais tiraillée entre mes craintes et mes espérances, et l'excitation d'être peut-être assise à côté de celui qui m'avait manqué tout au long de ma vie. Sensation étrange où la joie demeure interdite, quoique à portée de la main ; un peu comme derrière des barreaux... Comment me trouvait-il ? Avait-il remarqué mon effort vestimentaire ?

Bien sûr, nous avions échangé depuis le départ, mais toujours en périphérie de l'essentiel. Comme moi, Loïc attendait... Se pouvait-il qu'une telle proximité de cœur et de sensibilité ne fût que le fruit du hasard ? Lorsque je lui tendais des perches pour l'inciter à exprimer son ressenti, à m'ouvrir à sa personnalité, il déviait aussitôt la discussion vers sa carrière de violoniste. J'en appris ainsi davantage sur la musique classique que durant toute mon existence !

À l'avant du véhicule, Lina et Félix conversaient sans interruption depuis le départ. Elle, au volant ; lui, dans une posture passive inhabituelle. Le bruit de la route rendait leurs propos quasiment inaudibles. Qu'importait ! J'étais là, près de celui qui allait peut-être devenir mon fils...

— Tu t'es remis de la disparition de tes parents ? (Je le poussai à nouveau à se confier.) Je parle de leur souvenir et du fait qu'ils t'aient...

Je m'enfonçais et m'en mordis les lèvres. Comment avais-je pu agir avec si peu de tact ?

— Désolé, Loïc, je ne voulais pas...

— Ne t'inquiète pas...

Il s'interrompit.

— Tu te demandes comment m'appeler, n'est-ce pas ?

— Effectivement ! Je pense qu'il est préférable que je dise Alice. Ça te convient ?

— Comme tu souhaites, Loïc. Je comprends ce que tu ressens...

— J'ai énormément reproché à mes parents de m'avoir caché l'existence de la lettre de la Croix-Rouge ! Je suppose qu'avec le temps maman a dû oublier qu'elle était dans un coffret, au fond de sa garde-robe. Je devrais plutôt dire ma mère adoptive ! Enfin, je ne sais plus comment l'appeler...

— Appelle-la maman ! Quelle que soit la vérité nous concernant, elle t'a élevé et a toujours été là pour toi : elle restera à jamais ta maman... Et si elle t'a effectivement adopté, elle a dû au préalable énormément t'espérer. Son amour pour toi n'avait rien à envier à celui qu'elle t'aurait donné si elle t'avait enfanté.

— Tu as l'air de bien connaître l'adoption, Alice ! Tu y as songé quand tu étais...

— Plus jeune ! Évidemment, je n'ai d'ailleurs fait que cela ! Mais à force d'avoir observé le train depuis le quai, il a fini par se mettre en route, et il était trop tard pour que je monte à bord !

— Pourquoi n'as-tu pas adopté un enfant quand il était encore temps ? Ça t'aurait fait tellement de bien, Alice...

— C'est curieux, j'ai eu quasiment la même discussion avec Félix, il y a peu.

— Que lui as-tu répondu ?

— Je ne sais plus. Je me souviens juste d'un mélange d'impressions inextricables : la dévalorisation, la culpabilité et des croyances. Je me doute que cela ne doit pas correspondre à tes attentes ; pardonne-moi. Je suis trop émue d'être ici, à côté de toi, pour un retour ensemble à Romillé…

— Je te comprends, Alice. Nous avons l'équivalent en musique : les sentiments les plus profonds se glissent entre les notes. C'est pour cela que la maîtrise ne suffit pas, il faut autre chose.

— Le talent ?

— Je n'ai pas la prétention d'aller jusque-là ! Pas en ce qui me concerne, du moins. Mais, effectivement, il s'agit de quelque chose de cet ordre, que j'ai bien du mal à définir.

— L'âme ?

Il se tourna vers moi avec un sourire qui illumina son visage.

— Exactement ! C'est incroyable que tu trouves si vite ce que je ressens et que j'exprime avec tant de difficulté…

— Les chiens ne font pas des chats !

Je me repris aussitôt, et le priai d'excuser mon oubli de conjuguer notre proximité au conditionnel. Percevant mon malaise, il compléta sa réponse :

— Mes sentiments envers mes parents, à propos de la lettre qu'ils conservaient secrètement, restent confus. Peut-être en raison du peu de temps écoulé entre le décès de maman et la découverte du coffret. Lorsque ce raz de marée a déferlé sur moi, je n'avais pas encore fait mon deuil. Tu as dû me trouver affreusement fermé, quand nous nous sommes rencontrés chez toi, en montagne…

— Fermé, non, mais bouleversé, malheureux… J'avais tellement envie de te serrer dans mes bras !

— Tu l'as fait !

— Si peu, à côté de ce que j'aurais dû, de ce que j'aurais voulu ! Mes actes me semblaient déconnectés de mes pensées, de mes sentiments. J'étais une pelote d'émotions sans tête ni membres !

— Tu étais merveilleuse...

— Arrête ! Je vais encore rougir ou pleurnicher !

— Et alors ?

— Tu as raison, Loïc ! On agit toujours sans savoir : dès que le cœur parle, l'esprit devient sourd...

— Tu devrais écrire ton histoire, Alice ! En tant qu'ancienne institutrice, tu en as certainement la capacité.

— Notre histoire, Loïc ! corrigeai-je aussitôt. Pardon, je mets à nouveau la charrue avant les bœufs ! Oh ! Désolée pour la maladresse de l'expression : cette fois, je ne m'enfonce plus, je coule !

— Ne change rien, Alice ! Tâche juste d'un peu lâcher prise. On verra bien ce qu'il adviendra de nous. Que nous le voulions ou non, les dés ont été jetés il y a cinquante-cinq ans !

— J'admire ta philosophie, Loïc.

— Une façade ! Je pense ce que je dis, mais je reste effrayé que la vérité ne soit pas celle qu'on espère...

Il remarqua que mon visage venait de s'assombrir.

— Qu'y a-t-il, Alice ?

— Si tu es bien mon fils, il s'agira d'un miracle pour moi ! Mais qu'aurais-tu, toi, à y gagner ? Une vieille femme qui tombe dans ta vie comme un cheveu sur la soupe, et qui la fait tourner !

— Ne dis pas ça, Alice.

Mon regard fut happé par le défilement des forêts, tandis que Loïc m'expliquait qu'il s'était également interrogé en ce sens. C'était bien avant que je connaisse son existence, lorsque Lina l'avait informé qu'elle était sur la trace d'une candidate sérieuse. Si près du but, il ne pouvait imaginer de rester dans le brouillard, sur une pente de plus en plus glissante. Il était conscient des risques qu'il encourait en donnant carte blanche pour la seconde fois à son épouse : soit il apprendrait qu'il était effectivement le fils d'un militaire allemand, et qu'il avait été adopté par des personnes lui ayant caché la vérité toute sa vie, soit la piste que tenait sa femme se révélerait un leurre. Dans ce cas, il s'enfoncerait dans des sables mouvants…

— Tu as choisi la voie du courage, Loïc. Je suis très fière de toi !

— Merci, maman ! Oh ! À mon tour de me laisser aller…

— Pas de soucis, c'est tellement bon que tu m'appelles ainsi ! Comment te sens-tu ?

— Tendu, inquiet. Mais quelque part rassuré, car tu es là. Je n'aurais pas voulu faire ce trajet seul…

— Oui, nous sommes dans le même bateau ! T'ai-je dit à quel point je trouve ta femme formidable ?

— Non, mais tu as raison : il n'y en a pas deux comme elle ! Aussi forte que déterminée, j'ignore ce que je serais sans elle.

— Elle t'aime énormément. J'espère que tu en es conscient. Tout ce qu'elle a fait et qui a permis notre rencontre est absolument incroyable !

— Sais-tu qu'au début elle ne m'a rien dit ?

— Non…

— Avant de m'en parler, elle a attendu d'avoir rassemblé suffisamment d'éléments. Je t'avoue avoir été terriblement secoué par ce qu'elle m'a appris, moi qui n'avais rien vu venir, trop occupé à me laisser couler en fixant mon nombril…

— Raison de plus pour espérer que nous ne fassions aucune découverte au pied du châtaignier ! Ce sera pour elle aussi une récompense extraordinaire. Elle le mérite tellement ! Peut-être même plus que nous…

Les bois avaient cédé la place à des prés, puis à des zones industrielles, et de nouveau des champs, encore des champs. Nos montagnes étaient bien loin déjà ! À peine avais-je aperçu les pancartes indiquant les sorties de Saint-Étienne, Clermont-Ferrand, Bourges… Je pris la main de Loïc et la serrai entre les miennes, en lui expliquant que si ses parents ne lui avaient rien dit, ce n'était pas pour lui mentir et lui cacher la vérité, ou éviter d'avoir à le partager avec une autre famille, mais pour le protéger. Ils le savaient sensible et attendaient le moment où il serait suffisamment armé pour affronter la nouvelle…

— J'avais quarante-trois ans au moment où papa est décédé, et onze de plus quand maman nous a quittés. Quel changement auraient-ils pu espérer de ma part ? Non, désolé, Alice, je n'y crois pas… Pour l'avoir vécu eux aussi sur le plan professionnel, ils n'ignoraient pas que les dernières années d'une carrière artistique sont rarement un long fleuve tranquille…

— Le temps file pour tout le monde, Loïc ! Il se peut qu'après la mort de ton père, ta mère ait été si affectée que leurs anciennes résolutions en aient souffert… Ou bien qu'elle ait estimé qu'elle aurait encore la possibilité de t'en parler. Tu m'as dit qu'elle avait succombé à une crise cardiaque, n'est-ce pas ?

Il confirma.

— Ça signifie qu'elle avait toutes ses facultés mentales jusqu'aux derniers instants, sauf si elle était diminuée par une maladie neurodégénérative. Quel âge avait-elle ?

— Quatre-vingt-trois ans et une vivacité cérébrale impressionnante. J'ai souvent pensé que, si j'avais été présent au moment de son attaque, le pire aurait pu être évité…

— Ne culpabilise pas, mon petit, laisse-m'en l'exclusivité !

Durant les minutes qui suivirent, l'uniformité du paysage me ramenait constamment à cette femme en fin de vie qui n'avait que l'océan devant elle.

— Si ça se trouve, elle a délibérément placé le coffret métallique pour que tu tombes sur la lettre ! lançai-je soudain, avec une lueur dans les yeux.

J'ajoutai qu'après un long silence ou un déni de toujours, il devient de plus en plus difficile, sinon impossible de faire marche arrière.

— C'est certain, crois-moi : c'est une experte qui te le dit !

J'ignorais naturellement la réalité quant aux motivations de ses parents, mais une chose était sûre et méritait qu'il en soit conscient.

— Si elle a délibérément laissé le coffret parler à sa place, c'est par amour et par honnêteté envers toi. Il aurait été tellement plus simple pour elle, et pour eux auparavant, de faire disparaître la lettre de la Croix-Rouge : tu n'aurais jamais eu le moindre soupçon. Ils ont eu la loyauté d'opter pour la vérité, la transparence, au péril de l'image que tu avais d'eux. Ils ont pris le risque que tu leur en veuilles jusqu'à la fin tes jours ! Celui qui part à la retraite, au terme d'une carrière irréprochable, évite de laisser derrière lui des sujets compromettants. Ou, s'il le décide, c'est en vertu d'une conception de l'honneur supérieure à ce à quoi il s'expose...

Loïc me gratifia d'un silence.

Lors de la pause routière suivante, nous fîmes quelques pas côte à côte, entre le parking et la station-service. Qu'il était grand, Loïc ! Je m'étonnai des paroles qu'il avait prononcées dans la voiture, selon lesquelles il avait donné pour la seconde fois carte blanche à son épouse. Je l'invitai à me parler de la première.

— La première fois ? C'était à la fin d'une dispute ! Lina n'en pouvait plus de me voir tourner en rond et de partir à la dérive. Exaspérée, elle m'a demandé si je lui donnais carte blanche. J'ai voulu savoir à quoi elle pensait, mais elle a refusé de m'en dire davantage. Elle a ajouté sur un ton d'ultimatum que c'était à prendre ou à laisser !

— Sacré caractère, la petite Lina ! m'exclamai-je. Moi qui la croyais toujours sage, discrète et même effacée...

Félix et Lina nous rejoignirent près des distributeurs de boissons où nous bavardâmes debout autour d'un café. Mon mari fut le plus loquace :

— Bien content d'avoir logé chez vous et d'y avoir garé notre véhicule ! déclara-t-il. Je nous voyais mal imposer un trajet de mille kilomètres à notre 4x4 à bout de souffle !

* *
*

Rennes, dimanche 23 mai 1999

À l'heure du petit déjeuner, Félix et moi rejoignîmes nos compagnons dans le restaurant de l'hôtel.

— Comment avez-vous dormi ? demanda Lina.

— Couci-couça ! répondit mon mari qui n'avait pas fermé l'œil, tant je m'étais agitée à ses côtés.

— Et toi, Alice ?

— Une catastrophe ! dis-je à Loïc, avant de lui poser la même question rhétorique.

— Quelques heures de sommeil bout à bout et bien tassées ! Mais dès que je me suis levé pour aller aux toilettes, c'en était fini du repos...

Seule Lina semblait avoir tiré son épingle du jeu, sans doute à la faveur de la fatigue de la conduite.

— Nous sommes encore loin ? s'informa Loïc.

— Une petite demi-heure, répondit Lina.

— Tu ne connais pas la région ? m'étonnai-je. Je croyais que vous aviez séjourné dans les parages, pour une visite en famille, peu de temps avant la venue de Lina à l'Écot.

— Quelle mémoire, Alice ! C'est effectivement ce que j'ai dû te dire, intervint la concernée, mais ce n'était pas la vérité. Du moins, pas totalement : je me suis bien rendue dans les environs de Rennes à ce moment-là, mais seule, et pour enquêter sur le message de la Croix-Rouge. Loïc, bien que breton, connaît finalement très peu Rennes et ses alentours.

— Quant à moi, ajoutai-je, je n'ai pas du tout reconnu la ville !

— L'hôtel est situé dans une zone d'activité commerciale qui n'existait probablement pas lors de ton dernier passage à Rennes. À quand remonte-t-il, d'ailleurs ?

— Aux funérailles de mon père, en 1960 : une journée morose de fin novembre...

Une heure plus tard, sur la voie rapide, j'avais l'impression de voyager à l'étranger. Heureusement, tout rentra dans l'ordre lorsque nous nous retrouvâmes sur la départementale. Les champs, les prés, les bosquets, les détours de la route ou les fermes isolées, le ciel opalin et l'herbe encore humide murmuraient à mon oreille dans une langue familière. Que de constructions récentes et cossues, en revanche, à l'entrée du bourg !

Un dernier virage, et je reconnus une enfilade de maisons basses en brique, en crépi ou ornées de moellons, toutes aux proportions similaires, arborant sans fantaisie une lucarne en saillie au centre de leur toiture. Je revis ensuite le monument aux enfants de Romillé morts pour la patrie durant la Grande Guerre. Dans ma mémoire, je le voyais plus loin de la mairie qui, elle, n'avait pas changé. À l'arrière-plan, l'émouvante silhouette du clocher de l'église, flanquée d'une chapelle latérale. La nostalgie s'invita, tandis que nous en effectuions le tour, à allure réduite. Tant de voitures stationnées là où mes souvenirs situaient des étals et des charrettes, les jours de marché, lorsque je vendais les produits de la ferme. Je ressentis l'effervescence ambiante, les messieurs couverts de chapeaux et les femmes en robe jusqu'à leurs pieds. Une larme troubla ma vision.

Je consultai ma montre : 10 h 30, l'heure de la messe dominicale. Lorsque nous fûmes face à l'entrée principale, je priai Lina de s'arrêter. De l'intérieur du véhicule, j'observai les marches en pierre menant à la devanture fleurie et à sa porte bordeaux délavé entourée d'un chambranle à double arc brisé. Je m'imaginai en sortir, toute jeune, avec mon enfant à peine baptisé entre les bras ! La larme, cette fois, roula tout le long de ma joue... La main de Loïc se posa sur mon épaule, me rappelant qu'il était là. Sans elle, aurais-je eu la force de donner le signal du départ ?

Plus d'échappatoires, à présent ! Nous repassâmes devant la mairie et bifurquâmes sur une longue ligne droite. Quelques maisons basses – les mêmes que jadis –, puis des constructions déjà anciennes dont je n'avais pourtant aucun souvenir ; sans doute avaient-elles été occultées par les brumes entourant les funérailles de mon père.

— Dieu comme Romillé s'est étendu !

— Oh ! Devant, sur la gauche : un calvaire ! s'exclama soudain Lina. Il m'avait échappé, celui-là ! C'est fou, si près du but !

Elle s'arrêta. Loïc observa silencieusement la croix de pierre qui marquait la fin des habitations. Je ne pus qu'imaginer ce qu'il ressentait...

Quelques instants plus tard, je reconnus la ferme d'Yvonne, à droite, en retrait, à l'extrémité d'un champ et d'une haie. Les battements de mon cœur s'accélérèrent encore, lorsque j'aperçus au loin la lisière d'une forêt vers laquelle nous nous dirigions. Par peur ou superstition, j'aurais souhaité ralentir le cours du temps, mais l'herbe au vert intense défilait, sourde à mes appels. Un chêne marqua l'entrée du domaine de Ferron, suivi d'un portail en fer forgé dévoilant la silhouette fantomatique du château de ma jeunesse et de ses cheminées à foison.

Un dernier virage, de longues haies, puis le début d'un étang aux proportions gigantesques. La voiture freina, annonçant l'arrivée à la ferme.

— Continue, Lina ! m'écriai-je, subitement prise de panique.

Un bâtiment glissa à main gauche, puis un autre et des ruines moussues surmontées d'herbes folles. Je me retournai et aperçus le reflet de la mare et du ruisseau qui traversait notre ancienne propriété. Et enfin, en contrebas de la route, une remise en torchis sous une toiture en tôle rouillée où papa entreposait ses outils. Plus rien ensuite, sinon l'onde azur à la surface de laquelle dérivaient des poules d'eau, parmi d'indolents cumulus. Les mêmes qu'autrefois, comme si le temps avait épargné l'étendue dans laquelle se mirait le château dans la sérénité d'avant-guerre. L'émotion fut de courte durée, car déjà la vitesse du véhicule me l'avait ravie ! Une inflexion de la route effaça jusqu'à la présence encore vibrante de l'étang, au profit d'un champ désert à perte de vue.

— Est-ce que je peux faire demi-tour, à présent ? demanda la conductrice.

— Oui, Lina. Merci de m'avoir accordé ce petit caprice !

Caprice qui me valut un *crescendo* de frissons, dès que le château réapparut en sens inverse. Je ne voyais plus que lui, flottant de manière incertaine sur les eaux comme dans ma mémoire. Cette fois, plus de défilade : le véhicule descendit lentement le chemin de la ferme, puis s'immobilisa derrière son bâtiment principal, là où Karl garait sa motocyclette...

On ne tarda pas à s'agiter autour de la voiture. Loïc, Félix et Lina saluèrent les propriétaires venus nous accueillir.

— Tu ne sors pas ? s'étonna mon mari en ouvrant ma portière.

Je ne pus lui répondre, paralysée sur la banquette arrière. Il me sourit.

— Tu es arrivée, ma chérie !

« Arrivée ou revenue ? » me demandai-je. Trop de présences restaient enchâssées entre les murs de la ferme et les frondaisons délimitant sa cour intérieure. Avais-je encore le droit d'en fouler le sol, après tout ce qui s'y était passé ? Je me rappelai ma dernière venue, la veille de l'inhumation de papa. Surtout la veillée, avec mes sœurs et maman, dans la cuisine, derrière cette fenêtre basse dont je ne pouvais détacher les yeux. L'une de ces trois femmes n'allait-elle pas à présent me jeter un regard improbateur, trente-neuf ans plus tard ?

Soudain, des bruits m'atteignirent : non pas les paroles qui s'échangeaient à quelques mètres de moi, mais ceux de la campagne que je retrouvais intacte. Ceux des oiseaux et de la brise dans les branchages, accompagnés d'odeurs de terre et de fleurs d'acacia. J'eus l'impression que les sons et les senteurs de ma jeunesse s'étaient glissés dans mes valises, avant mon interminable exil. À présent libérés de leur geôle de carton, ils me susurraient que mon heure était venue ; qu'il est des rendez-vous qu'on ne peut reporter sans cesse ! Je mis une jambe à l'extérieur. Mon pied hésita avant de toucher le sol, comme s'il s'apprêtait à fouler celui d'une planète vierge. Mais celle-ci, en l'occurrence, était loin de l'être, théâtre de la honte familiale et de drames en cascade... Comment imaginer l'ampleur d'un tel gâchis, devant les largesses printanières ?

Un petit homme trapu, le visage enjoué, vint vers moi.

— Heureux de te revoir, Alice ! Tu te souviens de moi ? Armel Jaouen, le fils d'Hervé. Tu sais, un ami de Jean, ton père...

— Oui, je me souviens de toi, Armel, et de ton papa aussi. Ils s'entendaient bien tous les deux...

— Bienvenue, madame Alice ! lança son épouse en nous rejoignant. Je ne pense pas que nous nous soyons déjà rencontrées. Moi, c'est Huguette !

— Pas que je sache ! Enchantée, madame, et merci de nous accepter dans des circonstances si étranges...

— Je dois reconnaître qu'elles sont pour le moins peu banales !

— Mais elles nous donnent l'occasion de nous retrouver, rebondit le propriétaire enjoué.

— Ça n'a pas trop changé, ici, dirait-on ! lâchai-je, afin de meubler.

— La ferme ? À peine quelques transformations dans le séjour et dans la cuisine, rien de bien méchant !

Puis il ajouta :

— Peut-être nous étions-nous vus à l'enterrement de mon père ?

— Je ne m'en souviens pas.

— Je dis ça, car je me rappelle que Jean était présent, ce qui avait touché ma mère. Mes parents l'estimaient beaucoup. Ils parlaient souvent de lui et de sa famille, si bien que mes frères et moi vous prenions comme des modèles de courage et de droiture.

— Armel, quand est-il décédé, ton père ?

— Peu de temps avant le tien. Je n'oublierai jamais la tristesse de ma maman, lorsqu'elle a appris la mort de ton papa, quelques mois après celle qui s'était abattue sur nous...

— Et vous, Huguette, êtes-vous originaire de Romillé ou de ses environs ? demandai-je.

— Pas du tout ! Vous avez devant vous une pièce apportée de Normandie !

Après avoir revisité le passé avec les propriétaires, ils nous invitèrent à entrer. Un peu plus âgés que nous, ils ne rechignaient pas à se replonger dans leur jeunesse.

L'émotion me submergea dès que je franchis le seuil de la porte. Dans la pénombre du séjour, au centre duquel l'ancienne table en bois n'avait pas bougé, je fus attirée par les petites fenêtres d'où filtrait la même lumière diaphane qu'autrefois. Je revis, comme autant de flashs, le visage terrifié de mon père que menaçait le sergent allemand, les rires de mes sœurs, le sourire bienveillant de maman. Mais surtout Karl, à qui je remettais ses paquets et qui me disait à la semaine prochaine, avec un regard pétri de tendresse et d'impatience... Sur les appuis de fenêtre, en revanche, les bouquets de fleurs manquaient ; ceux que ma mère renouvelait chaque jour, à la belle saison. Grâce à eux, la faible lumière qui s'aventurait dans notre espace de vie se parfumait.

— Huguette et moi allions passer à table. Vous prendrez bien un peu de potée avec nous ?

— C'est gentil, Armel, mais nous ne voudrions pas vous en priver ! répondis-je.

— Pas de soucis ! ajouta la maîtresse de maison. Chaque fois qu'on en fait, c'est pour plusieurs jours. Issus de familles nombreuses, nous sommes habitués aux grandes quantités. On congèle les restes et on se régale quand bon nous semble !

— Bien volontiers, dans ce cas ! se réjouit Félix.

Repas simple, mais convivial. Prêtant une oreille de plus en plus distraite à la conversation, je m'ouvris à la satisfaction de savoir que notre ferme appartenait à de braves gens. Je dus toutefois décliner leur invitation à déguster un far maison, avec le café que le maître des lieux venait de nous servir. J'espérais qu'ils ne m'en tiendraient pas rigueur, pas plus que pour la potée dont je n'avais pu avaler que deux bouchées. Si mon corps était présent, mon esprit ne tenait plus en place...

Les regards furtifs que je lançais à Loïc me renvoyaient un malaise tout aussi perceptible que le mien. S'il avait réussi à terminer son assiette, c'était sans doute en s'efforçant de penser à autre chose qu'à ce qui nous attendait ! Pressés, nous l'étions autant l'un que l'autre. Aucun n'osait cependant précipiter les choses ; par politesse, mais pas uniquement... De nos rives opposées, nous partagions une angoisse commune. Voulions-nous vraiment savoir, après avoir tout fait pour qu'il en soit ainsi, ou n'aurait-il pas été préférable d'en rester là ? Il en était encore temps. Armel et Huguette comprendraient. Peut-être même en seraient-ils ravis !

À plusieurs reprises, je tâchai de rejoindre la conversation. Quant à évoquer avec Loïc la possibilité de faire marche arrière, je ne m'en sentais pas capable...

Pour être franche, j'ignore ce qui se passa ensuite. Le début d'après-midi tremblait sous le soleil solidement ancré dans le ciel, lorsque je reconnus la silhouette massive du châtaignier vers laquelle nous avancions en formation de battue. Arrivés à une dizaine de mètres de son tronc, Lina et Loïc déposèrent les outils qu'ils avaient emportés. Loïc me demanda de lui indiquer l'emplacement. Il me trouva aussitôt désemparée. Où était la tombe sur laquelle je m'étais agenouillée matin et soir, un nombre incalculable de fois, jusqu'à mon départ définitif de Romillé ?

— Par là ! lâchai-je, avant de me reprendre : Plutôt par ici ! Enfin, je ne sais plus...

Que devaient-ils penser d'une mère qui ignorait où était enterré son enfant ? Trop de nébulosité entourait jadis mon recueillement.

— Désolée...

— C'est normal, ma chérie ! chuchota Félix, qui me serra contre lui. Si tu veux, et si c'est trop dur, on peut tout interrompre ou reporter.

Je le regardai d'un air interrogatif.

— Tu peux aussi attendre à l'intérieur ou dans la voiture, ajouta-t-il.

Dans l'incapacité de lui répondre, je me tournai vers Loïc que je dévisageai. Il était là, prêt à en découdre avec une réalité qui l'avait rudement malmené. Au nom de quoi l'aurais-je privé de savoir ? Que je sois une mère pour lui ou une étrangère, il avait le droit à la vérité ! Libre à lui de l'arracher du silence de ses parents, mais pas à moi de l'en empêcher…

— Il faut continuer ! déclarai-je, en ne songeant qu'à lui.

— Et toi, que vas-tu faire ? me demanda Félix.

— Je reste ! répondis-je sans réfléchir.

* *
*

Depuis combien de temps Loïc, Lina et Félix étaient-ils en train de s'affairer ? Présente, je ne l'étais qu'à peine, juste assez pour orienter les fouilles au gré de mes souvenances.

Les pelles et la pioche qui s'étaient rapidement agitées présentaient de sérieux signes d'essoufflement. Les recherches prenaient la tournure fastidieuse que nous avions redoutée : creuser de plus en plus bas, dans l'espoir de ne rien trouver ! Nous nagions et suions dans l'absurde ! Lina, Loïc et Félix ne ménageaient pas leur peine. Chaque fois qu'ils jetaient un coup d'œil dans ma direction, je ne savais que leur conseiller. Déjà impressionnant à l'époque, l'arbre avait encore déployé son feuillage, brouillant d'autant les pistes égarées dans ma mémoire. J'essayai de me rappeler la position du soleil, lorsque je venais prier et pleurer, mais là encore mes tentatives se soldèrent par de cuisants échecs : matin, midi et soir, j'étais là qui ne voyais que ma tristesse inconsolable...

Assise sur la chaise qu'Armel m'avait apportée, je ne savais où donner de la tête. Mes pensées hésitaient au son obstiné des coups d'outils. Les propriétaires étaient repartis chez eux et nous laissaient faire. Face à l'énergie du désespoir que mes trois compagnons déployaient, j'avais honte de rester immobile. L'aide que je leur avais proposée et qu'ils avaient déclinée en raison de mon âge ne suffisait pas à dissiper mon embarras. Tout cela par ma faute ! Le déshonneur d'une famille... À plusieurs reprises, j'eus l'impression que papa allait approcher par-derrière, pour me hurler sa colère ! J'étais à nouveau l'adolescente coupable et inconsciente. À mesure que la terre se creusait devant mes yeux, je sombrais dans les remords. Avais-je mérité la vie relativement heureuse que j'avais eue dans nos belles montagnes, alors que mes racines s'enfonçaient dans cette terre endeuillée ?

Transpirant, souffrant, se maintenant le dos pour le supplier de tenir encore, Lina, Loïc et Félix poursuivaient les fouilles, tels des forcenés. Plus ils excavaient le sol, plus je doutais. Pourtant, ne rien trouver était ce que nous désirions le plus au monde. Alors, de quoi pouvais-je me plaindre ? Où tout cela allait-il nous mener ? Maintes fois, je voulus sonder Lina, elle qui avait eu cette idée supposée infaillible. Lui demander quand il serait possible de conclure. Du fond de mon inutilité, j'étais confrontée à cette question épineuse que je n'avais pas vue venir. Et eux, dans l'action et rompus de fatigue, s'interrogeaient-ils également ? Les interrompre pour leur parler aurait menacé un silence qui se chargeait d'espoir de minute en minute, de seconde en seconde. Alors je me taisais, comme je l'avais toujours si bien fait !

Tout à coup, un son retentit. Une fois, deux fois, puis un cri :

— Quelque chose de dur !

— C'est quoi, Loïc ? s'inquiéta Lina, en s'approchant de lui.

Il creusa encore, redoubla d'efforts, puis déclara :

— Un gros caillou ! Fausse frayeur...

Tandis que les coups de pelle et pioche reprenaient de plus belle, je m'étonnai de n'avoir qu'à peine réagi à ce qui venait de se passer. Étais-je devenue à ce point indifférente à ce qui avait le plus d'importance pour moi ? Bon ou mauvais présage ? Quel sortilège altérait à ce point mon rapport à la réalité ? À vrai dire, je ne distinguais plus rien d'évident, en dehors du châtaignier penché sur une terre dévastée par une harde de sangliers ! L'arbre, quant à lui, se tenait droit, auguste et fabuleux. Quelle que fût l'issue qu'il accorderait à nos existences dérisoires, il avait veillé sans relâche durant plus d'un demi-siècle sur l'âme et le souvenir de mon fils. Qui d'autre, sinon lui, tout en sagesse et majesté, pouvait me rapprocher davantage de l'impossible ? Sa floraison commençait à peine, mais elle offrait déjà au ciel autant de cierges parfumés que moi de prières. Plus rien ne se jouait en dehors de lui et de l'impalpable. Il officiait en silence, ambassadeur des créatures insignifiantes qui s'agitaient à ses pieds.

Douce, à vrai dire, fut cette sensation qui me porta jusqu'au crépuscule. À part quelques pauses pour se désaltérer aux bouteilles d'eau apportées par Huguette, les heures s'étaient envolées, arrachées d'un sol rebelle aux souvenirs.

Lina s'en alla en direction de la ferme et revint quelques minutes plus tard.

— Armel et Huguette nous proposent gentiment d'en rester là pour aujourd'hui, et de poursuivre demain matin, en creusant la dernière zone que nous n'avons dégagée que superficiellement. Qu'en pensez-vous ?

Loïc se redressa, s'épongea le front et porta les mains sur les reins. Je songeai à ses doigts de violoniste qui n'avaient jamais connu une telle épreuve ! Il m'interrogea du regard.

— Lina a raison, lui répondis-je.

Il planta sa pelle dans le sol et nous rejoignit, accompagné de Félix. Je me levai et regagnai la ferme à leur côté.

— Vous allez dîner avec nous, puis loger dans une des chambres de nos enfants ! déclara Armel avec une autorité patriarcale.

— C'est gentil, mais nous avons réservé l'hôtel, signalai-je.

Lina se tourna vers moi.

— Ne t'inquiète pas, Alice, il y a plus grave que de perdre l'argent d'une nuit d'hôtel. Si Huguette et Armel nous proposent aimablement de rester, ne penses-tu pas qu'il est plus sage de les écouter ? Personnellement, je suis épuisée et je n'ai ni l'envie ni le courage de rouler jusqu'à Rennes...

Nous fîmes ainsi. Bientôt, je me retrouvai devant un bol de soupe dont je ne pus avaler que quelques cuillères, puis allongée contre Félix, dans un lit bien plus moelleux qu'autrefois, dans mon ancienne chambre de jeune fille !

Pendant que Félix dormait du sommeil du juste, j'assistai à la confrontation de la nuit et des dernières lueurs du jour. Leurs joutes projetaient sur le plafond des ombres aux métamorphoses inquiétantes. Où étaient les volets d'antan ? Un à un, les murmures de la campagne s'invitaient à mon chevet. Le coassement des crapauds troublait la basse continue des insectes. J'avais oublié le vacarme de ce petit monde invisible. Les sensations d'autrefois refluaient en moi, sorties de l'armoire avec une odeur de naphtaline. Mais très vite, une image se mit à m'obnubiler : la masse imposante du châtaignier qui présidait aux mystères nocturnes. Je me levai, fis trois pas et m'accoudai à l'appui de fenêtre. Sa silhouette était bien là où ma mémoire la situait, trait d'union fragile entre la terre et le firmament. Mon regard avait beau arpenter l'obscurité, sa présence ramenait à elle chacune de mes pensées et des bruits environnants. Parmi eux, les coups de pelle du jour qui continuaient de frapper en cadence la glaise incertaine. Que nous réserverait, quelques heures plus tard, le sol de mon enfance ? Par moments, une rayure dans le disque me rappelait les instants de frayeur où l'extrémité tranchante des outils heurtait des cailloux ou des racines. Combien de fois au cours de l'après-midi mon cœur et mon souffle s'étaient-ils vus suspendus à un verdict sans appel ? Creuser à la recherche de ce que l'on ne voudrait pour rien au monde trouver ! Qui m'aurait dit, un demi-siècle auparavant, que je me retrouverais en un futur lointain dans la même chambre, à interroger les mêmes étoiles ? Le châtaignier connaissait forcément l'issue de notre aventure, mais, pour l'heure, il continuait de se taire et de me torturer ! N'étais-je point ingrate envers lui qui avait veillé sur le sommeil de mon fils durant toutes ces années ? Au fond, il valait bien mieux que les pierres qui constituaient la ferme et que ma propre existence…

Lorsque mes jambes commencèrent à fatiguer, je regagnai le lit où je tombai à nouveau nez à nez avec les ombres du plafond ! Trop familières et présentes, elles m'inculquaient une leçon de plus en plus amère : « Non, rien, ici, Alice, n'a changé, à part toi et ceux que tu aimais ! La grande vague de la vie est passée et s'est retirée en emportant les vivants… Que fais-tu encore là ? »

Je réalisai que j'avais joué et perdu. Ma place n'était plus dans le bocage où j'avais vu le jour, mais – caillou parmi les cailloux – dans ma patrie d'adoption : la montagne. À la simple évocation mentale du hameau de l'Écot, je ressentis un souffle tiède, puis chaud. Je n'avais quitté note humble demeure de pierre et de bois racorni que depuis deux journées, elle me manquait déjà. Sa cheminée, surtout, où les flammes concentrent tout ce dont un cœur a besoin. Je me tournai sur le côté pour échapper à l'emprise du plafond et m'abandonner à celle de l'âtre qui me porterait jusqu'à l'aube...

* *
*

Les oiseaux s'agitaient depuis près de deux heures, avant que des bruits retentissent à l'étage, puis au rez-de-chaussée. L'escalier en bois craquait comme autrefois ; surtout la troisième marche, celle qui me prévenait de l'arrivée de papa ! C'est donc perturbée par des détails ressuscités que je rejoignis Huguette, Armel, Félix, Lina et Loïc qui étaient déjà attablés.

— Bien dormi, Alice ? demanda le propriétaire qui venait de découvrir mon air hagard.

Comment devais-je interpréter sa question ?

— Mal !

— La nuit prochaine sera meilleure ! enchaîna Huguette. Vous verrez : encore un petit effort, et vous saurez que votre enfant n'est pas enterré dans notre jardin, mais qu'il est là, devant vous, qui vous sourit ! Vous n'aurez plus qu'à le serrer dans vos bras et ne plus jamais le quitter !

Pût Dieu l'entendre ! Mais pensait-elle vraiment ce qu'elle avait dit ou cherchait-elle à me rassurer ? Habituée à me contenter de ce que j'avais déjà, une fin aussi heureuse que celle qu'elle me dépeignait dépassait largement mes attentes. Je n'osais l'espérer, toujours dominée par les croyances et superstitions dont j'avais voulu me débarrasser en m'éloignant de la Bretagne. Était-ce cette terre de légendes qui me produisait cet effet ou le simple fait de ma personnalité, de mon caractère ?

L'après-midi précédent, lorsque je fixais le châtaignier, n'avais-je pas adressé plus de supplications qu'en cinq décennies réunies ? La faute aux circonstances, au châtaignier ou au terroir de mes ancêtres ? Tandis que je combattais mes démons et que les autres convives beurraient leurs tartines, je reconnus qu'en m'abandonnant à la prière, j'avais éprouvé une sensation providentielle de confort et de sécurité. J'en fus apaisée, comme à l'Écot, devant les flammes égayant le nid sombre de notre cheminée. Si mon cœur résidait désormais en Savoie, ma foi restait enracinée en Bretagne. À l'impossible, nul n'est tenu ! me dis-je en me promettant de réconcilier les deux, si la poignée d'heures à venir consentait à ne nous livrer qu'un amas de terre meuble. Quoique de taille réduite, notre maison veillant sur la haute Maurienne serait suffisamment vaste pour accueillir les convictions religieuses qu'enfant renégate j'avais rejetées...

Le petit déjeuner s'acheva, mettant un terme à mon marchandage spirituel. Je bus la fin de mon thé, remerciai nos hôtes et rejoignis Loïc, Félix et Lina qui déjà traversaient le jardin en direction du châtaignier.

Une nouvelle journée sous le signe du soleil breton. Un heureux présage ? Je surpris mes doigts à se croiser. La chaise m'attendait, face à l'arbre à qui je confiai la dernière ligne droite de ma méditation. Je priai le Ciel pour que mes courageux compagnons ne découvrent aucun petit ossement...

— Tu ne te rappelles toujours pas l'emplacement de la tombe ? me demanda mon mari, avant de se remettre à creuser.

Je fis non de la tête. J'avais vainement exploré les recoins les plus obscurs de ma mémoire durant la nuit...

— Toutes les zones du terrain en lien avec mes souvenirs ont déjà été retournées, lui répondis-je. Au-delà, les limites de la propriété rendent les recherches inutiles.

— Dans ce cas, on fait comme on a dit hier soir, déclara Félix à Loïc et Lina. On s'attaque à toutes les parcelles les moins profondément examinées. Il faut que nous soyons à au moins un mètre cinquante de la surface, pour être en mesure de considérer qu'aucun corps n'a été inhumé.

Félix s'était effectivement renseigné avant de quitter notre vallée alpine. Il avait appris que les dépouilles humaines étaient généralement recouvertes d'un mètre de terre environ. Cinquante centimètres de sécurité et le compte y était...

— Un problème, Loïc ?

Je l'avais vu grimacer en empoignant la pelle.

— Des ampoules...

— Et vous, Lina ?

— Moi aussi, mais ça ira !

— Ne devriez-vous pas les percer et demander aux propriétaires du désinfectant et un pansement ?

— Ce n'est pas la peine : encore un petit effort et nous aurons tout notre temps pour nous soigner ! répondit la courageuse journaliste.

— Et toi, Loïc, comment feras-tu pour le violon ? m'inquiétai-je.

— Je pense que, vu l'état de mes mains et de mon dos, je suis déjà bon pour un arrêt de travail ! Alors autant en découdre une bonne fois pour toutes avec l'incertitude...

Face à la motivation collective, j'eus honte de ma mollesse et voulus me lever pour aider l'équipe, mais trois regards sombres m'en dissuadèrent aussitôt. Je me rassis et me contentai d'observer les héros se remettre à l'ouvrage.

Le bruit cadencé des coups de pelle reprit, ainsi que celui de leurs éclats sur les cailloux.

Après plusieurs heures, je ne vis plus que trois têtes dépasser du sol par intermittence. Les pelletées de terre, en revanche, continuaient de gicler à un rythme régulier. La monotonie de la veille s'était réinvitée, distillant une angoisse en tout point similaire. Je surpris pourtant mon regard à s'élever parmi les fleurs du châtaignier qui me parurent plus blanches, plus hautes et généreuses que le jour précédent. Leurs prières s'unissaient aux miennes dans un bouquet d'espérance lancé au ciel, lorsqu'un son mat retentit. Incrédule, j'attendis. Un deuxième bruit, puis un troisième confirmèrent l'alerte. Je bondis et approchai du trou au fond duquel mes yeux fondirent. Félix tapota sur un morceau de bois qui sonnait creux en tâchant de ne pas l'endommager. Il dégagea la terre à la pelle, puis avec les mains, et mit en lumière une portion de planche vermoulue. Il leva la tête.

— Ne reste pas là, Alice ! Recule jusqu'à la chaise ou, mieux, rentre à la ferme ! Je vais dégager un peu plus, pour être certain...

Sans attendre, Loïc fondit en larmes. Je demeurai immobile et interdite. J'entendis à nouveau la voix de mon mari :

— Accompagne-le, Lina, et allez retrouver Alice. Surtout, soyez ensemble...

Tout se passa comme il l'avait ordonné : nous nous retrouvâmes tous les trois, debout, à sangloter les uns contre les autres, une dizaine de mètres en retrait.

Quelques minutes plus tard, Félix sortit du trou et nous rejoignit, les yeux rouges, le visage décomposé.

— Je vais à présent reboucher, dit-il simplement.

— Attends ! m'entendis-je protester. Je veux me recueillir...

— Tu es certaine, Alice ? Ça risque de te faire du mal !

— Il est dans quel état, le cercueil ?

— Mieux que ce qu'on aurait pu imaginer. Ton père a dû choisir des planches imputrescibles...

Sans un mot, je me dirigeai au bord de la tombe où je m'agenouillai, comme jadis. Mes larmes brouillaient ma vision.

— Je descends, Félix.

— Quoi ?

— Il faut que je le touche. C'est la moindre des choses...

Il s'exécuta et m'aida à atteindre le fond. Je m'assis sur le sol et posai la tête contre la portion de bois. Mes mains se mirent à caresser sa surface rugueuse. Contrairement à toute attente, ce contact me rassura. Un lien concret me reliait à l'enfant que je n'avais serré contre moi que l'espace d'une nuit écourtée...

Au terme d'un silence incommensurable, mes larmes tarirent au profit d'une étrange sérénité. J'aurais souhaité demeurer ainsi, les yeux fermés, et ne plus jamais les rouvrir, laissant à la terre le soin de recouvrir nos corps enfin réunis. Mais des voix lointaines scandaient mon prénom, tant et si bien que je n'eus d'autre choix que de me redresser et de porter le regard dans leur direction.

— Ma chérie, il faut sortir...

— Pourquoi ?

— Tu te fais du mal, Alice !

Je souris à Félix.

— Détrompe-toi !

8

Le chemin du Petit Bonheur

La manière dont je me retrouvai assise à la table de la ferme où j'avais vu le jour, entourée de visages atterrés, demeure un mystère pour moi. Seule l'attitude d'Huguette attestait d'un semblant de vie. Au terme d'un silence né au pied du châtaignier, elle déclara qu'il nous fallait manger, avant de repartir. Même Félix ne put réagir. Pourtant, n'avait-il pas pris les choses en main, avec énergie et efficacité, pour gérer la situation, en nous écartant de la sépulture ? N'était-ce pas lui aussi qui l'avait ensuite recouverte de terre ? Craignait-il de la laisser exposée au ciel qui s'assombrissait à vue d'œil, ou avait-il agi par réflexe, pour tâcher d'effacer notre erreur ?

Le fait de m'interroger m'aida à réaliser qu'un filet de sève s'écoulait encore dans les ramifications desséchées de mon âme. Je parvins à rassembler suffisamment de volonté pour balayer du regard les débris qui m'entouraient. Des signes de vie épars refleurirent sur les visages ravagés qui voyaient que je les observais. Des voix basses se mirent à bourgeonner dans la pièce longue et étroite, aux fenêtres avares de lumière. Je me levai, m'approchai de l'une d'elles et posai le front sur sa froide surface. À l'extérieur, tout le bleu et le vert des heures passées avaient disparu, happé par une nappe lugubre tendue de mon enfance au terme de mon existence qui venait d'arriver. Le ciel coupable roulait des formations nuageuses de plus en plus menaçantes ; le plafond s'effondrait sur le châtaignier.

Dans mon dos, des paroles qui ne me concernaient plus circulaient mollement autour de la table. Parfois, l'une rebondissait sur ses contours, telle une boule de billard, avant de s'évanouir dans le néant. Je me retournai et observai une scène dépourvue de sens et d'avenir. Lorsque plusieurs pupilles croisèrent les miennes, je dus me rendre à l'évidence et accepter que je ne puisse négocier plus longtemps avec la réalité...

— Peut-on faire quelque chose pour toi, Alice ?

D'où provenait cette touchante attention ? Dans le doute, je fis non de la tête et rejoignis ma place, entre Huguette et Félix.

— Alice, nous discutions de l'état dans lequel nous avons mis le jardin d'Armel et d'Huguette...

En réponse à mon atonie, Félix se pencha vers moi et ajouta :

— Je vais m'arranger avec le curé et les pompes funèbres : ton petit pourra enfin demeurer dans le cimetière, je te le jure !

La conversation se referma sur cette promesse. Ce qui se dit ensuite participait du bruissement printanier qui nous avait été ravi par un coup de pelle. Faute d'alternative, j'acceptai la maigre consolation de savoir que mon enfant reposerait sous peu là où les traditions et la bêtise humaine le lui avaient interdit.

Soudain, un sursaut : je mesurai l'étendue de mon égoïsme ! Moi, moi, moi, toujours moi, rien que moi ! Et lui, certes, mon bébé, qui était tout pour moi. Mais d'autres souffraient dans mon entourage immédiat, dont je ne m'étais aucunement souciée ! À commencer par Loïc qui venait de perdre une mère et des réponses, en même temps que moi un fils ! Quelle honte ! Désemparée, je fis les cent pas pour bientôt me retrouver dans une position identique à celle que j'occupais quelques instants auparavant, le front appuyé sur la vitre devenue plus froide encore. À l'extérieur, les nuées déversaient désormais des trombes d'eau. Heureusement, Félix avait recouvert le cercueil, songeai-je, effrayée à l'idée que la frêle demeure de mon petit pût se mettre à flotter dans une mare de boue !

Je me retournai et hasardai un regard confus vers Loïc qui détourna aussitôt le sien. Mon cœur se déchira, comme s'il s'agissait vraiment de mon fils. Je m'approchai et me penchai vers lui. Je le serrai dans mes bras. Il tremblait. Dans la proximité de nos têtes accolées, ses larmes et les miennes alimentaient la douleur d'une même rivière. N'avions-nous pas partagé un espoir insensé ? Et n'étions-nous pas sur le point de conjurer un sort qui s'était joué à la roulette russe, il y a une éternité ? Savoir Loïc aussi anéanti que moi – voire davantage – me déchirait si profondément le cœur que Félix dut me soutenir et me présenter une chaise sur laquelle je me laissai choir.

* *
*

L'Écot, mercredi 14 juillet 1999

L'été déployait le jour sur fond de mélancolie, comme les précédents et combien à venir ? Au printemps, les mêmes crêtes, les mêmes flancs escarpés, les mêmes prés, les mêmes forêts, les mêmes pierres composant le même hameau n'avaient rien de commun. Ni l'air d'ailleurs. Pourtant tout était en place, comme en ce moment où, pour m'occuper, je noircissais des pages blanches, face à la beauté du monde. M'occuper ou me convaincre que tout ce qui avait eu lieu avait un sens ? Y croyais-je vraiment ? Bien sûr que non ! Ou si peu... Il me fallait néanmoins agir comme si tel était le cas. Je répondais à un besoin impérieux de me jeter dans l'inutile, pour qu'une trace survive à ma légende – la plus dérisoire entre toutes ! – et qu'une empreinte hésitante trompe la monotonie de la neige, avant que le vent ne l'efface. À quoi bon ?

— Tu veux boire quelque chose, ma chérie ?

— Un thé, s'il te plaît.

La fortune m'avait donné en Félix une rare complicité. Comment osais-je m'apitoyer sur mon sort ? Devant moi, l'immensité d'un décor de cimes et d'abîmes que je connaissais par cœur. Éternel, mais menacé. En lui et en moi, l'essentiel s'était étiolé. Il avait suffi d'un grain de sable dans la machine céleste pour enrayer le cours des astres. Ma mort, à côté, n'aurait qu'à peine fait sourciller les âmes que j'avais côtoyées dans les replis lointains d'une vallée comblée de certitudes.

— Certitudes ! m'exclamai-je à haute voix, au moment où Félix apportait un plateau chargé de tasses fumantes.

— Que veux-tu dire, ma chérie ? Pourquoi parles-tu de certitudes ?

— Je me demandais à quoi encore m'accrocher.

— Tu songes toujours à...

— Sans cesse !

— Voyons, voyons ! Que peut-on trouver comme certitudes ? Tiens ! Mon amour pour toi !

— Oh ! Facile ! Désolée, c'est exact : il s'agit bien d'une certitude. Probablement la seule que l'existence m'ait accordée...

— Regarde, Alice, ces sommets, ces bois, cette nature intacte : la montagne est notre vie, elle irrigue nos veines, constitue notre ADN...

— Tu as encore raison, Félix, mais ce n'est pas assez, quand bien même c'est énorme !

— Jamais contentes, les femmes !

— Pourtant, un rien peut les contenter...

— Le rien qu'elles n'ont justement pas !

— Il y a rien et rien, Félix ! C'est totalement différent...

Il me sourit et posa sa main sur la mienne.

— As-tu bien écrit, aujourd'hui ?

— Quelques pages, mais rien de transcendant...

— Qu'en feras-tu quand tu auras fini ?

— Quand j'aurai fini ? répétai-je. Ai-je vraiment envie de finir ?

— Tu rédiges l'histoire de ta vie. Lina t'a convaincue, non sans mal, que ton passé méritait d'être connu. Il importe que tu ailles au bout de ton choix, sinon qui le fera ? Depuis notre retour de Bretagne, tu n'as plus eu la moindre nouvelle de l'article qu'elle était censée publier. On a compris qu'il s'agissait d'une technique d'approche qui n'a désormais plus de sens. Elle a dû tomber aux oubliettes, dans son esprit ! Tu as raison de t'être lancée dans cette aventure littéraire, car tu ne peux plus compter sur elle...

— Je n'attendais pas qu'elle rédige sa chronique ! J'y voyais d'ailleurs tellement peu d'intérêt ! Mais, à force d'y penser, j'ai caressé l'idée de laisser, derrière mes faux pas, mes tâtonnements et mes trahisons, une trace, même imperceptible. Ou plutôt une mise en garde, un message...

— Lequel ?

— Je le cherche toujours !

J'étais effectivement convaincue que si un message existait et se trouvait à ma portée, il se dissimulait entre les mots que j'alignais jour après jour sur des feuilles de papier. Peut-être se montrerait-il, le travail une fois achevé ?

— Un échange ?

— Qu'entends-tu par là, Félix ?

— Tu me dis que tu ne sais pas ce que tu poursuis, mais ta ferveur dans l'écriture te donne l'impression de t'en approcher. Je pense que tu t'échanges en elle...

— Contre quoi ?

— Contre plus fort que toi et que la fatalité...

— Quel est son nom ?

— Songe à la chapelle Sainte-Marguerite, en haut, qui veille sur le hameau de l'Écot.

— Deviendrais-tu mystique, Félix ? Je croyais ton rapport à la foi aussi chaotique que le mien...

— À force de flirter sur les cimes avec le ciel, nul ne peut rester totalement sourd aux appels du silence.

— En Bretagne, lorsque j'espérais encore, je me suis surprise à repenser « bondieuseries », comme au temps de ma jeunesse.

— Ça te rendait heureuse ou malheureuse ?

— Plutôt heureuse...

— Alors c'est que c'est vrai !

— Que veux-tu dire ?

— Dans un monde où jamais rien n'est acquis, il me paraît sage de nommer certitude ce qui rend heureux. Prends ta dernière sortie en montagne, avec Lina, au col des Pariotes : ne t'a-t-elle pas beaucoup apporté ?

— Si !

— Peux-tu en douter ?

— Non.

— Il ne faut jamais remettre en cause ce que le cœur ressent. Le tien reste à fleur de peau, Alice. Il a gardé la sensibilité de ses vingt ans...

— Ça, c'est sûr !

— Il s'agit d'un cadeau merveilleux qu'il te faut apprécier, préserver. Tâche de te contenter de ce que tu as...

Félix me rappela les paroles pleines d'expérience d'Armel et d'Huguette qui nous avaient fait remarquer qu'en dépit de l'âpreté de notre déception, nous avions eu la chance de nous rencontrer. Grâce aux coïncidences ayant conduit Lina sur une fausse piste, nous avons tous les quatre partagé des émotions d'une rare intensité. La morale de nos mésaventures, selon eux, est que l'essentiel réside dans la profondeur des échanges dont nous nous sommes enrichis avec des personnes formidables que nous ignorions auparavant. Ce trésor vaut amplement une proximité de sang. Pour Armel et Huguette, il ne fallait pas chercher plus loin…

Le silence qui suivit me laissa l'occasion de méditer. Soudain, une lueur d'espoir inattendue : mes parents ! Aveuglée par la déception, je n'avais pas encore réalisé que la découverte du petit cercueil enlacé par les racines du châtaignier les innocentait ! Fini l'incompréhension les concernant ! Mais le soulagement de cette prise de conscience fut aussitôt terni par la honte de leur avoir prêté de si sombres projets. Comment avais-je pu les croire capables d'une telle abomination, eux qui avaient tant fait pour moi ?

Lorsque je fis part à Félix de ma méprise à leur égard, il s'efforça de dissiper la culpabilité qui commençait à poindre en moi, nourrie d'une ingratitude impardonnable. En plus de quarante ans de vie commune, je ne pense pas que mon mari ait dû batailler si fortement pour parvenir à m'apaiser. Généralement, la douceur de sa voix, la justesse de son jugement et sa faculté de simplifier les choses réussissaient à démêler l'essentiel de l'anecdotique, et à consoler ma révolte en quelques mots ciselés. Mais là, il dut se surpasser ! Et lorsqu'il pressentait la fin du tunnel, il dut s'attaquer à un nouvel obstacle de taille, surgi de nulle part : ma fureur à l'égard du monstre inconnu qui, après avoir déposé le bébé devant la Croix-Rouge de Rennes, avait lâché le nom de mon père et celui du village de Romillé ! Qui avait pu le dénoncer ? Dans quel intérêt ?

Lorsque Félix estima, après avoir farouchement bataillé, que les flots étaient suffisamment pacifiés, il en revint à l'objet initial de notre conversation :

— Ce n'est pas terminé !

— À quoi fais-tu allusion, Félix ?

— À la venue de Lina et de Loïc, demain.

— J'appréhende, à vrai dire...

— Tu n'es pas contente de les revoir ?

— Si, bien sûr, mais ils représentent tant d'espoirs et de déceptions !

— Ils doivent penser la même chose de nous...

— Qu'allons-nous nous dire ?

— D'abord, tu sauras si Lina a l'intention ou pas de diffuser un papier te concernant !

— Je m'en fiche !

— C'est vrai, et je te comprends. Mais, sois honnête, reconnais que c'est également faux !

— Bon, d'accord ! J'aimerais lire ce qu'elle aurait bien pu raconter sur moi ! Par curiosité...

— Dans ce cas, que ferais-tu de ce que tu es en train de consigner ?

— Rien de plus, rien de moins.

— C'est-à-dire ?

— Strictement rien ! Je n'écris pas dans le but de publier, mais pour la démarche d'écrire ! Tu avais probablement raison, il y a quelques instants, quand tu parlais d'échange... C'est ce mot-là qu'il me manquait pour cerner mes agissements. Après tout, écrire vaut bien tricoter, lire un journal ou regarder une série à la télé que nous n'avons pas !

— On a tellement mieux, ma belle. Jette un coup d'œil sur cette vallée, sur ces pics, ce ciel et cette lumière qui se réinvente en permanence ! Réalises-tu la chance que nous avons de contempler cela chaque jour ?

— Oui, mais en ce moment, j'ai autant hâte que peur...

— De quoi ?

— De les revoir.

— Qui ?

— Loïc et Lina, gros bêta ! Tu me fais marcher ?

— La preuve que tu te réjouis de leur venue !

— Il est vrai que, tant que nous étions ensemble, il se passait quelque chose qui s'est brisé au pied du châtaignier...

— Et si tu remontes plus loin, au col des Pariotes, par exemple, ou la veille, quand vous étiez en train de rejoindre le refuge du Carro, au soleil couchant, prétends-tu qu'il ne se passait rien ? Pourtant, tu n'avais aucun espoir que ton fils soit vivant...

— J'ai l'impression de ramollir, Félix ! Heureusement, tu parviens à remettre certaines choses à leur place. Je m'étais effectivement prise d'affection pour Lina.

— Elle a aussi dû tomber de haut, à la ferme, après tout ce qu'elle avait souhaité pour le bien de son mari ! Ça n'a pas dû être simple pour elle non plus...

La justesse de la remarque de Félix me fit constater à quel point ma vision des faits demeurait parcellaire, égocentrique, étriquée. Combien de temps allais-je devoir patienter avant de comprendre pleinement ce que je savais déjà ? Qu'est-ce que la vie, sinon une succession d'attentes ?

— Tu as raison, Félix. Je me réjouis de revoir Loïc et Lina, même si ma tristesse a encore du mal à le reconnaître !

— Au moins, avec eux, ajouta-t-il, tu ne tourneras plus en rond, comme ici, près du feu ou sur le balcon, puisque, durant trois jours, nous randonnerons ensemble.

* *
*

Chantelouve, haute Maurienne, juillet 1999

Chantelouve d'en haut : un nom, mais surtout un programme ! Dire que je n'avais jamais poussé jusqu'à cette portion enchantée de la haute Maurienne où les courbes de niveau flânent entre les arbres et s'accordent une pause bucolique avant le plongeon dans l'Arc qui frissonne en contrebas.

Au royaume de la faune et de la flore, nous avancions à pas de velours, en nous excusant presque d'en troubler l'harmonie. Le lis martagon déployait ses arabesques psychédéliques entre les soieries bleu violacé des clématites et des ancolies. L'heure n'était ni au passé ni à l'avenir, mais aux essences de mélèze et au bourdonnement des abeilles. Aux stridulations des criquets aussi, et au chant des mésanges, ainsi qu'aux troglodytes lilliputiens. Sans oublier le turluttement des alouettes, le zinzinulement des fauvettes et le travail du pic noir, ou le babillement des grives, le gloussement des gélinottes, et toutes sortes de jacassements et de gazouillis qui célébraient la vie et ensorcelaient le sous-bois. Quant aux chalets, égrenés le long du chemin, ils se blottissaient dans les replis du terrain, ajoutant charme et douceur au poème à livre ouvert que composait la forêt.

Nous avancions lentement, le nez au vent, pour ne rien perdre de la magie de l'instant. Enivrés d'oxygène, nous abandonnions nos regrets. Les mots, les pensées n'avaient plus cours, happés par l'essentiel. L'essentiel était effectivement là, autour de nous, sous nos pieds, par-dessus nos têtes. Il pénétrait nos bronches jusqu'au fin fond de nos âmes rassasiées. Ni le sol, ni l'écorce des résineux, ni leurs épines, ni les fleurs ne détenaient la recette de la sérénité, mais chacun y contribuait.

À l'aube du troisième jour de marche, je compris pleinement la signification du nom donné à la lente méditation qu'est le chemin du Petit Bonheur. Je devinai qu'il n'est point de petit bonheur, et que la grâce qui s'offre se mesure à la pureté qui la reçoit. Bannir une fois pour toutes la recherche du bonheur qui n'est que chimère ! Bien que je sache de longue date que l'accord des êtres et des choses n'est qu'une vision romantique du monde, je me mis à en douter, libérée de certitudes encombrantes. Si l'envie saugrenue m'avait pris de sauter en l'air, je me serais assurément envolée ! Peut-être aurais-je rejoint le firmament, où une présence aurait à jamais supplanté ma tristesse...

Mais déjà, la mémoire tambourinait à ma conscience. Les villages traversés les jours précédents me revinrent avec leur cortège de fleurs et de ponts, de prés, de chants et de balcons. Avec leurs lauzes taquinant l'herbe indisciplinée, et leurs cheminées de pierre suspendues à de vagues fumerolles. Modane, puis La Norma et ses plans d'eau aux teintes de jade où frissonnent des pans entiers de roches et de forêts. Plus loin, ce fut redoute Marie-Thérèse et ses forts en terrasses, puis Bramans, localité épargnée par la modernité, sous l'intercession de la chapelle Saint-Pierre d'Extravache qui veille depuis le XIe siècle sur les habitants, sur la vallée et la dent Parrachée.

À peine mes souvenirs eurent-ils caressé les bouquets multicolores ouvrant les portes de Sardières et des cinq pointes de son clocher qu'ils échouèrent sur la pleureuse de Termignon. Je connaissais ce monument aux morts singulier, dédié non pas à la glorification du patriotisme, mais à l'inconsolable douleur d'une femme ayant perdu un mari ou un fils au combat. Sa détresse raviva la mienne, au point d'assombrir le reste de notre deuxième journée de randonnée. Heureusement, celle-ci s'acheva dans un adorable chalet de la forêt de Chantelouve !

Soirée à quatre qui laissa fleurir et s'épanouir nos épanchements respectifs. Le temps, muselé jusqu'alors, put œuvrer au rythme de chacun. Je mentirais en disant que le début de nos retrouvailles se déroula de manière fluide et joyeuse, une trentaine d'heures auparavant : Lina et Loïc parlaient peu, semblaient sur la défensive. Ou plutôt dans l'expectative. Quant à moi, trop de souvenirs de moments ardents en leur compagnie s'entrechoquaient dans l'amphithéâtre de ma confusion. Je revoyais en boucle l'effondrement de l'édifice en lequel il nous avait été si aisé de croire. Erreur partagée que ma réserve avait tenté de réparer au début de la randonnée, tandis que nos pas et nos paroles malhabiles affrontaient à contre-courant les remous de l'Arc.

Je n'ai pas l'impression de trahir la pensée de Félix, de Lina ni celle de Loïc en affirmant que les premiers instants furent pour eux aussi crispés et décevants. Nous ne reconnaissions que des miettes des personnalités exceptionnelles que nous avions découvertes du temps de l'espérance.

Par bonheur, le chalet et la soirée à Chantelouve nous restituèrent une grande partie de la complicité du trajet automobile entre Lyon et Romillé. Il faut dire que Félix avait joué de ses relations en Maurienne pour dénicher une perle rare en saison estivale ! Entre la pièce commune aux murs de pierre aussi bas qu'épais et le plafond cathédrale supporté par de vigoureux chevrons, des fermes et des pannes marquées par les âges donnaient à l'ancien abri d'alpage restauré avec élégance un cachet irrésistible. Au sol, un parquet au ton chaud ne soutenait qu'un meuble et une table au milieu de l'espace qui, quoique limité, semblait immense. Mais le clou du spectacle nous attendait dans les chambres à coucher couvertes de rondins de bois où des lampes de chevet distillaient une ambiance ambrée. Un coup de cœur que Félix me promit de reproduire chez nous, à l'Écot.

Sous la magie d'un vin de pays emporté par la fantaisie de mon mari, les langues se mirent à louer la magnificence du mélézin entourant le chalet, terre de quiétude et d'oubli sur laquelle il aurait été doux de poser ses valises. Mais l'oubli, même au paradis, a la tête dure ! Imperceptiblement, nous nous retrouvâmes en Bretagne, à Romillé, également autour d'une table, mais la mine déconfite, à écouter les tentatives d'Huguette et d'Armel de nous remonter le moral. Quand bien même nous savions qu'ils avaient raison en prônant la sagesse comme remède à l'abattement, comment aurions-nous pu les suivre si loin de tout ce que nous avions imaginé ? La piste dont ils nous vantaient les vertus dans la durée était celle du recul, mais la durée n'avait plus cours pour nous, sinon sous l'éclairage blafard d'une douleur inconsolable. Entre la perte d'un enfant, pour moi, et celle d'une mère, pour Loïc, Lina se trouvait écartelée par la culpabilité de nous avoir donné de faux espoirs. Elle s'en mordait tellement les doigts qu'on aurait cru qu'elle cherchait à disparaître de la pièce principale de la ferme et des conseils avisés des nouveaux propriétaires. Depuis, avait-elle un instant cessé d'essayer de nous extraire du piège dans lequel elle nous avait précipités ? Mais elle savait comme nous que seuls les fous s'acharnent à corriger le passé. Loïc s'exprima :

— Il n'avait pas tort, ce brave Armel, en nous expliquant que, même si nous n'avons pas trouvé ce que nous espérions au fond de son jardin, nous nous sommes découvert tous les quatre une proximité plus précieuse que des liens de parenté...

Les minutes qui suivirent dans le crépuscule de Chantelouve s'attardèrent sur l'enchaînement des tâches et des actions qui nous avait contraints à nous redresser, à Romillé, pour aller de l'avant. Lorsque j'avais exprimé le souhait d'emporter le cercueil, afin que mon bébé repose près de nous, à l'Écot, je m'étais heurtée à une levée de bonnes raisons visant à m'en dissuader. L'une d'elles me fit céder, au terme d'une lutte que je n'avais plus la force de prolonger : l'absence de terrain, autour de notre maison, dans le hameau. Qu'aurais-je gagné à savoir mon fils dans un recoin glacial d'un des cimetières de la vallée, enseveli de longs mois de l'année sous la neige ? Non ! Conçu et ayant vu le jour sur ma terre natale, c'était là, en sol breton, qu'il devait reposer. Lina et Félix prirent les choses en main et organisèrent la suite. Armel mit sa vieille voiture à la disposition de Félix, pour qu'il se rende à Romillé et prévoie le transfert du cercueil. Quant à Lina, elle me conduisit dans la ferme voisine, chez mon ancienne amie Yvonne.

— Quelle émotion, Alice ! s'exclama Lina en racontant la surprise d'Yvonne qui venait de m'apercevoir derrière sa porte d'entrée, après tant d'années d'absence.

— C'est exact, Lina, ajoutai-je. Un moment poignant. J'ignore laquelle d'Yvonne et de moi a le plus sangloté !

— Je pencherais pour elle, répondit Lina. Je pense que tu étais toujours trop déstabilisée pour être vraiment présente auprès de ton amie...

— Vous vous êtes promis de vous écrire. L'as-tu fait, depuis ? me demanda Lina.

— Oui. Et même plusieurs fois ! Contrairement à mon impression initiale, cela m'a soulagée. Je crois qu'elle y a également pris goût : pas plus tard que la semaine dernière, j'ai encore reçu de ses nouvelles. Elle va bien et a fort à faire avec ses petits-enfants qu'elle accueille fréquemment. Leur vie est loin d'être simple, m'a-t-elle confié, mais c'est une autre histoire...

— Et moi, intervint Félix, ça n'a pas été une mince affaire que de trouver le curé et de lui faire accorder un espace au cimetière pour le minuscule cercueil. Je me suis cru au confessionnal, tant j'ai dû m'expliquer, me justifier...

— Que lui as-tu dit pour le convaincre ? demanda Lina.

— Toute la vérité. Mais pas forcément dans le bon ordre, ce qui a dû semer le doute en son esprit. Au début, je n'envisageais pas de parler du père biologique du bébé ni du fait que l'enfant n'était pas baptisé, mais le prêtre a vite mis le doigt sur ce qu'il considérait que je lui cachais délibérément...

Ce n'est qu'au terme d'une longue discussion dans le presbytère, autour de quelques verres de chouchen, qu'il admit finalement que Dieu verrait peu d'inconvénients à ce que la discrétion recouvre à jamais la vie trop courte du nourrisson...

Armel et Huguette nous hébergèrent gentiment, le temps de tout régler. Une journée pour organiser le déplacement du cercueil, une autre pour l'enterrement, et une troisième afin de reboucher les trous et d'effacer les dégâts autour du châtaignier.

— Quels braves gens ! s'exclama Lina.

— Des Bretons ! répondis-je, avant d'ajouter : Mais le plus triste, c'est pour toi, Loïc !

— Que veux-tu dire, Alice ? s'étonna-t-il, après avoir remarqué une larme au coin de mon œil.

— Moi, je me connais : la montagne finira par panser ma plaie, comme elle l'a fait auparavant. Non, je ne suis pas la plus à plaindre !

Il me considéra, le visage déchiré, et chercha à s'exprimer. Il semblait mal. Lina lui serra doucement l'avant-bras à l'aide de ses deux mains, puis chuchota à son oreille. De son côté, Félix tâcha de détendre la situation, en proposant à nos convives une nouvelle gorgée du breuvage magique qui avait voyagé au fond de son sac à dos depuis le début de la randonnée. Lina poursuivit :

— Loïc était extrêmement fragile depuis qu'il avait découvert le mot de la Croix-Rouge dans les affaires de sa maman. Mon enquête l'a aidé à reprendre progressivement espoir. Et lorsque nous sommes venus chez vous, à l'Écot, il était convaincu que tu étais sa mère biologique. Il s'apprêtait à pardonner le silence de ses parents et se sentait prêt à tout revivre. Je suppose que c'était plus ou moins le cas aussi en ce qui te concerne, Alice...

J'acquiesçai d'un mouvement de la nuque, incapable de m'exprimer autrement. Ce n'est que lorsque l'alcool eut suffisamment réchauffé nos joues et restitué au gîte son bien-être intérieur que je pus préciser ma pensée :

— Durant notre retour en voiture à Lyon, tu m'as dit, Loïc, combien tu t'étais réjoui à la perspective de nous rendre ensemble sur la tombe de ton père biologique...

— Oui, j'aurais énormément aimé partager ce moment avec toi, Alice. Finalement, tu vois, c'est moi qui ai fait preuve d'égoïsme...

Je m'étonnai. Il s'expliqua :

— Nous sommes rentrés directement de Romillé à Lyon, avec toi et Félix, sans faire un détour jusqu'à l'extrémité de la pointe bretonne. Je n'avais plus de raison d'y aller, mais ce n'était pas ton cas, puisque c'est là que Karl repose ! J'imagine que tu aurais souhaité aller te recueillir sur sa tombe. D'ailleurs, l'as-tu déjà vue ?

— Attends, Loïc ! intervint tout à coup Lina. Tes propos sont indélicats envers Félix ! Je te prie de l'excuser, Félix, ajouta-t-elle, en se tournant vers lui.

— Pas de soucis, Lina. Je sais depuis toujours qu'avant de me connaître, Alice a aimé Karl...

Je lus dans le regard de Lina qu'elle doutait que Félix prît la chose avec autant de philosophie qu'il le laissait entendre par sa réponse.

Un coup d'œil furtif vers Félix et je dis :

— Non, Loïc, je ne suis jamais allée sur la tombe de Karl. J'ignore même où elle se situe...

— Dans le cimetière allemand de Lesneven-Ploudaniel, précisa Lina. C'est à une trentaine de kilomètres de Brest.

— Comment le savez-vous ? demandai-je, surprise et heureuse de l'apprendre enfin.

— Tu m'as indiqué le nom de famille de Karl : Richter. C'était lorsque nous étions au col, près des bouquetins. Je l'ai noté sur mon calepin. T'en souviens-tu ?

— Peut-être, si vous le dites... Et vous avez réussi à retrouver sa trace ?

— Dois-je te rappeler que je suis journaliste ? En tout cas, et pour revenir à un sujet plus agréable, nous sommes ravis, Loïc et moi, d'être ici avec vous. Je ne pense pas que nous vous l'ayons déjà dit. Qui aurait cru que ça nous arriverait, après la désillusion que nous avons vécue ? Par chance, Félix a eu la merveilleuse idée de nous parler de la portion du GR 5 qui sillonne le fond de la haute Maurienne, et qu'on nomme le chemin du Petit Bonheur...

— Et de nous proposer de faire cette randonnée tous les quatre ! ajouta Loïc.

— Heureux que cette idée vous ait plu ! répondit Félix. Quand j'ai lancé cette suggestion sur l'autoroute, au retour de Bretagne, je pensais à l'avertissement d'Huguette et d'Armel, le soir du premier jour : que les liens que nous avions tissés ne devraient pas en rester là, quelle que soit la découverte qui nous attendait. J'ai cherché à la mettre en pratique avant de l'oublier...

Je fus touchée par la réponse de Lina :

— Félix, je me souviens quasiment mot pour mot de la description que tu nous as faite de cette marche de trois jours. Et en particulier, une phrase du genre : « Sur le chemin du Petit Bonheur, on ne trouve aucune réponse aux questions que l'on se pose, mais on n'éprouve plus le besoin de s'en poser... » Il y avait tant de sagesse et de profondeur dans ces paroles que j'ai été instantanément conquise, malgré la déception qui me rongeait.

— Et moi, Félix, ajouta Loïc, tu m'as convaincu en disant que vous seriez ravis, Alice et toi, que nous fassions cette balade tous les quatre, à notre rythme. Tu avais même envisagé la possibilité de la prolonger jusqu'à l'Écot, au-delà du terme du chemin du Petit Bonheur.

Bien après la fin du repas, aucun d'entre nous ne manifestait d'envie de se coucher. Nous étions bien ensemble.

Une confiance retrouvée qui fleurait bon les instants précieux vécus précédemment, comme la soirée au refuge du Carro, suivie de ma confession au col des Pariotes.

— Lina, j'espère que vous ne m'en voudrez pas, mais je dois vous faire un aveu !

Ses yeux s'ouvrirent, dévoilant la beauté d'un visage qui avait dû en faire chavirer des cœurs masculins !

— De retour à l'Écot, après votre départ au terme de la descente du col, le silence et l'absence de perspectives m'étaient vite devenus insupportables. J'ignorais si je devais vous haïr ou vous bénir de ce que vous m'aviez permis de vivre et de revivre...

— Et maintenant que tout est encore plus compliqué, Alice, que réponds-tu à cette question ? demanda-t-elle, avec un détachement que j'eus du mal à interpréter.

— Je ne sais pas... Quoi qu'il en soit, je vous aime, tous les deux, Lina et Loïc.

Nous aurions voulu trinquer à nouveau, mais la bouteille avait déjà offert ses dernières gouttes !

Félix intervint :

— Si nous sommes à l'heure des confidences, je crois que mon tour est venu.

Nos regards s'orientèrent vers celui qui, dans l'ombre mais toujours présent, s'était peu exprimé jusqu'alors :

— Je suis soulagé que la glace des deux premiers jours soit enfin rompue ! Je ne vous cache pas que je me suis demandé si je n'avais pas eu tort de lancer l'idée de cette randonnée, au moment où nous avions la tête à tout autre chose... Et dès nos premiers pas ensemble, après avoir laissé notre 4x4 à la gare de Modane, j'ai cru que je m'étais trompé. Ou bien que vous aviez changé, ce qui revenait au même. J'ai trouvé ridicule mon désir de renouer des liens tissés artificiellement : la vie, entre-temps, avait tranché. Déçu, je me suis mis dans la posture du guide emmenant des clients peu causants, et j'ai évité les paroles inutiles, me concentrant sur l'essentiel.

— L'essentiel ? rebondit Lina.

— Le chemin, l'horaire, la sécurité...

— Tu te moques de nous, Félix ! intervins-je. Nous avancions sur un sentier quasiment plat, en forêt ou dans des champs, parmi les fleurs ! Tu ramollis, mon vieux !

— Je me suis mal exprimé, Alice : je ne pensais pas à cette sécurité-là, mais à celle des sentiments qui bouillonnaient dans chacun de nos silences...

— Tu avais remarqué ? demanda Lina.

— C'était assourdissant ! Nous en avions des crampes au ventre, Alice et moi !

— Moi qui croyais, Félix, que tu étais un roc sur le plan émotionnel ! s'étonna la journaliste.

— Mon métier m'a appris que la force et la faiblesse ne se situent pas où on les imagine ; les circonstances seules les révèlent...

— Et il y a circonstances et circonstances, n'est-ce pas ? ajouta-t-elle.

— Tu m'as parfaitement compris, Lina ! Même si ton existence et celle de Loïc n'étaient pas en danger, ce que vous avez vécu et surmonté ensemble n'est pas moins admirable que les gens qui sauvent des vies en haute montagne, au péril de la leur. Qu'il soit physique ou affectif, un engagement sincère mérite le respect...

Le discernement de Félix instaura dans le chalet un silence d'une étrange intensité. Je surpris Lina et Loïc à balayer du regard l'espace intérieur et à s'attarder sur une petite fenêtre donnant sur la pâle clarté de lune qui enveloppait la forêt.

— Vous n'avez pas entendu un bruit ? s'inquiéta Lina.

— Quel genre ?

— Ça ne s'appelle pas Chantelouve pour rien ! s'amusa Félix.

— Sérieusement ? Un loup ? Ça se peut ? lui demanda-t-elle, intriguée.

— Peu probable, mais pas impossible : ils sont de retour depuis quelques années...

— Dans cette vallée ?

— Ici et ailleurs. Le loup est comme le vent, dans l'Évangile : nul ne sait d'où il vient ni où il va... Mais, ne vous inquiétez pas, nous sommes en sécurité entre ces murs. Que pourrait-il nous arriver ? Pour revenir à mes propos, je reconnais que quand nous marchions tout à l'heure, surtout en montant à Chantelouve, j'avais le sentiment ridicule que nous n'étions pas seuls...

— Que veux-tu dire ? demandai-je à mon mari.

— Une sorte de présence qui me laissait entendre que les choses allaient se dénouer. Et je n'avais pas tort : comparez la soirée que nous venons de passer à celle d'hier, où nous étions comme des étrangers contraints de manger à la même table !

— Félix a raison ! intervint Lina. Nous sommes également ravis de la tournure des événements. Nous avons aussi la sensation de vous avoir retrouvés. Comprenez-nous, toutefois : nous ne savions pas vraiment où nous en étions, et comment avancer plus avant sur la route périlleuse que nous avons parcourue ensemble, et qui a fini par nous briser le cœur. J'étais totalement rongée par la culpabilité. Quant à Loïc, il se remet à peine des bouleversements qu'il a subis. Nous progressons à notre rythme, c'est-à-dire lentement...

— Tout ça est parfait ! répondis-je. Nous allons nous efforcer de terminer cette randonnée dans d'aussi belles dispositions que ce soir. La météo est au beau fixe, c'est l'été, et la montagne est à nous !

Soudain, Félix parut préoccupé.

— Qu'y a-t-il, mon chou ?

— C'est peut-être le moment d'informer Lina et Loïc de ce que tu fais, en ce moment. Tu ne penses pas, Alice ?

— Tu parles de l'écriture ?

— Oui.

— Bon, si tu veux ! Mais cela a si peu d'importance...

Je leur appris ma nouvelle occupation depuis quelques semaines : la rédaction de ma propre histoire...

— Surtout, Lina, sachez que si je ne vous ai pas mise au courant plus tôt, c'était parce que mon travail est sans incidence sur le vôtre.

— Qu'entends-tu par là, Alice ? demanda-t-elle avec des yeux surpris.

— Eh bien, j'ignore si vous avez toujours l'intention de signer un article sur les sommets de 4000 mètres que j'ai gravis, et encore moins sur le reste de ma vie. Je me doute que tout cela faisait partie d'une stratégie d'approche, une manière détournée de sonder mon passé et de découvrir si j'étais bien celle que vous croyiez. Mais maintenant que nous connaissons la vérité, ces ruses n'ont plus de sens. C'est sans doute pour cette raison que je m'étonnais constamment, durant nos échanges, que vous vous intéressiez à la jeunesse d'une vieille Bretonne devenue Savoyarde, terminant ses jours dans un hameau déserté des vivants, neuf mois sur douze !

— Détrompe-toi, Alice ! Il est vrai que j'avais trouvé ce moyen pour déterminer si j'avais fait fausse route avec toi, mais ça n'enlève rien au fait que je prévoyais réellement de publier un article sur *Alice Gachet, une alpiniste pas comme les autres !* Tel est d'ailleurs son titre... Je n'y ai pas renoncé, et je compte t'en soumettre une épreuve sous peu...

— Quand ? demandai-je avec impatience.

— D'ici un mois, peut-être moins, si je progresse à bonne allure.

— Pourquoi ? C'est long ?

— De la taille d'un petit roman !

— Vous plaisantez ?

— Pas du tout ! Je n'ai rien perdu de ce que tu m'as appris, Alice. Si j'ai bien avancé, j'ai eu à couvrir parallèlement un certain nombre de sujets d'actualité, et quelques affaires familiales à régler. Mais là, tout est en train de s'éclaircir, je ne devrais plus trop tarder. J'espère que tu aimeras !

— Dans ce cas, vous devez me trouver bien ridicule avec mes compositions de débutante !

— Pourquoi le serais-je, Alice ? Que comptes-tu d'ailleurs faire des souvenirs que tu consignes, lorsque tu les auras terminés ?

— Rien !

— Je ne comprends pas. Pourquoi écris-tu, alors ?

— J'en éprouvais le besoin...

— As-tu commencé il y a longtemps ?

— Quelques jours après notre retour de Bretagne...

— Tu avais imaginé que je t'avais menti et que je n'écrirais rien sur toi ? C'est ça ?

— Je reconnais que cela m'a effleurée ! D'accord, bien plus qu'effleuré ! Je me suis dit qu'écrire serait une façon d'évacuer ce qui jamais ne le serait autrement... Vous m'avez tellement bien convaincue des vertus de l'expression, du lâcher-prise, que je ne voyais plus de raisons d'entretenir un silence qui n'avait que trop duré. Avec ou sans vous, Lina, il fallait que je crève définitivement l'abcès. Et comme je n'avais personne face à moi, j'ai trouvé une oreille attentive auprès d'un bloc de feuilles blanches...

— C'est ainsi que naissent les vocations ! Tu me laisseras à ton tour lire ton ouvrage, Alice ?

— Si vous le souhaitez, Lina, mais il faudra faire preuve d'indulgence...

— Quoi ? La meilleure institutrice de haute Maurienne qui aurait peur de rendre sa copie à une petite journaliste qu'elle a cru avoir eue sur les bancs de sa classe !

— Il est vrai que j'ai songé que vous étiez l'une de mes anciennes élèves. Des Lina, voyez-vous, cela ne court pas les rues ! Et figurez-vous que j'en ai instruit une, au début de ma carrière... D'ailleurs, comment savez-vous que j'ai imaginé cela ?

— Parce que Félix me l'a dit !

— Quand ?

— Dans la voiture, en allant à Romillé...

— Et pourquoi avez-vous écrit un roman sur mon histoire ? Je me serais plutôt attendue à un récit, à un témoignage, voire à la biographie d'une illustre inconnue !

— Simplement parce que ta vie est un roman, Alice !

— Et le thème de ce roman ?

— La survie d'une mère... Une lutte de chaque instant contre une tempête intérieure.

Lina me considéra avec un sourire qui me troubla. Elle ajouta :

— Si tu veux, Alice, je t'aiderai à faire publier ton ouvrage. Même s'il raconte une histoire identique à la mienne, son éclairage sera différent, donc d'autant plus intéressant !

— Je ne sais pas, Lina, tout va beaucoup trop vite...

— Mesdames, moi je sais où nous sommes, et surtout l'heure qu'il est ! Je vous propose d'aller nous coucher. Et toi, Loïc, qu'en dis-tu ?

* *
*

Les images de l'intérieur du gîte où la pierre et le bois se disputaient la vedette se fondaient déjà dans la verdure du mélézin et des vallons émaillés de chalets d'alpage. Isolés, alignés, blottis ou en quinconce, leur faîte dépassait à peine des épilobes en chorales où la ciguë poussait ses notes blanches. Chacun de ces alpages rivalisait de charme. Jamais la main de l'homme et celle de Dieu n'avaient œuvré avec une telle communion ! Abris écroulés sous le poids des lauzes ou fières demeures aux poutres couleur de miel, où allait ma préférence ? Les étages des constructions majeures se réveillaient sous les caresses matinales, pendant que leurs rez-de-chaussée restaient ancrés dans le sol par d'énormes pierres des torrents. La piste louvoyait timidement entre les ouvrages les plus modestes, en direction de flancs de plus en plus escarpés. Lorsque le soleil se retirait quelques instants pour se refaire une beauté derrière de paresseux cumulus, la vibrance des roches humides envahies par les herbes fondait en tons pastel d'une mélancolie fulgurante. Puis à nouveau des champs aux teintes éclatantes, et des taupinières couvertes de lauzes d'où émergeaient de hardis clochers. Plus loin, jusqu'aux portes de Bessans, des fleurs sauvages s'élançaient vers de nouveaux espaces à égayer. Bessans, un poème plus qu'un village, avec ses ruelles improbables et ses légendes ayant rendu le diable sympathique ! Sans oublier ses porches en arcade, ses séchoirs désarticulés, mais surtout, sa chapelle Saint-Antoine aux fresques enivrantes. Quelques pas supplémentaires et nous nous heurtâmes à un embrasement de senteurs et de bruissements propres à l'été, aussi bouleversant que celui des couleurs, à l'heure où l'automne exulte.

Une succession d'images tantôt émouvantes, tantôt apaisantes gravait le chemin dans ma mémoire. Par-ci un bachal de rue, par-là le tronc d'un arbre étouffé sous la végétation libertine, ou cet oratoire, surpris au détour de mon égarement. Les plantes grasses s'emparaient par bonheur des abords délaissés où les pierres retenaient avec malice l'humidité. Et le sentier enfin, devenu rectiligne et minuscule, qui disparut sans raison ! Plus loin ? Un nouveau tableau, suivi d'un autre encore et de perspectives sans cesse renouvelées.

L'horizon dégageait la silhouette familière de sommets emblématiques de la vallée. Plus près, des fagots et des planches de bois en équilibre hasardeux séchaient dans une symphonie de toitures crevées, de murs en décrépitude au pied desquels les lis martagons poussaient leurs têtes rondes parmi des hampes de lupins roses et bleus. Du hameau du Villaron jusqu'à Bonneval-sur-Arc, où que nous donnions du regard, la nature faisait l'apologie de l'abandon, comme condition expresse à la beauté et aux petits bonheurs de l'existence...

Lorsque nous eûmes pénétré dans le salon de thé de Bonneval, je demeurai longuement étourdie. Pourtant, à table, Félix, Lina et Loïc parlaient de bon cœur. Je ne parvenais pas à m'extirper de l'état de torpeur ou d'éveil dans lequel j'avais été plongée. La faute à une overdose de fleurs et d'oiseaux ! Probablement aussi à la soirée de la veille qui continuait de distiller en moi son atmosphère de pierre et de bois. Le temps s'était arrêté dans le gîte de Chantelouve d'en haut. Entre ses murs à l'épreuve du passé, j'entendais un murmure, toujours le même : il n'est point de lendemain...

Je constatai après tout le monde qu'on nous avait servis. Les verres de bière et de limonade s'entrechoquèrent, piaillements supplémentaires parmi ceux des oiseaux dans lesquels je me complaisais encore. N'étais-je pas heureuse, finalement ?

— Tu as dit heureuse ? me demanda Félix.

— Peut-être...

Il me regarda, les yeux écarquillés.

— Oui, je l'ai dit !

— Les amis, observez Alice : ça, c'est l'œuvre du chemin du Petit Bonheur ! déclara-t-il.

— Il porte bien son nom...

Manifestement, Lina et son mari avaient apprécié cette randonnée de trois jours qui venait de s'achever dans l'un des plus beaux villages de France. Félix était ravi.

— Et toi, ma chérie ?

Tout étonnée de la question, après avoir lâché le mot de bonheur, je compris qu'il attendait de moi que j'enfonce le clou. Je répondis que je n'aurais jamais imaginé vivre tous les quatre une journée si merveilleuse, après tout ce que nous avions traversé. Finalement, je n'avais pas eu tort : pour la seconde fois, la montagne avait opéré en mon cœur un prodige de résurrection ! Les autres en furent toute aise et m'interrogèrent abondamment. Je me prêtai au jeu et je me sentis apaisée. Puis les paroles, alentour, se remirent à glisser sur ma conscience qui regagnait le chemin du Petit Bonheur...

— Ce n'est pas fini ! entendis-je soudain.

Félix s'expliqua :

— Il nous reste la montée à l'Écot.

— Je la connais : elle est très jolie ! répondit Lina.

— Ça te dérange de la refaire ? lui demanda-t-il.

— Au contraire ! J'ai adoré cette balade, surtout vers le haut...

— Le canyon de l'Arc, je parie !

— Oui, une fois passé le pont et la cascade. Loïc, mon chéri, j'ai hâte que tu découvres cette portion du torrent, ajouta-t-elle.

Félix changea de sujet :

— Sais-tu, Lina, que c'est d'ici, de Bonneval, qu'Alice te téléphonait ?

— De ce salon de thé ?

— Non, mais presque : du bureau de poste, pas très loin, après avoir fini nos courses de la semaine. Vous voyez, les amis, nous avons nos habitudes : de vrais petits vieux !

— Félix ?

— Je t'écoute, Loïc.

— Je n'ai pas envie que la randonnée se termine...

— Je ne comprends pas ! répondit mon mari en adoptant une posture de guide.

— Lina m'a parlé de son ascension avec Alice...

J'intervins :

— Un bien grand mot ! Une grimpette jusqu'au col des Pariotes. Mais il est exact que j'en garde un merveilleux souvenir...

— Si vous saviez combien de fois j'ai demandé à Lina de me la raconter !

— Cette sortie en altitude vous a donc tant plu, Lina ? m'étonnai-je.

— Plus que ça ! Surtout là-haut : le coucher de soleil et la soirée au refuge, puis la lumière, le matin, et les bouquetins...

Elle se tourna vers son mari, puis regarda Félix et moi avec des yeux expressifs.

— Accepteriez-vous qu'on y aille ensemble ?

— Au col ?

— Non, plus haut...

— Vous voulez dire ?

— Au sommet dont tu m'as parlé, Alice : celui qui domine le col. Sur le coup, la présentation que tu m'en as faite m'a donné des frissons, mais j'ai réalisé plus tard, en décrivant l'ambiance à Loïc, qu'il s'agissait d'excellents frissons ! Félix, tu nous y mènerais ?

— Ma foi, pourquoi pas ? Même si je suis rouillé !

Je ne pus m'empêcher de rire.

— Lui, rouillé, pour la Levanna Occidentale ? On aura tout entendu ! Tu n'as pas honte, mon chou, de les faire marcher de la sorte ?

— Les faire marcher, n'est-ce pas un peu le rôle d'un guide ? s'amusa-t-il.

— Mais d'abord, penses-tu que nous en sommes capables tous les deux ? s'inquiéta Loïc.

— Bien sûr ! On s'encordera à l'approche du sommet. Vous n'avez pas à vous en faire...

— Il va de soi que tu nous diras combien nous te devons ! précisa Lina.

— Tu plaisantes ? Je suis retraité, cela me fera du bien de renouer avec l'altitude. Ça fait longtemps que je n'y ai pas traîné mes guêtres, il faut que je me secoue !

— Et en matière de condition physique ? poursuivit Loïc.

— Vous avez fait le plus dur depuis trois jours : vous nous avez supportés !

Éclat de rire général. On trinqua à nouveau !

* *
*

Quand nous entamâmes la montée vers le hameau de l'Écot, la décontraction avait gagné les rangs. Quelle différence avec la crispation qui prévalait durant la première partie du chemin du Petit Bonheur ! À la sortie de Bonneval, au moment où nous abordions les prairies bordant l'Arc, je réalisai que cette liesse collective coïncidait avec la décision de reculer le départ de nos amis. Le parallèle me vint avec la joie que ressentirent les disciples d'Emmaüs, lorsqu'un étranger marchait à leur côté, dont ils n'auraient voulu se séparer pour rien au monde...

Avais-je suffisamment regardé autour de moi ou prêtais-je à mes compagnons une sensation que j'étais seule à éprouver, comme si je détenais le monopole de l'extase et de la tristesse ? Je m'exécutai et fus surprise en les observant. Je me rapprochai de Félix et lui glissai à l'oreille :

— Tu as vu leur mine ?

— Non. Qu'a-t-elle ?

— Ils ne semblent tout à coup plus aussi joyeux qu'au salon de thé ! Jette un œil discrètement...

À la faveur d'un détour du sentier, Félix les dévisagea.

— Effectivement, c'est curieux ! On dirait que...

— Que ?

— Je les trouve préoccupés. C'est sûr, quelque chose les chagrine, tu as raison !

— Que peut-on faire, Félix ? Si on mettait les pieds dans le plat ?

— J'attendrais un peu...

— OK.

Les pas que nous accomplîmes ensuite dans un décor de plus en plus suggestif ne firent que confirmer notre impression. Pas une seule fois Lina et Loïc ne levèrent les yeux pour contempler les cimes, ou pour écouter le chant de l'Arc ou celui des oiseaux. Le temps non plus, quoique au beau fixe, ne réchauffait point leurs visages.

— Ils sont retombés dans la même posture qu'au début, tu ne trouves pas, Félix ?

— Si. On dirait qu'ils se mordent les lèvres...

Les minutes suivantes malmenèrent mon estomac. Une crampe, légère d'abord, puis sensiblement plus aiguë, et d'autres qui bientôt devinrent insupportables !

— Ça ne va pas, ma chérie ? s'inquiéta Félix.

— Le stress, sans doute !

— Loïc, Lina, nous arrivons au pont de la Lame. On va faire une pause, si vous voulez bien. Ça permettra à Alice de se reposer. Elle ne se sent pas bien...

Mon mari m'aida à m'asseoir sur un rocher sis sur la grève. Pliée en deux, entre les crampes, je me demandai depuis combien de temps je n'étais pas venue en ce lieu enchanteur. À plusieurs reprises, Lina se pencha vers moi et me proposa un soutien que je déclinai en la remerciant de lents mouvements de paupières. Malgré sa sollicitude, son visage conservait le masque inexpressif des premiers jours. Où était passé le sourire qui l'avait métamorphosé la veille, et il y a une heure à peine, dans la connivence retrouvée ? Et Loïc, juste à côté d'elle, arborait une face tout aussi méconnaissable...

— Ça va mieux, ma chérie ?

— Je ne sais pas, Félix... Entre les contractions, je n'ai pas à me plaindre, mais dès qu'elles reviennent, c'est une autre paire de manches !

— Peut-être faudrait-il redescendre et consulter un médecin, suggéra-t-il. Loïc, Lina, vous pourriez nous y emmener avec votre voiture après l'avoir récupérée à l'Écot, vu que la nôtre est restée à Modane ?

— Bien entendu, Félix ! répondit Lina. Veux-tu que nous allions maintenant la chercher ?

— Attends un peu ! intervins-je, dès que j'en eus la possibilité.

Dix minutes, vingt peut-être. L'après-midi faiblissait. Que devaient-ils penser de moi qui, si près du but, étais devenue un vrai boulet ? Fameuse, la première alpiniste à avoir bouclé tous les 4000 de France ! J'observai l'extrémité de mes chaussures et les graviers humides léchés par les remous affadis de la cascade. Entre elle et moi, une vasque turquoise, si attrayante pourtant ! En d'autres circonstances, j'aurais été tentée de m'y baigner. À peine cette réflexion achevée, je surpris ma nuque à lentement se lever, puis à se stabiliser sur les chutes où l'eau exultait. Sous un ciel extraordinairement bleu, les arbres se penchaient autour de l'attraction locale. Un écrin végétal pour une source de joie intarissable. Quelle splendeur !

De quoi avais-je à me plaindre devant cette beauté naturelle qui m'imbibait telle une éponge ? À plusieurs reprises, je crus sentir toute ma douleur présente et passée attirée, aspirée par les flots. Mes crampes ? Déjà un souvenir… La montagne, à nouveau, était venue à mon secours ! En était-il de même de nos compagnons ? Je détournai le regard vers eux qui, manifestement, n'avaient pas été touchés par la grâce. J'en fus navrée. Mais, toute proche, la cascade me chuchotait : « Vas-y, Alice ! Qu'attends-tu ? Tu ne vas pas garder égoïstement ce que je t'ai offert ? »

— Qu'y a-t-il ? demandai-je à Lina. Je vois bien qu'il se passe quelque chose qui vous attriste. Et toi aussi, Loïc. Vous semblez si tendus et mélancoliques, comme au début du chemin du Petit Bonheur. Pourtant, vous aviez l'air à l'aise, tout à l'heure, quand vous avez suggéré de poursuivre la randonnée jusqu'au sommet de la Levanna ? Je me trompe ?

Un silence au cours duquel les yeux de Lina allèrent et vinrent de Loïc à moi, en passant par Félix et par la cascade. Insister ? Attendre ? Un mystère malmenait le minois de la journaliste. Loïc, peut-être ? Ses pupilles allaient-elles livrer le moindre indice, lâcher le morceau ? Non, ses mains enserraient sa tête.

— Bon, ça suffit, Loïc ! Ça a assez duré ! s'énerva Lina en se levant d'un bond.

Elle dénoua le sac à dos de son mari qu'elle fouilla fébrilement. Elle sortit des vêtements, des bouteilles d'eau et quelques paquets de gâteaux secs.

— Ah ! s'exclama-t-elle, soulagée, en brandissant une feuille pliée en quatre qu'elle me tendit sans un mot.

Je demeurai muette, le papier entre les mains, avant de l'ouvrir :

PROCÈS-VERBAL D'ENQUÊTE PRÉLIMINAIRE
GENDARMERIE NATIONALE
Groupement d'Ille-et-Vilaine
Le mardi 29 juin 1999, nous soussignés :
Chaumont Florent, adjudant, officier de police judiciaire,
Dufour Morgane, gendarme, officier de police judiciaire,
Richoux Victor, agent de police judiciaire
de la brigade de gendarmerie de Pacé (35740)
avons procédé à l'interpellation suivante.

Le 29 juin 1999 à 2 h 50 du matin, nous sommes de retour de la Poste de Romillé dont le signal d'alarme s'est déclenché.

Nous venons de quitter le lieu d'intervention et empruntons la rue de la Galerne, vers le centre de Romillé, quand nous apercevons dans le cimetière deux lampes torches. Nous garons notre véhicule après le cimetière.

Nous nous rendons à pied près de l'entrée d'où nous distinguons deux silhouettes suspectes.

Nous franchissons le mur du cimetière et nous nous approchons sans lumière et sans bruit.

Deux individus sont en train de creuser le sol. Nous entendons la voix d'un homme et celle d'une femme.

Nous nous positionnons derrière un monument funéraire, à une dizaine de mètres des individus.

Nous nous concertons, puis intervenons en uniforme, l'arme au poing, en criant : « Gendarmerie nationale, les mains en l'air ! », et nous nous plaçons juste derrière eux.

À notre arrivée, ils avaient dégagé le haut d'un cercueil de petite taille, probablement celui d'un enfant, mais ils n'avaient pas encore eu le temps de l'ouvrir.

L'homme se retourne, lâche la pelle qu'il serrait dans les mains et lève les bras. La femme, qui ne tenait rien, se retourne également. Éblouie par nos lampes, elle perd l'équilibre et tombe à la renverse sur le cercueil dont le couvercle s'effondre sous le choc !

Après avoir procédé à l'interpellation des deux personnes, nous remarquons à notre surprise que le cercueil est vide ! Le bois qui le constitue est manifestement ancien, ce qui explique qu'il se soit brisé sous l'impact.

Les interpellés nous demandent la faveur de les laisser observer par eux-mêmes le contenu du cercueil, après nous avoir fourni une multitude d'informations incompréhensibles !

N'évaluant aucun risque, nous finissons par accéder à leur requête, tout en les maintenant sous bonne garde. À peine ont-ils constaté que le cercueil est totalement vide qu'ils se regardent et fondent en larmes !

Nous leur signifions leur mise en garde à vue, à compter de l'instant même, à savoir 3 h 05 du matin, pour un délit passible d'une peine d'emprisonnement, conformément à l'article 225-17 du 1er mars 1994 du Code pénal, punissant la violation ou la profanation de tombeaux, de sépultures ou de monuments édifiés à la mémoire des morts, d'un an d'emprisonnement et de 100 000 F d'amende.

Nous les emmenons à la brigade de Pacé.

À notre demande, les interpellés nous présentent leurs cartes d'identité :

M. Loïc Derrien, domicilié au 88 rue Jean-Duclos, à 69200 Vénissieux.

Mme Lina Derrien (nom de jeune fille : Rambaud), son épouse, domiciliée également au 88 rue Jean-Duclos, à 69200 Vénissieux.

Nous les plaçons en détention et rédigeons le présent procès-verbal.

Signé :
Chaumont Florent   Dufour Morgane   Richoux Victor

*

Ce jour, mardi 29 juin 1999, nous soussignés :

Julliard Marine, adjudant-chef, officier de police judiciaire,

Vernet Michaël, gendarme, officier de police judiciaire

Procédons, à 9 h 10, puis à 9 h 30, aux interrogatoires respectifs de :

M. Loïc Derrien, domicilié au 88 rue Jean-Duclos, à 69200 Vénissieux,

Mme Lina Derrien (nom de jeune fille : Rambaud), domiciliée au 88 rue Jean-Duclos, à 69200 Vénissieux.

Tous deux déclarent qu'ils creusaient la tombe présumée de M. Loïc Derrien !

Ils citent, comme témoin potentiel de leurs dires, le père Émile Soizon, curé de la paroisse Sainte-Croix de la Flume, domicilié au 2 rue du Luth, à 35850 Gévezé.

Après avoir appelé le supposé témoin, nous nous rendons à 11 h 45 à son domicile. Il nous reçoit au presbytère et nous confirme la version des faits.

À 14 h 30, nous présentons les interpellés à M. Martial Detherme, procureur de la République de Rennes.

Après les avoir entendus, M. le procureur de la République acte la fin de la garde à vue de M. et Mme Derrien, et autorise leur remise en liberté. Il engage parallèlement la procédure pénale au chef de violation ou de profanation de tombeaux ou de sépultures.

Signé :

Julliard Marine *Vernet Michaël*

Avais-je bien lu, avec mes mains incapables de stabiliser le papier, ou étais-je en proie à une manipulation perfide de l'inconscient ? Je reconsidérai le début du document, mais les larmes ajoutèrent leurs remous farouches à ma confusion.

Avais-je pensé à respirer ? Je demeurai tétanisée jusqu'à ce que des appels viennent à mon secours :

— Alice ? Alice ? Veux-tu que je lise ?

J'ignore si je répondis, mais j'entendis bientôt déclamer une liste de noms, de grades, puis le récit circonstancié de faits qui m'apparurent bien plus réels que de prime abord ! Et lorsqu'une voix extérieure évoqua à deux reprises un cercueil de petite taille totalement vide, je perdis le fil du texte et me retrouvai arrachée à ma dérive par la brutalité d'un choc immense. Je me rappelai celui d'une chute, en montagne, enrayée par une corde à laquelle je dois la vie...

Lorsque mes yeux s'ouvrirent et dégagèrent une trouée au centre de mon incompréhension, une lumière aveuglante jaillit : la vérité ! Je me détournai, roulai sur le côté et me libérai des bras de Félix que j'observai comme si nous avions été les seuls au monde. Il sanglotait...

Ni lui ni moi n'allions nous souvenir de la durée de cette étreinte visuelle hors du temps, de l'espace, de la fatalité...

Puis une main effleura la mienne. Le souffle du vent ou la caresse d'un rêve ? Rêve qui, en se répétant, happa mon regard au profit d'un sourire timide, tout aussi inondé que le mien. Je fondis aussitôt dans les bras de Loïc. Tout contre lui, enlacée, je me remis à trembler plus fort que jamais ! Mes jambes se dérobèrent, sans conséquence hasardeuse, cette fois, vu la force avec laquelle nous nous serrions ! Sensation extatique et singulière de ne plus toucher le sol, d'être désormais soustraite aux contingences terrestres...

9

Murmures d'altitude

Un état fébrile et cotonneux des plus étranges. J'aurais voulu parler, exprimer ma joie, mon ahurissement, mais aucune manifestation extérieure ne sortait du contact charnel d'une mère et de son enfant. Je n'avais plus soixante et onze ans, mais seize, et Loïc, emmailloté sur mon ventre, venait de naître ! Comme si la vie qui nous avait séparés dans les déchirements d'une nuit écourtée reconnaissait enfin son erreur…

Bien sûr, la journée dut se remettre en marche. Je me revois, plus tard, plus loin, en train de gravir le sentier bordant le canyon de l'Arc. La complicité du soleil, de la roche et de l'eau avait entre-temps délié les langues. Nous avancions tous les quatre dans la même direction. Laquelle ? Celle d'un avenir commun à inventer…

En réponse à la question qui me brûlait les lèvres – à savoir pourquoi ils ne nous avaient pas prévenus plus tôt –, je compris que Loïc avait souhaité temporiser ; par honte d'abord, et eu égard à l'importance de l'annonce qui réclamait selon lui des formes appropriées, une présence physique et des circonstances qu'une lettre n'aurait assurément pas rassemblées.

Mais surtout, à en croire Lina, il lui fallait combattre un excès de sentiments intriqués.

— La honte ? m'étonnai-je.

— D'avoir trahi ta confiance, Alice, répondit-elle.

— Trahi ma confiance ?

Lina chercha mon regard, puis l'accrocha :

— Oui, en décidant d'ouvrir le cercueil sans t'en avoir demandé la permission...

Me voyant perplexe, elle précisa sa pensée :

— De retour à Vénissieux, Loïc et moi n'avons cessé de ressasser les événements qui s'étaient enchaînés en Bretagne. Quelque chose ne collait pas ! Ou plus exactement, trop d'indices concouraient vers votre lien de parenté. Lors d'un réveil précipité, je me suis dit que le cercueil nous avait peut-être aveuglés !

Effectivement, la découverte de la bière s'était abattue sur nos espoirs tel le couperet d'une guillotine. Et nul ne s'interroge sur l'issue d'une guillotine...

— Loïc et moi avons pensé que nous aurions dû aller plus loin, au pied du châtaignier. Avec ton autorisation, nous aurions pu ouvrir le couvercle, pour en avoir le cœur net. Au préalable, nous t'aurions bien entendu demandé de reculer... Ou, plus tard, nous aurions pu t'en parler, afin de planifier ensemble une tentative au cimetière de Romillé. Mais voilà, après tout ce que nous t'avions fait subir, cela nous apparaissait impossible. De là, soit nous nous résignions à la fatalité, soit nous agissions à ton insu. Le curé non plus ne nous aurait jamais donné son assentiment, quand bien même nous l'aurions supplié. Quant aux autorités qui n'étaient même pas au courant de la situation, je te laisse imaginer les complications et la lenteur administrative...

Vu sous cet angle, que pouvais-je ajouter ? J'aurais préféré être informée plus tôt, mais comment aurais-je réagi, dans le contrecoup du retour de Bretagne ?

— Vous allez avoir des ennuis avec la justice ? m'inquiétai-je.

— Probablement, mais ça en valait la peine ! répondit Loïc avec un large sourire. Et puis ça ne devrait pas être méchant, nous ne sommes pas de grands malfaiteurs ! Le procureur nous a fait bonne impression. Avec ton témoignage, Alice, et le tien aussi, Félix, sans oublier ceux du curé, d'Armel et d'Huguette, notre version des faits ne devrait pas être contestée...

— Et si la justice devait réclamer une preuve irréfutable, elle n'aurait qu'à ordonner un test ADN ! ajouta Lina. Mais il est peu probable qu'elle le fasse, elle doit réserver ces nouvelles pratiques aux affaires criminelles...

Lina s'approcha de moi et évoqua la timidité de son mari :

— Après la disparition de son père, puis de sa mère, Loïc s'est trouvé abattu, terriblement fragilisé. La découverte de la lettre de la Croix-Rouge dans l'armoire de leur chambre à coucher n'a évidemment qu'attisé sa douleur et son malaise. Bien sûr, tout ne s'est pas fait instantanément : il a fallu du temps pour que les questions et le doute cheminent en lui. C'est sur les conseils de notre médecin traitant, durant le premier arrêt maladie de Loïc, que j'ai mesuré la gravité de ce qui était en train de se produire pour lui, sous mes yeux, ainsi qu'au sein de notre couple et de notre famille. Je ne pouvais pas le laisser s'enfoncer jour après jour. La suite, tu es au courant de chacun de ses détails : mes recherches à partir de la lettre de l'infirmière de la Croix-Rouge, ma petite enquête en Bretagne... J'ai toujours connu Loïc timide. La musique, pour lui, est un espace à part où il se sent en sécurité. Les notes lui parlent, comme les mots à d'autres. Mais voilà, la musique elle-même sombrait avec lui ! Puis une lueur d'espoir est apparue, maigre d'abord, et de plus en plus palpable, au fil de mes investigations. C'est alors que je t'ai rencontrée, Alice. Si tu savais combien de fois il m'a demandé de lui répéter ce que j'avais appris sur toi, de te décrire physiquement, moralement... Il n'a pas dû t'échapper, quand tu as fait sa connaissance, qu'il n'était guère bavard !

— Effectivement, répondis-je brièvement, afin de la laisser poursuivre.

— Après le fiasco de notre déplacement en Bretagne, j'ignore qui de lui ou de moi avait le plus honte d'avoir allumé en toi un si grand espoir parti en fumée en un coup de pelle ! J'aurais voulu t'avertir de suite, Alice, à la sortie de notre garde à vue, mais j'étais trop affectée pour garder le cap. Jusqu'alors, je faisais office de modèle de pragmatisme et de sang-froid auprès de Loïc, mais voilà que, soudain, je me retrouvais aussi désarmée que lui ! Heureuse, mais vidée de tout ce qui m'avait maintenue droite et m'avait permis d'aller de l'avant. J'ai connu à mon tour un relâchement sans précédent. J'ai mesuré l'étendue de ma fragilité, moi qui me croyais solide... J'étais bien loin d'imaginer qu'après avoir réussi haut la main la mission folle que je m'étais assignée, j'allais me dégonfler de la sorte !

Contre toute attente, cet état dans lequel Loïc trouva Lina lui donna un coup de fouet. Pour la première fois depuis le début de sa désescalade, un an et demi plus tôt, il sentit qu'il n'avait plus personne sur qui s'appuyer. Il s'étonna d'employer des mots jusqu'alors absents de son vocabulaire, comme ceux de priorité, d'urgence ou d'essentiel. Durant une semaine où Lina fut arrêtée par le médecin, elle eut l'agréable surprise de redécouvrir son époux et d'assister au bourgeonnement de ce qui l'avait jadis séduite en lui. À son tour, elle appréciait d'avoir une épaule sur laquelle se reposer. La notion de couple refleurissait entre eux, après un hiver qu'ils avaient cru définitif. Elle ajouta :

— Tout ça a pris du temps, Alice. Nous essayions de nous relever, en titubant, appuyés l'un sur l'autre. Par chance, chaque journée écoulée nous rapprochait de toi et de Félix ! Heureusement, d'ailleurs, que ton mari avait eu l'idée merveilleuse de parcourir ensemble le chemin du Petit Bonheur !

J'appris aussi que Loïc appréhendait d'affronter mon regard, après tout ce qui s'était passé en Bretagne. À l'Écot, lorsque rien n'était acquis, en voiture ou même à la ferme, à Romillé, lui et moi étions deux êtres égarés dans nos histoires respectives. Mais là, il ne s'agissait plus de passifs distincts, mais d'un drame commun ! Il redoutait la manière dont je l'observerais, à l'instant où la réalité me serait révélée, puis les moments qui s'ensuivraient. Il se demandait quelle mère j'étais véritablement...

— Viens là, mon petit ! m'écriai-je, ne pouvant le laisser une seconde de plus imaginer que je puisse ne pas être comblée et bouleversée par la situation.

Je le serrai de toutes mes forces dans mes bras, puis sentis la pression des siens monter en puissance autour de moi. La victoire du jour sur la nuit. Le silence de nos existences séparées circulait de son corps vers le mien et inversement, dans l'ardeur d'une étreinte que ni lui ni moi n'avions connue auparavant. En contrebas, les murmures de l'Arc laissaient s'échapper le bruissement des oiseaux, de la vie.

— Comme je t'aime, mon fils ! entendis-je mes lèvres prononcer, puis répéter.

— Et moi donc, maman !

Une effusion de larmes, suivie de reniflements à quelques pas : Lina était également submergée d'émotion. Félix s'approcha d'elle et la serra contre lui.

Loïc m'expliqua qu'il lui avait fallu beaucoup de temps, depuis la découverte de la vérité, pour que la tempête s'apaise en lui et que ses nouvelles priorités trouvent leur juste place. L'égoïsme de son attitude avait nourri une forme de culpabilité qui le rongeait. Maintes fois, il avait hésité à prendre un stylo et une feuille de papier et à m'apprendre tout par courrier. Mais plus il l'envisageait, moins un changement si radical de cap lui semblait souhaitable. Il préférait s'en tenir à une annonce face à face...

— Je comprends, Loïc, mais pourquoi as-tu tant attendu, après nous avoir rejoints ? Il y a eu tellement d'occasions favorables, depuis le début du chemin du Petit Bonheur !

— Pour t'observer, maman ! Si nous avions tout déballé dès notre arrivée à l'Écot, avant de descendre dans votre 4x4 à Modane et de commencer la randonnée, je n'aurais pas pu te découvrir telle que tu étais à l'époque où tu ignorais la vérité. Il fallait que j'apprenne à te connaître...

— Nous avions déjà passé un peu de temps ensemble, sur l'autoroute et à Romillé...

— C'était différent : ni toi ni moi ne savions, alors. Nous étions dans le même camp, si je peux dire ! Cette fois, en revanche, j'avais l'avantage d'être au courant...

— Tu as dû être bien déçu, en m'observant durant deux jours, jusqu'à ce que nos langues se délient à Chantelouve ! Il faut dire que le climat était réfrigérant ; j'ignorais sur quel pied danser ! J'imagine que je ne devais pas renvoyer une vision particulièrement reluisante de ma personnalité. Tu as bien dû déchanter ! Et je suppose que cela n'a guère facilité l'annonce...

— Heureusement, Lina a sonné la fin de l'histoire, tout à l'heure, à la cascade...

* *
*

En fin de soirée, le feu crépitait au fond de l'âtre. Nous lui faisions face, en arc de cercle, dans la quiétude d'un silence aux antipodes de celui qui m'avait forgée. Jusqu'alors, ce mot était synonyme de souffrance et de culpabilité, d'appréhension. Seul le royaume des neiges éternelles avait le pouvoir de me le rendre tolérable, parfois même bienveillant. N'était-ce point aussi sa compagnie que j'allais chercher, là-haut, du temps de mes prétendus exploits ? Et elle qui, de retour des grandes courses, agitait de nouveaux projets aux allures de défis ? Peut-être suis-je injuste, au fond : quelle place mes propos laissent-ils à celui qui a toujours été présent pour moi, et qui m'a chérie et accompagnée sans jamais défaillir ?

— Je t'aime, Félix...

Surpris, il redressa la tête et posa son regard encombré de braises sur le mien qu'il réchauffa aussitôt. Il n'eut pas besoin de parler pour se faire comprendre : un simple acquiescement guttural me confirma l'essentiel.

Non loin, une multitude d'étoiles animaient les prunelles de Loïc et de Lina. Une langue se délia :

— Je suis tellement heureux, maman !

À peine libéré dans notre demeure peu rompue à sa présence, ce mot déclencha en moi une nouvelle effusion de larmes. Aussitôt, trois mains de tailles et de textures différentes se posèrent sur la mienne qui s'agrippa à l'accoudoir du fauteuil.

— Je suis tellement heureux que tu m'aies accepté, maman ! répéta-t-il.

— Comment aurait-il pu en être autrement, Loïc ? Non, c'est toi qui dois être remercié. Et Lina ! Sans sa persévérance et sa sagacité, voyez-vous à côté de quoi nous serions passés ? Je ne pourrai jamais assez te demander pardon, mon petit !

— Pardon de quoi ?

— De t'avoir abandonné...

— Tu ne m'as jamais abandonné, maman !

— C'est tout comme… Comment appeler une mère dont la vie continue sans son enfant ?

— Une fille de seize ans sur le point de succomber à une hémorragie ! trancha Lina.

La voix posée de Félix confirma le point de vue de Lina. Il fallait que je cesse de me torturer.

— Alice, le passé ne reviendra pas… Tout, entre Loïc et toi, doit désormais se jouer dans l'instant et dans l'avenir. Arrache le rétroviseur et jette-le sur le bas-côté !

Un claquement sec aussitôt étouffé : une bûche, en cédant, venait de libérer une moisson de papillons dont les vols sublimes et éphémères me firent penser à la vie. Je me tournai vers mon fils.

— Loïc, qu'as-tu appris, en m'observant depuis votre arrivée, jusqu'à ce que Lina sorte le procès-verbal de la gendarmerie ?

— Appris, je ne sais pas. J'ai cependant remarqué que nous avons des réactions similaires, des angoisses communes. Une attente au fond de nos regards. Une manière assez proche d'aborder le monde…

Le hasard désormais hors de cause, je songeai que les liens du sang s'étaient révélés dans chacune des parcelles de vie que la mort avait réveillées en nous. Quelques mots encore, puis le silence réinvestit les lieux, restituant aux flammes ondulantes leur place centrale. L'odeur de bois brûlé me ramena aux choses simples. Ainsi s'acheva la plus douce soirée d'une existence…

Si la fatigue de la marche m'aida à m'endormir malgré le séisme de la nouvelle, le repos nocturne ne fut que de courte durée. Vers 3 heures du matin, je me réveillai pour aller aux toilettes. Mille pensées m'assaillirent de retour au lit.

Allongée sur le dos, impossible d'y échapper ! Sur le côté, guère mieux. La faute à l'oreiller bouillant ? Et de l'autre, les battements de mon cœur me stressaient. M'étais-je déjà sentie si agitée ? Pas que je m'en souvienne. Tiens ! En matière de souvenirs, je me rappelai mon arrivée à la ferme, à la sortie de l'hôpital : la table, papa en face, maman près de la fenêtre, et moi écrasée par l'annonce de la mort de mon bébé... La soupe avait refroidi ; impossible d'en approcher les lèvres, malgré l'insistance de ma mère qui veillait à me redonner des forces. Déchirée de me voir dans cet état, elle cherchait un moyen susceptible d'atténuer un tant soit peu ma détresse. Elle m'apprit qu'ils n'étaient pas seuls durant l'inhumation de mon fils : la sage-femme y avait également assisté. À peine informée de l'horrible nouvelle lors de sa visite, celle-ci décida de rester auprès d'eux pour les soutenir jusqu'à l'enterrement, le jour même, en fin de matinée. À en croire maman, papa prononça quelques paroles simples, mais belles, au pied du châtaignier. Je sanglotai : mon pauvre bébé qui n'avait eu droit ni à sa mère, dès le lendemain de sa naissance, ni à un baptême, ni à une place au cimetière, ni dans les pensées de sa famille, d'amis ou de voisins avait au moins séjourné dans un cœur de plus, celui de la sage-femme ! Merci à cette dame dont je n'avais qu'entraperçu le visage durant l'accouchement. À travers sa présence dans le jardin, une mère absente et l'ensemble de la société pleuraient la disparition prématurée d'un être de pureté et de lumière : un hommage que j'aurais voulu rendre personnellement à mon enfant... N'ayant, pour l'heure, d'autres branches auxquelles m'accrocher, je saisis à deux mains la maigre consolation que maman venait de me tendre.

Agitée comme jamais contre Félix qui dormait sans broncher, je ne pus me soustraire à cette scène qui, à force de passer en boucle, m'intriguait de plus en plus. Mais bien sûr !

Comment n'y avais-je pas songé auparavant ? Si la sage-femme avait assisté à l'enterrement, c'était probablement qu'il y avait une bière, pour un minimum de cérémonial en présence d'une personne extérieure à la famille ! Quelle idiote je faisais ! Si je m'étais souvenue de ce détail plus tôt, et si j'en avais informé Lina, le cours des choses aurait été tout autre : elle et moi aurions compris que papa avait dû construire un cercueil. Et nous n'aurions pas rendu les armes aussi facilement, sous l'arbre centenaire, en en découvrant un ! Nous l'aurions même cherché, dans l'espoir de l'ouvrir et de le trouver vide !

Si la lumière se fit en moi, l'attente de l'aube sous les ronflements de Félix fut, quant à elle, interminable ! Je m'en voulais, ne cessant d'imaginer les conséquences fâcheuses qui auraient pu être évitées, si seulement je m'étais montrée moins étourdie ! Si ce détail enfoui dans l'oubli ne m'était pas revenu avant cette nuit, c'était que je n'avais pas fait assez d'efforts pour le retrouver ! Avais-je suffisamment remué les douleurs du passé, ou vite baissé les bras, face à une issue trop belle pour être vraie ? Femme de peu de foi !

En définitive, notre déconvenue résultait d'un malentendu de ma part : j'avais supposé que mes parents avaient inhumé le bébé sans cercueil, alors qu'ils m'avaient juste dit qu'il reposait dans le jardin. Mon imagination imprégnée de bondieuseries avait fait le reste ! Sans s'être vu attribuer un nom et sans avoir été baptisé, enfant de la honte et enfant de guerre, comment aurais-je pu envisager que papa et maman le traitent autrement qu'en l'ensevelissant dans un linceul, à même la terre, conformément aux pratiques ancestrales auxquelles ils étaient si fortement attachés ? À la fin du compte, tout était logique : quand mes parents avaient appris durant mon hospitalisation que j'en avais pour un moment à demeurer alitée à Rennes, ils avaient décidé de se séparer du petit, en le confiant incognito à la Croix-Rouge. Mais comme la sage-femme venait régulièrement pour veiller à la santé du bébé, il fallait qu'ils le fassent passer pour mort auprès d'elle aussi. Une seule solution : lui montrer un cercueil déjà scellé, de manière qu'elle croie qu'il était dedans, prêt à être enseveli. J'imagine que mon père avait également acheté son silence quant à ce drame, évoquant de manière persuasive les ravages des ragots au sein des campagnes...

Je repensai aux propos de Loïc et de Lina, quelques heures auparavant, lorsque nous gravissions le ressaut soutenant l'Écot. À l'issue de leur garde à vue, ils firent l'aller-retour jusqu'à la tombe de Karl, aux environs de Brest, au lieu de rentrer directement à Lyon. Dire que jamais je ne m'y étais rendue, quelle honte ! À ma décharge, j'ignorais où il avait été enseveli. Mais m'étais-je seulement renseignée ? À la fin de la guerre, j'avais envisagé à plusieurs reprises de mener des recherches, mais la confusion générale et les difficultés administratives de tout ordre m'avaient dissuadée de me lancer, jeune et dépourvue de moyens, dans une aventure aussi hasardeuse, contre la volonté de mon père. Ma cure sanatoriale tourna alors une page dans le livre navrant de ma vie, et ma rencontre avec Félix ouvrit un chapitre totalement vierge. Tournée vers l'avant, je suivais les conseils de mes parents, dès que la tristesse assombrissait mon regard.

« Elle est décidément très forte, cette Lina ! » songeai-je, imaginant la complexité des investigations qui lui avaient permis de retrouver la trace de mon premier amour, sur la base des maigres informations que je lui avais fournies. Ploudaniel-Lesneven, au fin fond de la Bretagne, si loin du charmant bourg médiéval de Karl, en Bavière... Une plaque à côté de trois autres sur une dalle de granite parmi six mille sépultures identiques. Un prénom, un nom, et deux dates pour résumer son passage sur Terre ! Mais à quoi m'attendais-je, moi qui avais abandonné mon éclosion sentimentale dans un coin obscur de ma mémoire ? Comment évoquer sur une pierre tombale un sourire, la timidité d'un regard, la tendresse d'un homme embarqué trop jeune dans la folie collective ? En imaginant cette petite dalle rectangulaire que Loïc m'avait décrite, posée sur une pelouse jonchée de taches grises similaires, alignées à perte de vue selon une austérité militaire dépourvue de sens et d'esthétique, l'envie me vint d'aller m'y recueillir à mon tour. Peut-être Loïc m'y accompagnerait-il ? Heureuse et déchirante perspective qui préfigurait un avenir où il me faudrait apprendre à fouler le sol du paradis, avec des pensées enracinées dans l'enfer...

Et Félix, là-dedans ? me demandai-je soudain. De quel œil verrait-il ce pèlerinage sur la tombe de mon premier élan de cœur ? Je le connaissais suffisamment pour savoir qu'il ne m'en tiendrait pas rigueur. Je ne pouvais toutefois m'empêcher de trouver ma démarche indélicate. Et si je lui proposais d'être des nôtres ? Pourquoi n'irions-nous pas tous les quatre sur place ? À nouveau, je m'enlisais. L'image me vint d'une immense étendue herbeuse dépourvue de croix, où des pierres rectangulaires reproduites à l'infini participaient déjà de la terre. Loïc et moi, courbés à l'avant, submergés d'émotions, et Lina et Félix quelques mètres en retrait. Que penserait mon mari de me voir dans cette posture ? Et Lina, tentant de lui expliquer que l'amour donné ne ressemble jamais à un autre, qu'il se multiplie sans limites, prenant autant d'apparences que la bonté lui en accorde. Mais ses mots, quoique éminemment sincères, enfonceraient le fer dans la plaie de Félix...

Un coq chanta. Je n'avais toujours pas fermé l'œil. Je me levai, poussai délicatement les volets et observai le point du jour. Pas de nuages sur l'embrasement des crêtes.

Je songeai à hier, à la même heure, dans l'inconscience du sommeil : j'allais m'accrocher une fois encore aux modestes satisfactions de l'existence, dans lesquelles la nature et la montagne se taillaient la part du lion. Mais aujourd'hui, et demain, et tous les jours suivants, ce serait à une étoile que j'allais pouvoir m'en remettre ! Finalement, ma douleur de toujours n'avait pas été vaine. Désormais, la lumière me guiderait.

Au moment où le soleil déborda de la crête frontière et inonda les pierres engourdies du hameau, je me réjouis à la perspective de connaître mes petits-enfants. Quand et où ? Trop tôt encore...

* *
*

Deux jours plus tard

Les chaussures crissent sur la neige dure. Les pierres défilent au rythme de nos respirations écourtées. L'aube a délaissé ma conscience. Si je devais définir la vie, je dirais que plus on croit la connaître, moins on s'aperçoit que c'est le cas ! Qu'il n'est point de sagesse véritable, sinon en l'abandon...

Les lacs et les crêtes en lambeaux se sont lentement effacés au profit de l'impalpable : l'air et le temps. Nous cheminons désormais dans un champ d'éboulis que redresse chacun de nos pas. Mon pied n'est plus aussi sûr que jadis, mais je ne me suis jamais sentie si bien entourée !

Nous longeons un bloc tapissé de stalactites de glace. Je me retourne : loin vers le bas, noyé dans la lumière avide, le col des Pariotes apparaît nimbé de souvenirs. Point de bouquetins, cette fois, mais la roche enflammée sur laquelle j'ai rompu le secret. Où en serions-nous si j'avais opté pour le silence, à califourchon entre le passé et l'avenir ? Aurait-elle trouvé un autre moyen de percer ma carapace, la journaliste devenue aussi proche que ma propre fille ?

Je repense à nos échanges, à Chantelouve, lorsque je sondais ses intentions quant à mes ascensions alpines. Je souhaitais qu'elle n'ait pas changé d'avis, qu'elle aille au bout du projet qu'elle avait fait miroiter. Elle ne m'a pas répondu de suite. Je l'ai mise à l'aise, lui assurant que je saurais entendre qu'elle n'avait jamais voulu rédiger d'ouvrage sur ma carrière de montagnarde, l'essentiel résidant ailleurs. Depuis, la tournure des événements m'a ouvert les yeux : je ne suis plus réticente à ses intentions qui m'ont longtemps déstabilisée, et que la fortune a reléguées au statut de cerise sur le gâteau. À la faveur d'une pause, je réaborde le sujet avec elle qui me répond :

— Je ne souhaite surtout pas te faire de l'ombre, Alice.

— Je ne comprends pas !

— Tu es en train d'écrire ta propre histoire. Moi, je m'en suis servie comme prétexte. C'est à toi qu'en revient la primeur !

— Mais tu m'as dit que tu t'étais engagée auprès de ton rédacteur en chef. C'était faux ?

— Pas du tout ! Je sais cependant que je ne serai pas virée si j'abandonne ce sujet féministe. Il me suffira de lui en proposer un autre...

— Tu n'as encore rien écrit, c'est cela ?

Elle perçoit ma déception.

— J'ai presque terminé...

— Dans ce cas, il n'y a pas à hésiter : signe et publie ton article !

L'affaire à présent entendue, elle insiste à son tour pour que j'aille au bout de mon écriture.

— À quoi bon, Lina ? Ton ouvrage sera tellement meilleur que le mien !

— Pour deux excellentes raisons, Alice : d'abord, parce que ça t'occupe agréablement.

— Ce n'est pas faux ! Mais encore ?

— Pour que tes petits-enfants, qui auront beaucoup de temps à rattraper avec leur nouvelle grand-mère, aient un accès direct à sa personnalité et à son âme, c'est important. Dans ce domaine, un livre, plus que des paroles, fait office d'autoroute !

Troublée, je lui réponds qu'ils en apprendront davantage avec le sien.

— Le mien, Alice ? Je te fais le pari qu'ils ne l'ouvriront jamais ! Ensuite, ce n'est pas pareil : j'ai certes fait de mon mieux pour rester fidèle à tes propos, mais mon éclairage est subjectif par nature.

— Et le mien donc ! Tu le crois objectif ? Mais pourquoi penses-tu qu'ils ne liront pas ton livre, Lina ? Êtes-vous en froid ?

— Pas le moins du monde ! Simplement, ça ne fait pas partie de leurs centres d'intérêt, de leurs préoccupations. Pour eux, il s'agit de mon travail, de même que la musique constitue l'univers de leur père. Ils ne manifestent aucune envie de percer nos sphères respectives. Peut-être n'ont-ils pas encore la maturité de suspecter chez leurs parents d'autres qualités et défauts que ceux que l'habitude leur a dévoilés. À leur âge, on croit les gens immuables, alors on les range par commodité dans des boîtes que l'on referme à jamais...

— C'est triste ce que tu dis, Lina...

— Peut-être, mais ce n'est pas grave. C'est ainsi ! Étions-nous différentes, à notre époque ?

— Ils passeront à côté des personnes formidables que vous êtes, Loïc et toi !

— Notre sort sera semblable à celui que nous avons imposé à nos parents...

En l'écoutant, je comprends que j'ai raté de nombreux chapitres de la vie de famille ! Avoir enseigné tout au long de ma carrière à des élèves ne m'a décidément rien appris de leur vécu extrascolaire. Mon caractère s'est forgé sur des clichés issus de bouquins et de ma propre expérience, sans confrontation sérieuse avec la réalité. Je m'inquiète de l'accueil que Virginie et Sébastien me réserveront, du haut de leurs vingt-deux et vingt-six printemps. Moi, une grand-mère surnuméraire tombée du ciel ! Ne m'en voudront-ils pas d'être en vie, cherchant *de facto* à me substituer à leur vraie mamie, celle qui était présente à chaque étape clé de leur existence, et dans la maison de laquelle ils passaient leurs vacances en profitant des plaisirs de la mer ?

Est-ce un hasard si je ferme la marche derrière Loïc et Lina ? En tête, Félix leur indique où placer les mains et poser les pieds, car la pente, contrairement à nous, ne s'essouffle pas ! Je n'ai qu'à peine l'impression d'avancer, moins encore de grimper, empêtrée dans la houle de mes nuits agitées. Le manque de sommeil altère mes facultés mentales et entretient ma confusion, c'est flagrant !

Si le chemin du Petit Bonheur a de très loin dépassé ses promesses, il a en revanche ravivé la trahison de mes parents ! Quarante-huit heures à retourner la question en tentant de changer ma façon de voir les choses, et j'en suis toujours au même point, c'est-à-dire nulle part ! Bien entendu, j'ai confié mon tourment à Lina, à Loïc et Félix, hier soir, au refuge du Carro. Nous étions assis à la table où ma langue avait commencé à se délier devant Lina, l'automne dernier. Mais ni leurs conseils ni leur bienveillance ne sont parvenus à apaiser ma révolte et mon incompréhension. Comment des parents ont-ils pu faire cela à leur fille ? Quelle folie collective peut prétendre que la réputation d'une jeune femme et d'une famille justifie qu'on en arrive à de telles extrémités ? Ont-ils songé par la suite aux conséquences de leur acte, ou se sont-ils concentrés sur les travaux de la ferme, sitôt la « chose » réglée ? Si les remords les avaient un tant soit peu tiraillés, ils auraient entrouvert une porte, une semaine, un mois ou dix ans après les faits ! Se sont-ils seulement posé la question avant d'agir ? Et ont-ils laissé la moindre chance au doute de frapper à leur conscience ? Quels monstres étaient-ils, derrière les apparences ? Dire que je les ai toujours considérés comme des modèles de courage et de vertu ! Ont-ils planifié leur geste la main dans la main, ou ma mère n'a-t-elle pas eu voix au chapitre ? Comment, dans ce cas, aurait-elle pu vivre en entretenant un tel mensonge ? Pas un mot ni une lettre pour manifester de regrets, ou une once de peur ou de honte... La faute à l'étroitesse d'esprit de mon père, ou aux doubles colonnades de la société et de la religion qui balisaient sa vision restreinte du monde ?

Certes, l'époque était différente et les sentiments sévèrement malmenés, mais jamais une guerre n'avait eu raison d'un amour parental. Non, rien ! Pas un geste dans ma direction ou celle de la vérité durant trente-cinq années ! Ni dans celle du bébé devenu cet homme, Loïc, qui avance devant moi en titubant, comme il le faisait dans la vie, privé d'accroches et de certitudes. S'il se retourne fréquemment pour m'adresser un sourire débordant de tendresse, ne serait-ce pas pour s'assurer que je ne vais pas à nouveau l'abandonner ? Je sais que j'exagère et qu'aucune de mes impressions n'obéit à la logique ; je navigue en altitude, guidée par des pensées formées de nuages et de songes...

Devant, ils tiennent la cadence. Je suis fière de mon fils ! Quel bonheur et quelle sensation curieuse de pouvoir l'appeler ainsi ! De même que celle d'enfin tutoyer Lina ! Soudain, deux étagnes s'enfuient au-dessus de nous, libérant des cailloux. Plus de peur que de mal ! Félix s'arrête.

— Nous allons nous encorder.

— Pourquoi ? Ça va devenir plus difficile ? s'inquiète Loïc.

— Ça se redresse, mais rien de préoccupant, je suis là ! Et puis ce sera plus pratique de s'attacher ici que plus haut.

— Pourquoi ? Qu'y a-t-il ensuite ?

— Un parcours légèrement plus aérien. Mais c'est surtout en prévision du sommet, précise-t-il.

— Tu as déjà gravi cette crête, maman ? me demande Loïc.

— Oui, il y a très longtemps... Ne t'en fais pas, tout ira bien !

Est-ce lui ou moi que je cherche à rassurer ? Avec Félix en premier de cordée, je sais que nous ne craignons rien, mais qu'en est-il de mon cas de conscience envers mes parents ? Qu'ils aient fait cela à la fille idiote et naïve que j'étais, soit ! Mais comment ont-ils pu traiter de la sorte leur petit-fils ? Le considéraient-ils comme le dernier des bâtards ? Comme le mal issu du péché ? J'ai beau me concentrer sur l'endroit où poser les pieds dans un terrain de plus en plus instable, je ne parviens pas à me soustraire de mon incompréhension. Si les réflexes orientent mes mouvements avec une aisance étonnante à mon âge, il en est tout autrement de mon esprit empoisonné par l'attitude abjecte de mes parents !

Quelques mots s'échangent à l'avant dont je ne perçois que les intonations. Que fais-je là, dans mon état ? Si j'avais emporté des somnifères, peut-être aurais-je pu fermer l'œil et serais-je capable d'apprécier la chance extraordinaire de faire une ascension avec une famille dont j'ignorais l'existence il y a deux jours !

Une trouée dans ma confusion me ramène à la table que nous occupions au refuge du Carro. Non pas hier, tous les quatre, dans l'ambiance débonnaire de la haute saison, mais fin octobre dernier, à la lueur d'une chandelle hésitante. Je revois Lina, inconsolable, sanglotant après que je lui ai annoncé la mort de mon fils âgé de quelques jours seulement. Au moment même, j'ai attribué son épanchement à une empathie hors norme. Je comprends à présent la portée véritable de la confidence que je venais de lui faire : elle lui apportait la preuve irréfutable qu'elle était sur la bonne voie. Elle ne s'était donc pas trompée à mon égard et n'avait plus de raisons de douter de mon lien de parenté avec son mari…

Soudain, un changement de pente laisse apparaître la crête sommitale ourlée de corniches de neige. Quelques pas au rythme lent de la haute montagne, puis un cri, suivi d'exclamations : Lina et Loïc ont pris pied sur l'arête, en un point dévoilant des à-pics vertigineux. Félix s'arrête pour les rassurer. Conciliabule entre un guide et ses clients auquel j'assiste distraitement. J'admire les perspectives qui viennent de s'ouvrir ; j'en avais oublié la splendeur. Mais déjà, mon mari donne le signal du départ.

Je me retrouve à gravir un trait de plume entre aujourd'hui et hier : entre rêve et consternation. Une dizaine de minutes en apesanteur, suspendue au ciel et à mon fils par une corde fermement tendue. Je savoure l'agonie d'une douleur que j'avais cru éternelle. La lumière, alentour, et le vide, omniprésent, tissent une certitude vers laquelle nous avançons à l'unisson. Allégorie d'une vie – la mienne – qui se révèle finalement si belle et généreuse !

Ce qui se prépare au sommet procède du hasard et des ascendances.

Je me retrouve quelques instants plus tard assise entre Loïc et Lina, mousquetonnée sur le signal géodésique de l'armée italienne. Félix, également sécurisé, se tient debout, faute de place : un mètre carré, deux en comptant la base de la tour métallique marquant les 3 593 mètres d'altitude. Qui aurait imaginé que l'interview commencée neuf mois plus tôt à l'Écot, si loin en contrebas, se terminerait dans une telle proximité de cœur ?

Je rassure Loïc et Lina, impressionnés par l'abîme de la face nord. Je prends leurs mains et les invite à fixer l'horizon du regard. Merveilleux échange de chaleur entre nos corps et nos âmes. Les langues se délient à mesure que la confiance reflue en eux et qu'ils apprivoisent le vide. Nous en venons à considérer cette cime non comme l'apothéose d'un effort physique de deux journées, mais comme la justification de deux errances...

Sur trois cent soixante degrés, un décor chargé de promesses. Une succession de pics et de crêtes, de glaciers, de parois abruptes, de dômes débonnaires, de cols, d'entailles et de pointes ciselées sous la valse des saisons. Une partie du corps en France, l'autre en Italie, la tête au ciel et le cœur au firmament, je cède aux appels de l'infini...

Des détails insignifiants attirent mon attention, tels les diamants blanc et noir des lacs du Carro, le camaïeu de bleu de la vallée de l'Orco, dans le Piémont, ou tant de pyramides lointaines défiant la verticalité. Le monde, soudain, devient silence et harmonie. À nos pieds, la plaine du Pô se débat dans les brumes ; lutte perdue d'avance, comme chaque après-midi d'été. J'éprouve l'étrange sensation de flotter au-dessus de deux pays, de surplomber l'histoire de Loïc et la mienne, à cheval entre hier et demain, entre hier et jamais... La démesure qui nous entoure dépasse l'imagination. Point de blasé, loin des bassesses humaines.

Bientôt, il nous faudra revenir sur nos pas, franchir à l'envers les obstacles arrachés à la pesanteur. Mais cela n'est rien pour Lina et Loïc qui viennent de comprendre qu'on ne redescend jamais d'un sommet gravi au prix d'un investissement personnel. Et que c'est la raison pour laquelle, tôt ou tard, on en convoite d'autres…

La Bretagne s'invite à ma contemplation : la ferme, sa cheminée et ses fenêtres miroitent sur l'onde parmi les reflets printaniers. La beauté de ma campagne natale s'allie au pouvoir de la montagne. Il n'est plus de lieux ni d'époques distinctes, mais une plénitude qui les réconcilie.

Au sommet, à chacun ses transports. Pour Loïc, il s'agit d'une mélodie imperceptible, puis timide et fragile qui accourt de l'horizon, se rapproche, gagne en amplitude et comble tout l'espace :

— *Casta diva !* chuchote-t-il, les paupières mi-closes. Je crois entendre *Norma*, l'opéra de Bellini. Première scène de l'acte I…

Je lui réponds, la voix confondue par l'émotion :

— C'était la musique préférée de Karl, ton père…

Dans notre dos, perdu dans l'immensité, le Petit Bonheur restera un chemin synonyme de providence. Devant, le Grand Paradis se dresse contre la fuite des pensées. Mon regard effleure les cimes du Valais, du Mont-Blanc, de la Vanoise et des Écrins, celles du Viso et de tant d'autres massifs encore, jusqu'aux confins de la Méditerranée. Une certitude m'emporte. Née du hasard, elle a poussé à travers ces rocs et ces glaces, ces forêts, ces champs, leurs fleurs et leurs parfums, et tous les bruissements composant le silence. D'instinct, je sais que je ne dois plus bouger et attendre que la fragilité se condense. Une chose considérable se prépare qu'il ne faut effaroucher sous aucun prétexte. Je la pressens tapie quelque part dans l'étendue. Discrète, elle est la clé qui libérera l'ultime serrure de mon cœur. Mes mains serrent celles de mon fils. L'air emplit mes poumons et circule où bon lui semble : il est chez lui ! Dieu que j'ai aimé tout au long de mon existence ! Et que j'aime encore ! L'amour qui se donne jamais ne se perd. La vie est un jeu d'apparences où nul ne sait où demain mènera. Mais pour quelle raison ce qui s'applique à moi ne s'appliquerait-il pas aux autres ? À mes parents, par exemple ? Qui serais-je pour nier l'amour qu'ils ont éprouvé entre eux et pour leurs trois enfants ? Leur silence en héritage ne m'a guère aidée, mais à leur place et à leur époque, aurions-nous agi différemment, Félix et moi ? S'ils ont déposé mon fils devant la Croix-Rouge, c'est qu'ils considéraient sa vie comme essentielle. Et s'ils se sont conduits d'une manière que j'ai si fermement condamnée, je réalise enfin qu'ils ont fait de leur mieux, selon des vérités qui ne sont pas les miennes. Plus tard, car ainsi vont les choses, le doute a dû croiser leur route ; comment auraient-ils pu se ressaisir, écrasés par l'accumulation de secrets et de culpabilité ? Mes mains se mettent à trembler et accompagnent dans un mouvement d'ouverture le pardon qui s'envole de mes lèvres…

deboree.com

livres@centrefrance.com

Achevé d'imprimer en avril 2023
Sur les presses de la Source d'Or
Numéro d'impression : 303817
Dépôt légal : mai 2023
ISBN : 978-2-8129-2802-4
ISSN : 1769-1788